김강현 판타지 장편소설
FANTASY STORY & ADVENTURE
9
천신
Ray-El

천신 9
황제 레이엘

초판 1쇄 인쇄 / 2010년 7월 19일
초판 1쇄 발행 / 2010년 7월 29일

지은이 / 김강현

발행인 / 오영배
편집장 / 김경인
편집 / 윤대호, 신동철
펴낸 곳 / (주)삼양출판사 · 드림북스

주소 / 서울특별시 강북구 송천동 322-10호
대표 전화 / 02-980-2112 팩스 / 02-983-0660
편집부 전화 / 02-980-2116 팩스 / 02-983-8201
블로그 / blog.naver.com/dreambookss

등록번호 / 제9-00046호
등록일자 / 1999년 3월 11일

ⓒ 김강현, 2010

값 8,000원

(주)삼양출판사 · 드림북스의 서면 허락 없이는 어떠한
형태나 수단으로도 이 책의 내용을 이용하지 못합니다.

ISBN 978-89-542-3917-2 04810
ISBN 978-89-542-3503-7 (세트)

* 지은이와 협의하에 인지는 생략합니다.
* 잘못된 책은 구입한 곳에서 바꾸어 드립니다.

천신 Ray-El

제1화 황제 레이엘 — 007

제2화 전쟁이 끝나고 — 029

제3화 발터스의 독립 — 061

제4화 빙설의 대지 — 087

제5화 남쪽바다의 마녀 — 107

제6화 마녀의 성 — 137

제7화 공간이동 — 165

제8화 대륙으로 — 203

제9화 좀비군단 — 231

제10화 황제의 포효 — 265

제11화 제국군의 위용 — 295

제12화 악마의 군대 — 313

 황제와 레이엘 사이에 묘한 긴장감이 흘렀다. 두 사람은 한동안 말없이 서로를 지켜보기만 했다. 그러는 와중에도 바람의 정령왕은 연합군 진지를 사정없이 유린했다.
 "너로군. 날 계속 부르던 놈이."
 황제의 말에 레이엘이 눈살을 찌푸렸다. 자신이 언제 불렀단 말인가. 자신은 그저 황제를 만나고 싶었을 뿐이었다.
 황제는 묘한 눈으로 레이엘을 샅샅이 훑어봤다.
 "너…… 꿈꾸는 놈이로군?"
 황제의 말에 레이엘의 눈이 살짝 커졌다. 황제가 설마 한 번에 알아볼 거라고는 생각도 못했다. 확실히 황제는 뭔가를 알고 있는 듯했다.

"이름이 레이엘인가?"

황제의 물음에 레이엘이 고개를 끄덕였다. 황제의 표정이 환해졌다. 밝은 미소였는데, 레이엘에게는 그 미소가 너무나도 섬뜩하게 보였다.

'빛이 없다.'

레이엘은 황제를 보면서도 그가 자신이나 엘린처럼 꿈꾸는 사람이라는 확신을 하지 못했다. 황제에게는 빛이 없었다. 마치 무저갱 같은 새까만 어둠만 있을 뿐이었다. 레이엘은 혼란스러워졌다. 대체 빛과 꿈의 관계가 무엇인지 알 수 없었다.

'아니, 그보다 황제는 정말로 꿈꾸는 사람인가?'

황제는 시종일관 여유로웠다. 그는 고개를 들어 레이엘 뒤쪽에 있는 연합군의 진지를 바라봤다.

"끝났군."

황제의 말이 떨어지기 무섭게 레이엘의 뒤쪽에서 거대한 폭풍이 몰아쳤다. 레이엘은 미동도 하지 않았다. 그 폭풍의 정체가 바람의 정령왕이라는 것은 보지 않아도 알 수 있었다. 예전 케르테르의 왕이 부리던 정령왕과는 차원이 다를 정도로 존재감이 대단했다.

바람의 정령왕은 황제의 주위를 맴돌다가 이내 사라져 버렸다. 그러자 진득한 혈향이 평원을 가득 메웠다. 정령왕이 사라지면서 피 냄새를 바람에 실어 평원 전체에 뿌린 것이다.

연합군 진지에 있던 사람은 한 명도 남김없이 죽어 버렸다. 제국군도 예외는 없었다. 레이엘은 감각을 넓게 퍼트려 혹시나 살아남은 사람이 있나 확인해봤다. 하지만 진지 내부에는 오로지 시체뿐이었다. 그렇게 감각을 넓혀가던 레이엘의 표정이 점점 굳어가다가 마지막에 살짝 풀렸다.

진지에서 한참을 후퇴한 밀러와 마법사들의 기척이 느껴졌기 때문이다. 레이엘은 그제야 감각을 모두 회수하고 다시 황제를 쳐다봤다. 어느새 레이엘의 표정에도 여유가 감돌았다.

"역시 만나보길 잘했어. 아주 마음에 드는군."

황제의 말이 끝나기 무섭게 황제가 딛고 선 땅이 서서히 일어났다. 그렇게 일어난 땅은 의자의 형태로 변해 황제를 받쳤다. 황제는 너무나 자연스럽게 정령을 부렸다. 마치 레이엘처럼.

"얘기가 길어질 것 같으니 일단 앉지."

그 말과 동시에 레이엘의 밑에서도 의자가 생겨났다. 물론 레이엘이 아니라 황제가 한 일이었다. 레이엘은 그것을 거부하지 않고 의자에 편안히 기대앉았다.

다시 두 사람의 시선이 마주쳤다.

그렇게 황제와 레이엘이 대면하고 있을 때, 제국군의 진영에서 몇 명의 기사가 달려왔다. 그들은 황제 앞에서 정중한 자세로 입을 열었다.

"명령만 내리시면 바로 수도로 진격하겠습니다."

황제는 기사의 말에 가볍게 손을 휘저었다. 세 개의 목이 하늘을 날았다. 그리고 허공에서 머리가 터져 버렸다. 피와 뇌수가 비처럼 쏟아졌다. 하지만 황제의 몸에는 단 한 방울도 떨어지지 않았다. 물론 레이엘도 마찬가지였다.

살아남은 한 명의 기사가 공포에 질려 부들부들 떨었다. 황제는 그 기사를 슬쩍 노려보며 나른하게 말했다.

"귀찮게 하지 마라. 귀한 손님과 대화를 나누는 게 보이지 않나?"

황제의 말에 기사는 바닥에 머리를 쿵 찧은 후 즉시 진지로 되돌아갔다. 기사가 머리를 찧었던 자리에 머리가 깨져 흘러내린 핏자국이 보였다.

레이엘은 무심한 눈으로 그런 황제를 쳐다봤다. 레이엘의 눈이나 표정에는 전혀 감정이 드러나지 않았다. 황제는 그런 레이엘의 얼굴을 보며 만족스럽게 웃었다.

"정말로 마음에 드는군. 그 표정."

레이엘은 황제의 말에 반응하지 않고 시선을 돌려 황제의 뒤쪽 멀리 있는 제국군의 진영을 쳐다봤다. 그들은 지금 서둘러 움직이고 있었다. 연합군은 패배했지만, 그들에게는 여전히 병력이 남아 있었다. 더구나 아직도 기사들은 거의 그대로였다.

제국군은 전열을 정비한 후, 평원을 크게 돌아 몰튼 왕국의 수도로 진격했다. 황제와 레이엘이 있는 곳을 지나가면 훨씬 가깝겠지만 그들은 결코 그렇게 하지 않았다. 지나칠 정도로 멀리 돌아서 이동했다.

'저런 식으로 가면 수도까지 열흘은 걸리겠군.'

사흘이면 갈 수 있는 길을 두고 열흘에 걸쳐 돌아서 가는 건 정말로 시간낭비였지만, 방금 전 황제가 보여준 광기를 생각하면 그들의 행동도 충분히 이해가 갔다.

"자, 그쪽은 신경 쓰지 말고, 우린 우리의 얘기를 하자고."

레이엘이 다시 시선을 황제에게로 돌렸다. 황제는 그런 레이엘을 보며 물었다.

"꿈을 몇 개나 꿨지? 너도 천 개인가?"

레이엘이 고개를 끄덕였다. 황제의 말을 들어보니 아마도 꿈은 무조건 천 번 꾸는 모양이다. 레이엘은 그런 식으로 정보를 하나씩 추가하며 정리하기로 했다.

"한데 천 번이나 꿈을 꿨으면서도 왜 아직 그 모양이지? 너무 약한 거 아닌가?"

황제의 입가에 비웃음이 걸렸다. 황제는 한눈에 레이엘의 경지를 확인할 수 있었다. 사실 레이엘이 약한 게 아니라 황제가 너무 강한 것이었다.

"자, 우리 무슨 꿈을 꿨는지 한번 맞춰 보자고. 보아하니 무공도 익힌 것 같군."

레이엘은 고개를 끄덕였다. 황제는 그런 레이엘을 보며 단번에 그의 무공 내력을 집어냈다.

"살수 계열의 무공을 익혔군. 살수였나? 거기에 도가에서 파생한 잡스런 무공이 근원인가? 쯧, 심법은 좀 제대로 된 걸 익히는 게 좋았을 텐데. 가만 그나저나 살수 무공의 기운이 어딘가 좀 익숙한데?"

황제는 제멋대로 자신의 감각을 뻗어 레이엘의 몸을 살폈다. 레이엘은 그것을 막거나 피할 수도 있었지만 그냥 내버려뒀다. 그 대신 자신도 감각을 뻗어 황제의 몸을 살폈다.

황제의 하단전에 들어찬 내공을 보니 기가 질릴 지경이었다. 정말로 어마어마한 내력이 느껴졌다. 저 정도 내공을 심법만으로 쌓을 수는 없다. 뭔가 기연이 있었을 것이다. 자신이 카르의 내단을 얻은 것처럼 말이다.

'이 기운은……!'

황제의 내공이 도도히 흐르는 것을 살피다가 그 흐름이 어딘가 익숙하다는 것을 느꼈다. 그것을 기억해 내는 건 그리 어렵지 않았다. 꿈속의 일이었기 때문이다.

"무림맹주……!"

"으하하하! 이거 정말 걸작이군! 네가 바로 그때의 그 살수였다니 말이야! 으하하하!"

황제는 정말로 호탕하게 웃었다. 당연했다. 당시 레이엘은 암살에 실패하고 무림맹주의 일장에 심장을 얻어맞아 즉사했다. 황제가 기분 나쁠 이유가 없었다. 사실 성공 가능성이 전혀 없는 의뢰이긴 했다. 당시의 무림맹주는 천하제일인이었다.

실컷 웃은 황제는 또 묘한 표정을 지었다.

"호오, 이 기운은 청풍세가의 것이로군. 청풍세가에도 있었나?"

황제가 호기심 가득한 얼굴로 묻자, 레이엘은 고개를 끄덕이며 대답했다.

"지급(地級)무사였다."

"고작 지급이었다고? 그런 것치고는 청풍심법이 제대로 자리를 잡았는데? 아아, 꿈꾸는 사람이니 당연하겠군. 어쨌든 청풍세가의 지급무사였다니 말해주지. 난 청풍세가주였어."

레이엘의 눈이 커다래졌다. 이건 놀라지 않을 수 없었다. 청풍세가주 역시 당대의 천하제일인이었다. 정확히 말하자면 무림맹주가 나타나기 전의 천하제일인이었다. 무림맹주에게 죽임을 당했으니 말이다.

레이엘은 황제를 노려봤다. 꿈이라는 것이 전생은 아닐 거라고 생각했지만 황제의 경우는 조금 심하다. 자신이 자신을 죽인 거나 다름없지 않은가.

"그나저나 너도 참 허섭스레기 같은 놈들의 꿈만 골라서 꿨군. 나와는 다르게 말이야."

레이엘은 고개를 끄덕였다. 확실히 황제와 비교하면 자신의 꿈은 정말로 보잘것없었다. 무림맹주와 그에게 죽은 살수, 또 세가주와 세가에서 가장 하급 무사. 어느 모로 보나 비교가 될 수 없었다.

"그러고 보니 좀 묘하군. 왠지 같은 시기의 꿈을 꾸고 있는 것 같지 않은가? 뭐, 이제 고작 두 개를 확인했으니 우연일 수도 있지만."

확실히 이상했다. 레이엘은 황제와 좀 더 많은 대화를 나눌 필요성을 느꼈다.

"자, 우리 한 번 맞춰보지. 이거 재미있군. 혹시 고대의 꿈은 꾸었나?"

레이엘이 고개를 끄덕였다. 당시 자신은 학자였다. 레이엘의 말을 들은 황제가 피식 웃었다.

"아아, 그 괴짜 학자에 대한 얘기는 들어봤지. 황제도 가끔 머리를 식히느라 재미있는 소문을 적절히 부풀리고 다듬은 얘기를 듣고 살거든."

"황제?"

"그래. 난 그때 황제였지."

레이엘은 놀란 눈을 감추지 못했다. 고대의 황제는 지금의 황제와는 의미가 많이 다르다. 고대는 마법 문명의 정점에 이른 시기였다. 그리고 그때의 황제는 항상 마법의 정점에 서 있었다.

"꽤 쓸모 있는 꿈이었지. 덕분에 고대마법을 몸에 새길 수 있었으니까."

고대의 마법은 몸에 마법회로를 만드는 식으로 마법을 발현한다. 기초가 되는 회로 위에 점점 복잡한 회로를 만들어나간다. 그리고 그렇게 새긴 회로를 통해 마법을 발현한다. 당연히 딜레이도 없고 위력도 뛰어나다. 단점은 회로를 새기는 과정이 너무 복잡하다는 점이다. 그것을 모두 외우고 이해하지 못하면 결코 몸에 새길 수 없다. 고대의 황제는 황태자 시절에 당대 최고의 마법들을 회로로 만들어 몸에 새겨야만 한다. 그러지 않으면 황제가 될 수 없었다.

"아, 혹시 지구의 꿈은 꿨나? 난 그때의 꿈이 제일 재미있었는데 말이야."

당연히 꿨다. 별 특별할 것도 없었다. 한국에서 태어나 삼수를 하다가 간신히 대학에 들어갔다. 그리고 시위 현장을 지나가다가 재수 없게 사고로 죽었다. 그때 얻은 거라고는 책을 읽어 얻은 지식뿐이었다. 레이엘은 왠지 그 얘기는 하고 싶지 않았다. 괜히 기분이 나빴다.

"난 회사 사장에서부터 시장에 대통령까지 지냈지. 아주 제대로 해 먹었어."

레이엘은 그 뒤로도 계속 황제와 얘기를 맞춰 봤다. 그리고 결론을 내릴 수 있었다. 두 사람은 항상 같은 시대 다른 사람의 꿈을 꿨다. 꼭 뭔가 법칙이라도 있는 것 같았다.

문제는 모든 꿈에서 레이엘은 항상 어중간한 인물이었고 황제는 어떤 식으로든 시대의 정점을 찍었다는 점이었다. 대장장이를 해도 황제는 천하제일의 장인이었고, 마법사를 해도 대륙을 진동시킨 위대한 대마법사였다.

"이거 정말 재미있군. 그래서 그렇게 모든 걸 잡다하게 익힌 건가?"

레이엘은 눈살을 찌푸렸다. 황제는 그런 레이엘을 조롱하듯 쳐다봤다.

"난 다 버렸지. 내 힘이 될 만한 것만 빼고 말이야. 하지만 그렇게 버렸어도 뭐든 너보다는 잘할 수 있을 것 같은데, 그렇게 생각하지 않나?"

레이엘은 대답하지 않았다. 절대 그렇지 않다. 자신은 그 모든 것에서부터 새로운 것을 배워냈다. 그렇지 않았다면 이렇게 큰 힘을 얻지도 못했을 것이다. 하지만 굳이 그 말을 해줄 필요가 없었다. 그저 조용히 황제를 응시했다.

"기분 나쁜 눈빛이군. 갑자기 기분 상했어. 다른 놈이 그따위 눈빛을 보냈다면 온몸을 터트려 버렸겠지만, 너니까 봐주지."

황제는 그렇게 말한 후, 강렬한 눈빛으로 레이엘을 노려봤다. 마치 모든 것을 태우고 빨아들일 것만 같은 눈빛이었다.

"내 밑으로 들어와라. 너라면 내 심복이 될 자격이 있다. 나와 함께 세상을 발아래에 둘 자격이 있어. 어떤가? 생각이 있나?"

레이엘은 조용히 고개를 저었다. 그러려고 여기까지 온 것이 아니다. 황제에게 고개를 숙이려고 그를 만나려던 것이 아니다. 모든 것은 자신을 찾기 위함이었다. 그리고 황제를 만난

덕에 약간의 성과를 얻었다.

"역시 그럴 줄 알았지. 너라면."

황제의 눈빛이 서늘해졌다. 그리고 천천히 입을 열어 자신의 이야기를 하기 시작했다.

황제가 첫 꿈을 꾼 것은 정확히 아홉 살 생일이었다. 그때부터 레이엘과 마찬가지의 일을 겪었다. 점점 자아가 사라지고 정신이 피폐해졌다. 그리고 그러는 와중에 계속 무언가가 동쪽에서 자신을 불렀다.

만일 그가 평범한 사람이었다면 계속 동쪽으로 가다가 꿈에 먹히고, 또 마수의 숲에서 그렇게 마수가 되었을 것이다. 하지만 황제는 다른 사람들과 상황이 많이 달랐다. 그는 공국의 왕자였다.

키시아 공국은 그리 강한 나라는 아니지만 그래도 경제력이 풍부한 나라였다. 그리고 왕의 힘이 강한 나라이기도 했다.

그는 왕궁이라는 특수한 상황 덕분에 마수의 숲으로 가지 않을 수 있었고, 꿈에 먹히지 않을 수 있었다.

그렇게 제정신을 완전히 찾은 후, 꿈으로 얻은 지식을 토대로 수련에 들어갔다. 매일이 수련의 연속이었고, 그렇게 거대한 힘을 얻어나갔다.

황제는 수련과 독서를 병행했다. 키시아 공국의 왕실 도서관에는 어마어마한 양의 책이 비치되어 있었고, 그 책을 닥치는 대로 읽었다.

 그리고 그렇게 수많은 책을 읽던 도중, 특별한 책 한 권을 발견했다. 제목도 없는 낡은 책이었는데, 왠지 계속 그의 시선과 마음을 끌었다. 결국 황제는 그 책을 펼쳤다. 그리고 굉장한 사실을 알아냈다. 그 책은 바로 자신의 비밀에 대해 설명해 놓은 책이었다.

 여기까지 얘기를 들었을 때, 레이엘은 격한 반응을 보였다. 황제는 그것을 보고는 빙긋 웃었다. 물론 눈빛은 더없이 차가웠다.
 "마음에 드는 반응이야. 그러니까 좀 사람답군. 조금 전까지는 인형을 상대하는 걸로 착각을 할 정도였는데 말이야."
 황제는 잠시 레이엘을 재미있다는 듯 쳐다보다가 계속해서 말을 이었다.

 황제나 레이엘이 계속 꿈을 꾸었던 이유는 신의 파편을 몸으로 흡수했기 때문이다. 신의 파편이라는 것은 새로운 신의 탄생을 위해 절대적인 섭리에 의해 만들어진다. 그리고 그렇게 파편을 흡수한 자들은 끊임없이 꿈을 꾸게 된다. 그 꿈은 일종의 시험과도 같았다. 그리고 우연이든 스스로의 능력이든 그것을 이겨냈을 때에서야 비로소 자격을 가지게 된다.
 그 사실을 알게 된 황제는 신이라는 이름에 매혹되어 버렸다. 그리고 신이 되고자했다. 우선 자신이 가진 지식을 모두 이용해 빠르게 강해졌다. 그리고 그 지식을 이용해 수하들을 강하게 만들었다.

원래는 공왕도 될 수 없는 상황이었지만 그것을 멋지게 뒤집었고, 결국 왕이 되었다. 그리고 자신이 가진 힘을 시험하기 위해 전쟁을 일으켰다.

공국과 인접한 두 왕국을 병탄하는 건 아주 간단했다. 황제가 키운 기사와 병사들의 힘은 상상을 초월했다. 이 시대에는 말이다.

황제는 그 후 제국을 선포했다. 그리고 신이 되기 위해 어떻게 해야 하는지 알아보기 위해 홀로 카르파 공국을 정벌했다. 그리고 자신의 수하들이 정벌한 제국의 황성에 틀어박혔다.

"내가 거기서 무엇을 했을 것 같나?"

레이엘은 답하지 않았다. 상상할 수도 없었다. 천하제일의 무공을 헤아릴 수도 없이 섭렵하고, 그 경지를 밟아봤으며, 최고의 마법지식을 가지고 또한 그 경지에 도달한 사람이다. 그가 무슨 생각을 하는지 또 무슨 수련을 할지 어떻게 상상할 수 있단 말인가.

"별 것 없었다. 신이 되려면 무엇이 필요할까? 당연히 힘이다. 신은 그에 걸맞은 능력이 있어야 한다. 난 그 능력을 만들기로 했지."

"신의 능력이라니 상상도 안 되는군."

"그래? 넌 그런가? 하지만 난 그렇지 않아. 무의 극에 도달하면서 그 위의 경지를 어렴풋이 느꼈다. 그리고 그때 생각했지 그게 바로 신의 경지가 아닐까? 또한 마법의 극에 이르며 또 같은 것을 느꼈다. 그 위의 경지가 바로 신이 아닐까?"

레이엘은 고개를 저었다. 레이엘로서는 전혀 알 수 없는 이야기였다. 그런 경지를 한 번도 경험해본 적이 없으니 할 말도 없었다. 레이엘은 문득 지금의 자신이 어떤 경지에 있는 건지가 궁금했다.

'지금의 나라면 무림맹주 정도는 이길 수 있지 않을까? 그보다는 강하지 않을까?'

왠지 그럴 것 같았다. 하지만 그럼에도 방금 황제가 말한 것 같은 그런 느낌은 한 번도 받은 적이 없었다. 그럼 무림맹주가 자신보다 더 높은 경지란 말인가? 레이엘은 고개를 저었다. 그것도 알 수 없었다. 당시 살수였던 레이엘의 경지로는 무림맹주가 얼마나 강한지 파악하는 게 불가능했다. 그래서 그에 대한 정보가 없었다.

레이엘이 그렇게 생각에 잠겨 있는 동안 스스로의 말에 도취한 황제가 자리에서 벌떡 일어났다. 그의 주위로 강대한 기운이 휘몰아쳤다.

"그래서 난 내가 필요한 것 외에는 모두 버렸다! 가장 중요한 것만 극대화시켜서 신에게 한 발 다가갔다!"

레이엘은 황제의 주위로 뚜렷이 나타나는 기운들을 눈으로 확인할 수 있었다. 황제가 그렇게 의도했기에 가능한 일이었다. 그렇지 않았다면 아마 절대 볼 수 없었을 것이다.

우선 하단전에서 뿜어져 나온 기운이 평원 전체를 장악했다. 실로 상상할 수조차 없을 정도로 거대한 기운이었다. 레이엘이 자신의 감각으로 황제의 몸을 살폈을 때 확인한 것과는 차원이 달랐다.

또한 가슴에서 선명한 마나의 고리가 퍼져나갔다. 고리의 수는 아홉 개였다. 서클 마법으로 9서클을 마스터한 것이다. 사실 그것만으로도 충분히 신의 경지라 할 수도 있었다.

한데 더 놀라운 것은 황제의 몸 곳곳에서 느껴지는 어두운 마나의 향기였다. 그것도 아홉 개였다. 황제는 클래스 마법까지 9클래스까지 익힌 것이다. 그것도 흑마법으로.

'흑마법? 그게 가능한가?'

흑마법에 대해서는 레이엘도 아주 잘 알고 있다. 하지만 그것을 제대로 익힐 수는 없었다. 흉내는 낼 수 있지만 그게 전부였다. 당연히 성휘 때문이었다. 한데 황제는 놀랍게도 흑마법을 9클래스까지 익혔다.

'서클마법, 흑마법, 고대마법까지 익히다니, 정말로 괴물이 따로 없군.'

레이엘이 그렇게 놀라고 있을 때, 황제의 주변을 휘도는 기운들이 훨씬 더 강력해졌다. 그리고 황제의 머리 위 허공에서 거대한 회오리가 나타났다. 바람의 정령왕이 등장한 것이다. 그와 동시에 황제의 왼편에서 거대한 물기둥이 치솟았다. 그것은 이내 물로 된 거인의 모습으로 변했다. 물의 정령왕이었다. 황제의 오른편에는 불기둥이 치솟더니 불의 거인으로 변했다. 당연히 불의 정령왕이었다. 또한 황제의 뒤에서 땅이 솟아나더니 거인으로 변했다. 땅의 정령왕이었다.

레이엘은 이 모든 광경을 지켜보며 황제의 힘에 질려 버렸다. 한 사람이 이렇게 많은 힘을 가졌다면 그것이 정말로 신일 수도 있겠다는 생각이 들었다.

'그런데 이상하군. 분명히 나보다 수십 배는 더 강한데 전혀 두렵지가 않아.'

황제는 오연한 눈으로 레이엘을 내려 봤다. 어느새 황제가 딛고 선 땅이 위로 치솟아 레이엘보다 훨씬 위에 서 있었다. 자연스럽게 높은 자리에서 아랫사람을 내려다보는 구도가 되었다.

"어떤가? 내 힘을 본 감상이? 실로 위대하지 않은가?"

황제의 말에 레이엘은 대답하지 않았다. 대단하긴 했지만 위대하지는 않았다. 자신이 그 정도로 강해질 수 있느냐고 자문한다면 고개를 젓겠지만 그래도 마찬가지였다.

"난 여기서 한 발 더 나아갈 것이다."

황제의 말에 레이엘이 무심한 어조로 물었다.

"그럼 신이 되는 건가?"

황제가 환하게 웃었다.

"그래. 신이 된다. 내가 이 세상의 신이 되는 거다."

"그게 무슨 의미가 있지?"

황제는 어이없는 표정으로 레이엘을 바라봤다. 무슨 그런 말도 안 되는 질문을 한단 말인가. 무슨 의미가 있냐니. 인간이 신이 되는데 말이다.

"신이 된다는 의미를 모르는 건가? 이 세상이 모두 나의 것이 된단 말이다. 내 의지로 모든 것을 할 수 있게 된다. 세상을 창조하고 멸하는 것도 모두 내 의지로 가능해진다. 거기에 더 무슨 의미를 부여한단 말이냐!"

"신이 되려는 자가 흑마법을 익혔나?"

"으하하핫!"

황제는 크게 웃었다. 그리고 레이엘을 불쌍하게 바라봤다.

"꿈을 천 번이나 꿨으면서도 그런 고정관념에 갇혀 있다니, 정말로 불쌍하고 어리석은 놈이로구나. 세상의 모든 신들이 인간에게 득이 될 거라고 생각하나? 어둠을 더 좋아하는 신도 있는 법이다. 흑마법을 훨씬 더 사랑하고 그 근본이 되는 신도 있단 말이다."

"마신이 될 생각인가?"

황제가 양팔을 번쩍 들어 올리며 하늘을 바라봤다. 그리고 광기어린 웃음을 터트렸다.

"크하하하핫! 그래! 마신! 멋지지 않은가 말이야! 마신이 되어 이 세상에 남아있는 모든 신을 없앨 것이다! 그래서 유일무이한 존재가 될 것이다! 으하하핫!"

레이엘은 황제의 광기를 이해할 수 없었다. 하지만 황제도 자신을 이해하지 못하는 건 마찬가지일 것이다. 레이엘은 어느새 웃음을 멈추고 이글이글 타오르는 눈으로 자신을 노려보는 황제를 향해 무심한 시선을 던졌다.

"정녕 나와 함께 하지 않을 텐가? 내가 마신이 되면 넌 신족이 될 수도 있다. 아니, 밤을 관장하는 신이 될 수도 있다. 그런 기회를 정말로 마다하겠다는 건가?"

레이엘은 황제를 바라보며 피식 웃었다.

"관심 없다."

레이엘의 말이 떨어지기가 무섭게 정령왕들이 힘을 폭발시켰다. 마치 폭주라도 하는 것처럼 어마어마한 기운이 주변을 휩쓸었다. 하지만 정작 그 한가운데 서 있는 황제에게는 미풍조차 불지 않았다. 마치 태풍의 눈처럼 완벽한 힘의 공백이 그곳에 있었다.

정령왕들이 일으킨 힘의 여파는 정말로 어마어마했다. 그리고 그 엄청난 힘이 집중되는 곳은 레이엘이 서 있는 곳이었다. 레이엘의 몸이 위태롭게 흔들렸다. 하지만 레이엘의 표정은 전혀 변하지 않았다.

"아직도 그 생각에 변함이 없느냐!"

레이엘은 대답하지 않았다. 하지만 대답한 것이나 다름없었다. 황제의 얼굴이 일그러졌다. 그리고 이내 크게 광소를 터트렸다.

"흐하하하하! 좋아! 그래야 재미있지! 어디 한번 살아남아 봐라. 만일 살아난다면 힘을 키워라. 고작 그런 개미 같은 힘 말고, 신에게 대적할 수 있는 진짜 힘을 말이다!"

황제의 몸에서 눈부신 빛이 뿜어져 나왔다. 그리고 주변이 새빨갛게 물들어갔다.

"난 한 계단 위에 오른 뒤, 숲의 왕을 죽일 것이다. 그리고 진짜 신이 될 것이다."

그것이 황제가 한 마지막 말이었다.

평원이 붉은 섬광에 휩싸였다. 어마어마한 힘이 서린 섬광이었다. 그것은 닿는 모든 것을 녹여버리고, 가루로 만들어 버렸다. 그리고 그 대부분의 힘이 레이엘에게 집중되었다.

레이엘은 자신이 가진 모든 힘을 끌어올려 대항했다. 황제의 힘에 비하면 정말로 보잘 것 없었지만 그래도 있는 힘을 다했다. 레이엘을 덮친 황제의 힘은 정말로 거대했지만, 레이엘은 여전히 그것이 두렵지 않았다.

레이엘의 몸에서 새하얀 빛이 뿜어져 나왔다. 흰 빛이 붉은 빛을 밀어내고 뒤섞이며 힘겨루기를 했다. 그리고 어느 순간 붉은 빛이 하얀 빛을 삼켜 버렸다.

결국 평원은 온통 핏빛으로 물들었다. 그리고 그 위에 황제의 광소가 끊임없이 메아리쳤다.

한참의 시간이 지난 후, 평원을 가득 메우던 빛이 사라졌다. 그리고 그곳에는 아무것도 남지 않았다. 황제도 레이엘도, 그리고 근처에 병사들이 만들었던 진지도 모두 사라졌다.

제2화 전쟁이 끝나고

Re-Monster

 전쟁이 끝났다. 대륙 각지에서 벌어지던 모든 전쟁이 단번에 끝나 버렸다. 키시아 제국은 몰튼 왕국을 마지막으로 더 이상 전쟁을 벌이지 않고 군대를 돌렸다. 그리고 키시아 제국이 군대를 돌리자, 각 왕국들은 내실을 다졌다.
 덕분에 가장 득을 본 것은 하야스 왕국과 살린 왕국이었다. 두 왕국은 다섯 왕국의 압박을 받고 있었는데, 그것이 단번에 해결되어 버렸다.
 그리고 그들에게 원군을 보냈던 크롬 왕국의 군대가 다시 돌아왔다. 그것은 크롬 왕국의 왕실에 큰 힘을 보탰다. 비록 제대로 된 전투를 하지는 않았지만 하야스 왕국과 살린 왕국은 크롬 왕국이 보여준 성의를 결코 무시하지 않았다. 덕분에 원정을 나갔던 3왕자 더스틴은 세 왕국의 연합에 결정적인 공헌을 할 수 있었다.

사실 세 왕국의 연합은 이번 전쟁이 아니라도 조만간 이루어질 수밖에 없는 상황이었다. 점차 혼란으로 치닫는 대륙의 정세 속에서 살아남으려면 힘을 모아야만 했다. 또한 그래야 한발 더 앞으로 나아갈 수 있다.

더스틴은 그런 상황과 맞물려 그저 열매를 따 먹었을 뿐이었다. 하지만 열매를 딴 공은 정말로 컸다. 그 일로 인해 차기 왕좌에 확실히 다가갈 수 있었으니 말이다.

"하하. 자, 다들 들게."

"축하드립니다. 전하."

"앞으로 왕국을 잘 이끌어 주십시오. 전하."

더스틴은 아부 섞인 귀족들의 인사를 들으며 잔을 높이 들어 올렸다.

"왕국의 미래를 위해!"

더스틴은 그렇게 외치며 잔을 단숨에 비웠다. 나머지 귀족들도 똑같이 말하고는 잔을 비웠다. 그들의 얼굴이 살짝 상기되었다. 이제 진짜로 왕권에 한발 다가갔다. 아마 별다른 이변이 없는 한 더스틴이 다음 대 국왕이 될 것이다. 그리고 그런 더스틴과 끈을 만든 자신들은 권력의 달콤함을 한껏 만끽할 것이다.

"그나저나 카라미스 공작이 안 보이는군."

더스틴의 말에 귀족들의 표정이 살짝 굳었다. 더스틴은 분위기가 조금 술렁이는 것을 느끼고 자브리안 백작을 바라봤다. 자브리안 백작가에도 몇 가지 변화가 있었다. 그 중 하나가 바로 지금 자브리안 백작이 되어 있는 페릴 자브리안이었다. 그의 아버지이자 전대의 자브리안 백작은 모든 걸 자신의 아들인 페릴에게 물려주고 뒷선으로 물러났다. 물론 완전히 자의에 의한 것만은 아니었다. 페릴 자브리안은 그 뒤를 이어 백작가를 아주 훌륭하게 이끌어 나갔다. 또한 더스틴의 신임도 상당했다.

자브리안 백작은 살짝 고개를 숙이며 입을 열었다.

"실은 발터스 영지에 대한 문제로 출정 준비를 하고 있습니다."

"출정? 발터스의 영주는 그의 여동생이 아니었던가?"

"맞습니다. 한데 이번에 문제가 좀 생겼습니다."

더스틴이 흥미로운 표정으로 자브리안 백작의 말을 기다렸다. 카라미스 공작은 그에게 있어서 가장 중요한 사람이다. 당연히 그에게 벌어진 일에 어떤 식으로든 도움을 줘야만 한다.

"발터스가 독립을 선언했습니다."

더스틴의 눈이 화등잔만 해졌다. 자브리안 백작은 차분하게 현재 발터스와 카라미스 공작가, 그리고 크롬 왕국의 왕실이 얽힌 복잡한 이야기를 풀어 나갔다. 모든 설명을 들은 더스틴이 굳은 표정으로 고개를 끄덕였다.

"내가 없는 동안 그런 일이 있었군. 하면 어떻게 하는 게 좋겠나? 난 카라미스 공작을 버릴 생각이 없네."

"어차피 발터스의 힘으로는 카라미스 공작가의 병력을 막을 수 없습니다. 하지만 그들도 뭔가 믿는 구석이 있으니 독립을 선언한 것이 아니겠습니까?"

"피해 없이 정벌할 수 없다는 뜻이로군."

"그렇습니다."

더스틴은 살짝 미소를 머금으며 귀족들을 둘러봤다. 이번 기회에 한번 힘을 과시하는 것도 나쁘지 않을 듯싶었다.

"어떤가? 이번 기회에 다들 조금씩 힘을 보태주는 건."

더스틴의 말에 귀족들이 눈을 빛냈다. 이건 더스틴의 눈에 들 수 있는 기회였다. 또한 카라미스 공작가에 빚을 지울 수 있는 기회이기도 했다. 게다가 더스틴에게 줄을 댄 수많은 귀족들이 힘을 모은다면 발터스를 정벌하는 것쯤은 정말로 손쉬울 것이다.

"왕자 전하께서 그 말씀을 하시기만을 기다렸습니다."

귀족들은 너 나 할 것 없이 분분히 일어나 더스틴의 의견에 동의했다. 더스틴은 그 모습을 보며 마치 자신이 진짜 왕이 된 듯한 착각이 들었다.

"좋아. 그대들의 충정은 내 결코 잊지 않겠네. 또한 카라미스 공작도 그대들에게 분명히 고마워할 거라고 장담하네."

더스틴의 말에 분위기가 후끈 달아올랐다. 이제 그들의 출정은 기정사실이 되어 버렸다. 요는 각자 얼마나 병력을 동원하느냐였다.

"이번 기회에 켄스웰 백작의 힘도 한번 보고 싶군."

더스틴이 그렇게 말하며 다른 귀족들과 다르게 조용히 앉아 있는 사내를 바라봤다. 그는 크롬 왕국 유일의 오라마스터인 켄스웰 백작이었다.

"왕자 전하의 뜻에 따르겠습니다."

켄스웰 백작까지 나선다는 말에 귀족들의 머리가 바쁘게 돌아갔다. 발터스에는 지난 전쟁의 영웅인 100인의 기사가 있다. 그들의 능력은 정말로 대단하다고 알려져 있다. 또한 그들을 이끄는 레이엘은 오라마스터라고 한다.

발터스의 정벌에 유일한 걸림돌이 바로 그들이었다. 하지만 켄스웰 백작이 나선다면 얘기가 좀 달라진다. 그가 레이엘만 맡아 준다면, 아니, 그저 레이엘이 나서지 못하게 시간만 끌어 준다면 정말로 거의 피해 없이 발터스를 정벌할 수 있을지도 모른다.

자브리안 백작은 그렇게 머리를 굴리는 귀족들을 향해 자신이 최근에 알아낸 작지만 큰 정보 하나를 넌지시 흘렸다.

"전쟁 영웅도 떠난 마당이니 승리는 따 놓은 당상이로군."

지나가듯 중얼거린 그 말을 듣지 못한 귀족들은 한 명도 없었다. 그들의 눈이 커다래지며 결정을 굳혔다. 이번 기회에 정말로 크게 힘을 한번 과시하자고 말이다.

"그나저나 정말로 무모하지 않은가. 발터스의 영주가 그렇게 무능한 자였나?"

더스틴의 말에 자브리안 백작이 고개를 저었다.

"그렇지 않습니다. 오히려 발터스의 영주는 상당한 능력을 가지고 있습니다. 아니라면 발터스를 그렇게까지 발전시킬 수는 없었을 겁니다."

"유능한 자치고는 너무 무모한 결정 아닌가? 독립이라니."

"가능성이 충분히 있다고 판단했겠지요. 전쟁이 이렇게 금방 끝날 거라고는 아마 예상치 못했을 것입니다."

"하긴."

키시아 제국 때문에 대륙 전체가 들썩였었다. 그 여파로 크롬 왕국도 원정군을 조직해 하야스 왕국과 살린 왕국을 도와야만 했다. 발터스가 독립을 선언한 건 딱 그 시기였다. 상당히 미묘한 시기였다. 하지만 그 전쟁이 너무 빨리 끝나 버렸다.

"좋아. 아무튼 이번 일은 백작이 다 알아서 하게."

"맡겨 주십시오."

공손히 허리를 숙이는 자브리안 백작의 눈이 번득였다. 이로써 발터스 정벌에 한 발 걸칠 수 있게 되었다. 그리고 결국 제니아는 자신의 것이 될 것이다.

'멍청한 것. 그냥 따라왔으면 지금쯤 백작 부인이 되어 있을 것 아닌가. 이제 네게 남은 건 노예 자리뿐이다.'

영지가 독립을 선언했다는 것은 반란군이나 다름없다. 그런 반란군의 수장을 부인으로 맞이할 수는 없다. 사실 노예도 과분하다. 페릴은 제니아를 자신의 노예로 만들기 위해 몇 가지 이득을 포기하기로 결정했다. 그 정도로 제니아에 대한 집착이 커졌다.

그렇게 크롬 왕국의 발터스 정벌은 새로운 국면으로 접어들었다.

"정벌대가 출발했습니다."

바이런의 말에 제니아가 긴장을 감추지 못했다. 드디어 발터스의 미래를 건 일전이 시작된 것이다. 이 싸움에서 진다면 발터스의 미래는 더 이상 없다.

"너무 염려하실 필요 없습니다. 우리 기사와 병사들은 강합니다. 크롬 왕국의 모든 군대가 몰려와도 이길 수 있습니다. 더구나 장소가 여기라면 절대적으로 유리하지 않습니까."

바이런의 말에 제니아가 억지로 미소를 지으며 고개를 끄덕였다. 그 말이 옳다. 발터스에는 무려 101명의 오라마스터가 존재한다. 또한 수천 명에 달하는 병사들이 모두 오라를 다룰 수 있다. 게다가 바이런이 손수 키운 마법병단까지 있다. 이런 전력을 가지고 싸우는데 어떻게 질 수 있겠는가.

하지만 제니아는 여전히 걱정이었다. 얼마나 큰 피해를 입을지, 또 전쟁이 한 번에 끝날지도 문제였고, 그때까지 과연 버틸 수 있는지도 걱정이었다.

"정말로 잘 될까요?"

"물론입니다. 비축해 둔 식량만 해도 영지민을 3년은 먹여 살릴 수 있을 정도입니다. 그리고 이번 전투가 끝나면 농토가 더욱 넓어질 테니 뒷일도 걱정이 없습니다."

이번 전쟁에서 승리하면 발터스 주변 영지를 흡수할 계획이다. 발터스가 진정한 독립을 이루기 위해서는 농토의 확장이 반드시 필요했다. 발터스의 고질적인 식량 문제를 완벽하게 해결하기 위해서다.

발터스는 마수의 숲에 인접해 있기 때문에 농사를 지을 수 있는 땅이 너무 적다. 광산만 여러 개 있으니 돈은 문제가 없지만, 독립을 했을 때 식량 사정이 나쁘면 식량의 공급을 빌미로 왕국이 발터스의 내정에 간섭하려 들 수도 있다. 그래서는 진정한 독립이라고 할 수 없다.

하지만 주변 영지를 흡수하게 된다면 드넓은 농토를 소유하게 된다. 그것을 이용하면 식량 문제를 어느 정도 해소할 수 있다. 물론 아무리 주변 영지를 흡수한다 하더라도 식량 문제를 완벽하게 해결할 수는 없다. 발터스 주변 영지도 마수의 숲과 가까운 건 마찬가지다. 발터스보다는 훨씬 낫지만, 그래도 왕국의 다른 곳에 비하면 그리 비옥한 토지는 아니었다.

"주변 다섯 개 영지를 흡수한다고 했던가요?"

"예전 우리를 집어삼키려던 영지들만 추렸습니다. 아마 이

번 정벌에 한 손을 거들 테니 그걸 빌미로 협상을 벌일 계획입니다."

"피해 없이 이기는 건 불가능하겠죠?"

제니아의 표정이 어두워졌다. 바이런은 그것을 보며 빙긋 웃었다. 그녀의 마음이 느껴졌기 때문이다.

"피해 없이 이길 생각입니다. 초반에 그들이 방심하고 있을 때, 완전히 압도해 버린다면 충분히 가능합니다. 서로 피를 덜 흘리고 전쟁을 끝낼 수 있을 것입니다."

바이런의 자신만만한 말에 제니아가 눈을 동그랗게 떴다. 그리고 이내 굳은 표정으로 고개를 힘 있게 한 번 끄덕였다.

"꼭 그렇게 되도록 부탁드려요."

"영주님이 원하시는 대로 될 것입니다."

바이런은 정중히 허리를 숙였다. 영주에 대한 자신의 마음을 가득 담아서.

일단 정벌대가 구성되자 그들은 놀랄 정도로 빠르게 진격했다. 정벌대의 가장 앞에는 카라미스 공작이 있었다. 그는 정벌대의 총사령관이었다.

"발터스라서 다행이군."

카라미스 공작의 말에 근처에 있던 부관이 얼른 말을 받았다.

"그렇습니다. 구름산맥은 정말로 귀찮은 존재지요."

정벌대는 카라미스 공작령에서 출발했다. 만일 목표가 구름산맥 너머의 다른 곳이었다면 원정이 정말로 길어졌을 것이다. 하지만 발터스로 가기 위해선 굳이 구름산맥을 넘을 필요가 없었다. 산맥의 북쪽을 지나가면 바로 발터스로 이어진 길이 나온다.

"조금 서둘러야겠다. 이 의미없는 원정을 빨리 끝내고 싶구나."

카라미스 공작의 말에 부관이 고개를 숙이며 명을 받았다. 잠시 후 행군의 속도가 더 높아졌다. 그렇게 그들은 발터스 근방에 도착했다.

발터스의 주변 영지들은 이번을 기회로 삼았다. 카라미스 공작가를 비롯한 왕국의 주요 귀족들이 몽땅 나선 이상 발터스는 끝장이다. 그렇다면 정벌군에 적극적으로 협조해야만 한다. 그래야 떨어지는 콩고물도 많을 테니까 말이다.

정벌대는 그렇게 발터스 주변 영지들의 협조를 통해 배불리 먹고 충분한 휴식을 취할 수 있었다.

그렇게 이틀을 푹 쉰 뒤, 정벌군이 본격적으로 움직였다. 정벌군의 군세는 무려 4만에 달했다. 그 중 2만이 여러 귀족들이 보내온 병력이었고, 1만은 왕국군이었다. 그리고 남은 1만이 바로 카라미스 공작이 이끌고 온 공작가의 병사들이었다.

질서 정연하게 도열한 병사들을 바라보는 세이드 카라미스 공작의 곁으로 페릴 자브리안 백작이 다가갔다. 세이드는 눈동자만 슬쩍 돌려 페릴을 한 번 쳐다보고는 다시 병사들을 바라봤다. 페릴이 왜 여기까지 따라왔는지 이유를 알기에 더 기분이 나빴다.

"뭐 먹을 게 있다고 여기까지 따라왔소? 설마 아직도 미련을 못 버린 거요?"

"당연하지 않소이까. 제니아는 내 마음을 흔든 유일한 사람이라오."

"지금은 반란군의 수괴일 뿐이오. 살려둘 수 없어."

페릴이 의미심장한 미소를 지으며 세이드를 바라봤다. 세이드의 표정은 한껏 굳어 있었다.

"처음부터 죽일 생각도 없었던 거 아니오? 굳이 지금 그런 이야기를 하는 이유를 모르겠소이다."

세이드는 페릴의 여유로운 태도가 마음에 안 들었다. 하지만 그저 고개를 흔들고는 다시 병사들에게 시선을 돌렸다. 페릴의 말이 옳기 때문이다. 세이드도 제니아를 죽일 생각 따위는 없었다. 페릴만큼이나, 아니, 그보다 훨씬 더 많은 집착을 가지고 있었다.

'노예로라도 만들 수 있다면 그렇게 할 것이다.'

세이드는 페릴이 자신과 똑같은 생각을 하고 있다는 것을 대번에 알 수 있었다. 전에는 페릴과 제니아의 혼인을 통해 얻을 것이 있었기에 제니아를 포기했다. 하지만 이제는 그게 불가능하니 제니아를 포기할 이유가 전혀 없었다. 반란을 일으킨 그 시점에 제니아와 카라미스 공작가와의 관계가 끊어졌기 때문이다.

'결코 양보하지 않는다.'

페릴과 세이드는 동시에 같은 생각을 하며 서로를 노려봤다.

"이제 진짜 시작이네요."

제니아는 성벽 위에 설치된 마법진을 통해 멀리 정렬한 군대를 바라봤다. 어마어마한 수의 병력이었다.

"그래도 크롬 왕국이 아직은 여력이 남은 모양입니다. 고작 영지 하나 점령하는데 4만이나 되는 병력을 이끌고 왔으니 말입니다."

"여긴 오라마스터가 있는 곳이에요. 게다가 블러디울프까지 몰살시킨 곳이고요. 어설프게 덤벼들 리가 없죠."

"그것만이 아닐 겁니다."

제니아가 바이런을 바라봤다. 바이런은 의미심장한 표정으로 말을 이었다.

"완전히 압도할 생각일 겁니다."

"압도한다고요?"

"그래야 다른 영주들이 딴마음을 못 먹을 것 아닙니까. 원래 반란군은 단번에 뭉개 버려야 왕국을 유지하는 게 편해지는 법입니다. 권력을 유지할 힘이 있다고 만방에 과시하는 거죠."

"하긴 그렇겠네요."

제니아는 그렇게 말하며 다시 시선을 정벌군 쪽으로 향했다. 그녀의 눈이 반짝였다.

"저 병력을 다 잃고 나면 어떤 표정을 지을지 정말로 궁금해지네요. 준비는 제대로 했죠?"

"물론입니다. 언제라도 달려갈 수 있습니다."

"좋아요. 시작은 마법인가요?"

"그렇습니다. 일단 마법과 활로 기습을 해서 혼란을 유도할 계획입니다."

"잘됐으면 좋겠네요."

제니아는 걱정스런 눈으로 정벌군을 쳐다봤다. 그들은 벌써 발터스 지척으로 다가왔다. 그리고 당장이라도 달려들 것처럼 일제히 발을 굴렀다.

쿵! 쿵! 쿵! 쿵!

4만의 병사들이 동시에 발을 구르는 소리는 정말로 어마어마했다. 쿵 소리가 날 때마다 영지 전체가 뒤흔들리는 듯했다.

"굉장한 위압감이네요."

"항복을 유도할 생각인가 봅니다. 저들도 굳이 피해를 입고 싶지 않겠지요."

"우리가 우습겠죠. 아마 가소로울 거예요. 일개 영지가 독립을 선언했으니까요."

"이제 곧 그것이 얼마나 잘못된 생각인지 알게 될 것입니다."

바이런은 씨익 웃으며 성벽 아래에서 대기하는 기사단장 부르터를 향해 신호를 보냈다. 부르터는 바이런의 신호를 받고 검을 높게 치켜 올렸다. 이제 모든 것은 바이런과 제니아의 손을 떠났다. 이제부터는 부르터가 병사와 기사들을 지휘해 적을 섬멸할 것이다.

규칙적인 발구르기 소리를 들으며 페릴은 세이드에게 넌지시 말했다.
"이제 슬슬 항복 권유를 하는 게 어떻겠소? 저들도 충분히 알아들었을 터인데."
세이드는 단호히 고개를 저었다. 그리고 부관을 향해 명령했다.
"마법사들을 준비시켜라."
부관이 부리나케 달려가자 페릴이 눈을 빛냈다.
"진지하게 공성전을 할 생각인가 보군. 마법으로 성벽을 무너뜨릴 계획이오?"
세이드가 고개를 끄덕였다. 병력이 4만이나 되지만 함부로 소모시킬 수 없는 귀중한 병사들이었다. 최대한 많은 병사를 남겨가야 자신의 입지가 흔들리지 않는다. 만일 병사들을 잔뜩 잃고 돌아가면 귀족들이 가만히 있지 않을 것이다.
사실 세이드는 훨씬 중요한 전력을 비밀리에 준비시켰다. 그들이 얼마나 잘해주느냐에 따라 이번 전쟁이 훨씬 더 빨리 끝날 수도 있을 것이다.

"마법사들을 준비시켰습니다."

부관이 달려와 보고를 했다. 세이드는 망설임 없이 다음 지시를 내렸다.

"성벽을 무너뜨려라."

세이드의 명령이 떨어지기 무섭게 마법사들 주위의 마나가 맹렬히 움직였다. 그들은 각자가 할 수 있는 최고 위력의 마법을 준비했다. 그리고 그 마법을 두세 번 펼치면 성벽쯤은 무너질 것으로 믿었다. 5클래스의 마법사가 무려 20명이나 된다. 고작 이런 변방 영지의 성쯤은 단숨에 무너뜨릴 수도 있었다. 성에 마법을 방어할 수 있는 사람이 없다면 말이다.

수많은 불꽃이 하늘로 날아올랐다. 마법사들이 쓰는 마법 중에서는 불 계열 마법의 위력이 크다. 폭발력을 가지고 있기에 성벽을 무너뜨리기에도 좋다. 단점이라면 조금 불안정하다는 점이었는데, 그런 건 마법을 빨리 쓰면 아무런 문제가 되지 않는다. 하지만 누군가 의도적으로 방해를 한다면 얘기가 좀 달라진다. 지금처럼 말이다.

퍼버버벙!

콰과과과광!

허공에 떠올랐던 불꽃들이 일제히 폭발했다. 그리고 그렇게 폭발한 불꽃의 잔해가 병사들에게 쏟아졌다.

"으아악!"

병사들 사이에서 비명이 터져 나왔다. 곳곳에서 불을 뒤집어쓴 병사들이 바닥을 뒹굴었다. 순식간에 진형 일부가 허물어졌다.

마법사들은 당황해서 주위를 다급히 살폈다. 그들은 자신이 쓴 마법이 어떻게 터졌는지 알 수 있었다. 어딘가에서 날아온 '마나볼'이 불꽃을 터트린 것이다. 즉, 다른 마법사들이 주위에서 방해를 했다는 뜻이다.

"저기로군."

세이드는 눈살을 찌푸리며 정면을 노려봤다. 레더아머를 입은 사람들이 잔뜩 늘어서 있었다. 진형을 이루지 않은 걸로 봐서 일반적인 병사가 아닌 듯했다. 세이드는 일단 저들을 잡기로 했다. 조금 전 마법이 폭발한 것과 저들 사이에 분명히 연관이 있을 거라 판단했다. 그리고 그들의 정체는 미처 세이드가 명령을 내리기 전에 알 수 있었다.

레더아머를 입은 사람들은 발터스의 마법병단이었다. 총 100명으로 이루어진 마법병단은 일제히 가슴의 마나서클을 회전시켰다.

"파이어봄!"

"크레이지 윈드!"

두 가지 마법이 거의 동시에 터져 나왔다. 마법병단의 절반은 '파이어봄'을, 그리고 나머지 절반이 '크레이지 윈드'를 펼쳤다. 그 결과는 놀라웠다.

콰과과과!

어마어마한 불꽃이 정벌대의 병사들을 휩쓸어 버렸다. 허공에서 불덩이가 폭발했고, 그것을 미친 듯이 휘몰아치는 바람이 덮쳐 광범위한 곳을 불로 장악해 버린 것이다. 마법병단이 가장 많이 연습하고 가장 잘 쓰는 공격 패턴이었다.

세이드는 병사들이 불길에 휩싸이는 것을 보며 경악했다. 세이드뿐 아니라 그것을 지켜본 모든 사람들이 깜짝 놀랐다. 저렇게 많은 수의 마법사를 발터스가 키워냈으니 어찌 놀라지 않을 수 있겠는가.

"어서 저들을 죽여라! 어서!"

세이드는 다급히 명령했다. 아직까지 혼란에 빠지지 않은 기사들이 일제히 말을 달렸다. 그리고 남은 기사들이 혼란에 빠진 병사들을 서둘러 정리했다. 불길에 휩싸인 병사들은 버릴 수밖에 없었다. 사실 전체 병력과 비교해 보면 그리 많은 수는 아니었다. 하지만 그들로 인해 진형이 붕괴되니 최대한 빨리 그들을 버려야 했다.

발터스의 마법병단은 기사들의 돌진을 보며 황급히 뒤로 물러났다. 하지만 사람이 달리는 속도와 말이 달리는 속도는 그 차이가 어마어마했다.

정벌군의 기사들이 순식간에 마법사들을 따라잡았다. 그들은 말 위에서 긴 검을 들어올렸다. 그대로 휘두르기만 하면 마법사들의 목을 취할 수 있었다. 기사들이 일제히 검을 휘둘렀다.

쿠당탕탕!

히히히힝!

말들이 일제히 고꾸라졌다. 당연히 말 위에서 검을 휘두르던 기사들 역시 중심을 잡지 못하고 말과 함께 나동그라졌다. 정말로 신기하게도 기사들은 옆으로 넘어지며 미끄러졌다. 덕분에 마법사들은 아무도 다치지 않았다. 기사들은 지금 상황을 이해할 수 없었다.

"크윽."

전혀 무방비 상태에서 말과 함께 넘어졌으니 다치지 않을 리 없다. 그들은 모두 팔이나 다리가 부러졌다. 억지로 몸을 일으키던 그들의 눈에 수많은 화살이 보였다.

퍼버버버버버벅!

화살비가 기사들 위로 쏟아졌다. 기사들은 자신의 말과 함께 그대로 화살에 꿰뚫려 절명하고 말았다.

이 상황을 모두 지켜본 세이드의 눈에 불길이 일어났다. 너무도 어이없이 당했다. 지나치게 방심한 대가였다.

'멍청한! 방심을 하다니!'

발터스를 너무 우습게 봤다. 독립을 선언했다는 건 틀림없이 믿는 구석이 있다는 뜻인데 그걸 간과해 버렸다. 그렇게 분노로 몸을 떠는 세이드의 눈에 하늘을 새까맣게 메운 화살이 보였다.

"젠장! 모두 방패를 들어라!"

세이드의 명령에 병사들이 방패를 들어 몸을 가렸다. 기사들 역시 마찬가지였다. 그들에게도 궁병은 있다. 하지만 당장 활용할 수 없었다. 일단 저들의 화살을 한 차례 막은 후 바로 역공을 취할 생각이었다. 원래대로라면 마법공격 다음에 화살을 날릴 계획이었다. 한데 마법공격이 어그러지며 전체적인 작전의 흐름이 끊겨 버렸다.

퍼버버버버벅!

화살이 쏟아졌다. 병사들은 방패로 간신히 그것을 막아냈다. 하지만 모든 화살을 다 막아낸 건 아니었다. 일부 병사들이 화살에 맞았다. 그런 병사들을 일일이 챙겨줄 여유는 없었다. 세이드는 즉시 궁병에게 명령을 내렸다.

"쏴라!"

궁병들이 대응 사격을 했다. 정벌군의 후미에 있던 궁병들이 일제히 화살을 날렸다. 정벌군이 이끌고 온 궁병의 수는 무려 5천에 달한다. 5천 발의 화살이 하늘을 수놓으며 날아갔다. 그 수가 발터스에서 날아온 것과 비슷했다. 세이드의 안색이 변했다.

'설마 발터스에 궁병이 5천이나 있단 말인가?'

세이드의 생각은 오래 가지 않았다. 궁병들이 날린 화살이 발터스의 성벽 근처에도 가지 못하고 땅에 떨어진 것이다. 사정거리가 턱없이 모자랐다. 그리고 발터스의 성벽 아래에서 다시 한 번 5천 발의 화살이 솟아올랐다.

"이런!"

퍼버버버벅!

"아악!"

화살이 노린 것은 정벌군의 궁병이었다. 발터스에서 쏜 화살은 정벌대의 것보다 훨씬 멀리 날아갔고, 더욱 더 강력했다. 순식간에 수많은 궁병들이 화살에 꿰어 절명했다.

"젠장!"

세이드는 이를 악물었다. 전황이 너무 일방적으로 흘러간다. 이건 좋지 않다. 병력은 몇 배나 많았다. 한데 초반에 제대로 싸워보지도 못하고 죽은 자들이 너무 많았다. 이대로는 안 된다. 세이드는 결단을 내렸다.

"기사들은 일제히 돌격하라! 병사들은 그 뒤를 따라 전진하라! 절대 전열을 이탈하지 말고 앞으로 나아가라!"

세이드의 명령에 기사들이 모두 돌진했다. 그리고 병사들도 앞으로 전진했다. 발터스에서는 계속 화살이 날아왔지만 방패를 들고 그것을 막으며 전진하니 피해가 그렇게 심각할 정도는 아니었다.

세이드는 비로소 안도했다. 그리고 그렇게 안도의 한숨을 내쉰 세이드의 곁으로 한 사람이 다가갔다.

"공작 각하. 저도 출격하겠습니다. 허락해주십시오."

세이드가 돌아보고는 흠칫 놀랐다. 그는 켄스웰 백작이었다. 켄스웰 백작은 더스틴의 명으로 이번 정벌에 참여했다. 게다가 그가 직접 키워낸 기사단을 이끌고 왔다. 정말로 큰 전력이었다. 물론 세이드는 그에게 이래라 저래라 명령을 할 권한 따위는 없었다. 이렇게 허락을 구하는 건 그저 요식행위에 불과했다.

"좋소. 그대의 활약을 기대하겠소."

켄스웰 백작의 입가에 잔혹한 미소가 맺혔다.

"지켜보시길."

켄스웰 백작은 휘하의 기사단을 이끌고 돌격했다. 그가 이렇게 나서는 건 발터스의 병사들이 성 안에서 지키지 않고 성 밖으로 나와 있기 때문이다. 병력의 수는 고작 5천에 불과하다. 그 정도쯤은 단숨에 쓸어버릴 수 있다. 켄스웰 백작은 정벌군이 그들을 쓸어버리기 전에 검에 피를 묻히고 싶었다. 또한 수하들도 충분히 손맛을 느끼게 해주고 싶었다.

"가자!"

켄스웰 백작이 이끄는 기사단까지 발터스 성으로 돌진했다. 그리고 발터스 성 앞에는 3천의 병사와 2천의 수련병사, 그리고 101명의 기사들이 눈을 빛내고 있었다.

"온다."

부르터가 그렇게 말하며 검을 뽑았다. 그러자 그 뒤에 늘어서 있던 기사들이 일제히 검을 뽑았다. 발터스의 기사들은 아무도 말을 타지 않았다. 말보다 훨씬 빠르게 달릴 수 있었고, 말 탄 기사들을 노리는 여러 가지 전법을 익혔기 때문에 그들을 향해 달려오는 천여 명의 기사들이 전혀 두렵지 않았다. 게다가 그들은 오라마스터다.

"준비되었으면, 갑니다."

기사들의 가장 후미에는 딕이 서 있었다. 딕은 언제라도 신성력을 뿜어낼 수 있도록 준비 중이었다. 딕은 마음의 준비를 하며 고개를 돌려 병사들의 후미에 위치한 아이린을 바라봤다. 아이린은 눈을 지그시 감고 조용히 두 손을 모으고 서 있었다.

딕은 신성력으로 기사들을 강화시키고, 아이린은 병사들을 강화시키기로 되어 있었다. 두 사람의 신성력으로 무장한 기사와 병사들은 두려움을 잊고 싸울 것이다. 또한 훨씬 빠르고 강해질 것이다.

부르터는 정벌군에서 새로 출발하는 기사단을 발견하고 눈을 빛냈다. 그들의 가장 앞에서 달려오는 자가 누군지 알아본 것이다.

"켄스웰 백작!"

부르터는 더 기다리지 않고 외쳤다.

"자! 가자!"

부르터를 시작으로 발터스의 기사들이 쏜살같이 달려 나갔다. 그들의 가장 뒤에서 딕이 신성력을 뿜어내며 따라갔다. 딕의 몸에서 빠져나온 신성력이 기사들의 몸에 스며들었다. 기사들이 달리는 속도가 더욱 빨라졌다.

기사들이 돌진하자 병사들이 그 뒤에서 눈을 빛내며 자세를 낮췄다. 병사들은 빨리 달리는 것보다 진형을 갖추고 달려야 한다. 병사들의 뒤에 서 있는 아이린이 조용히 기도를 시작했다.

화아아악!

눈부신 빛이 뿜어져 나왔다. 그리고 그 빛이 병사들을 뒤덮었다.

"와아아!"

병사들이 함성과 함께 빠르게 전진했다. 거의 일반인이 달리는 것과 비슷한 속도였다. 발터스의 병사들은 모두 오라를 다룬다. 당연히 속도가 빠르다.

그렇게 발터스의 병사 3천 명이 돌진하고 남은 자리에는 2천 명의 예비 병사들이 남았다. 그들은 다시 성으로 들어갔다. 그리고 성벽에 올라 각자 활을 꺼냈다. 적군의 수가 이렇게 많을 때는 이런 점이 좋다. 한창 전투가 벌어지는 곳 외의 다른 곳을 화살로 두드리면 큰 효과를 볼 수 있다.

꽈앙!

기사단이 격돌했다. 결과는 당연히 발터스의 압승이었다. 숫자의 차이는 열 배가 넘었지만 발터스의 기사들은 정벌군의 기사를 압도했다. 오라마스터인 데다가 딕의 신성력으로 인해 훨씬 강력해졌다. 그들을 누가 막을 수 있겠는가.

켄스웰 백작은 핏발 선 눈으로 자신과 검을 부딪친 상대를 노려봤다. 단 한 번의 격돌로 검의 이가 나가 버렸다. 그리고 온몸이 부서질 듯 아팠다. 정말로 무지막지한 힘이었다.

"네가 레이엘인가? 발터스에서 떠났다고 들었는데 우릴 속인 건가?"

켄스웰 백작의 말에 부르터가 피식 웃었다.

"나를 감히 그분과 비교하다니. 이걸 영광이라고 해야 하나, 아니면 욕을 해야 하나."

부르터의 말에 켄스웰 백작의 얼굴이 눈에 띄게 굳었다. 발터스에 레이엘 말고 다른 오라마스터가 있다는 얘기는 처음이었다. 정말로 보기 좋게 속았다. 하지만 결과는 변하지 않을 것이다.

켄스웰 백작의 검에 오라의 정화가 어렸다. 자신이 부르터를 맞아 시간만 끌 수 있다면 모든 게 끝난다. 다른 기사들이 알아서 정리할 것이다. 그가 이끄는 기사단도 발터스의 병사들에게 돌격했으니 조만간 결과가 나올 것이다.

부르터는 여유롭게 오라를 피워냈다. 그것을 본 켄스웰 백작의 눈썹이 꿈틀거렸다.

"고작 오라로 내 앞을 막아서겠다는 건가?"

"더 힘을 쓸 필요가 없을 것 같아서."

부르터는 그 말과 동시에 달려들었다. 켄스웰 백작이 타고 온 말은 첫 격돌에 이미 피를 토하고 죽었기에 둘 다 땅에 발을 붙이고 있었다. 켄스웰 백작은 발에 힘을 주며 부르터의 검을 막았다.

콰앙!

켄스웰 백작이 눈을 크게 치켜떴다. 믿을 수 없었다. 부르터의 오라가 자신이 만든 오라의 정화를 힘으로 눌러 버렸다. 어떻게 이런 일이 있을 수 있단 말인가.

"네가 만든 오라의 정화는 너무 가벼워."

부르터가 씨익 웃으며 검을 휘둘렀다.

콰콰콰콰!

오라로 만든 꽃이 무수히 피어났다. 켄스웰 백작의 눈이 화등잔만 해졌다. 켄스웰 백작은 자신의 몸에 하늘거리며 떨어져 내리는 오라의 꽃을 마구 쳐냈다.

꽝! 꽝! 꽝! 꽝!

오라의 꽃이 폭음과 함께 터져 나갔다. 오라가 터지면서 만들어진 수백 수천의 파편이 켄스웰 백작을 덮쳤다.

퍼버버버버버벅!

켄스웰 백작이 눈을 부릅떴다. 그는 검을 손에 꽉 쥔 채로 가만히 서서 부르터를 노려봤다. 부르터는 더 이상 검을 휘두르지 않았다. 그리고 고개를 돌려 발터스의 기사들이 적을 유린하는 모습을 바라봤다.

켄스웰 백작의 고개가 서서히 돌아갔다. 그의 눈에 자신의 기사들이 허무하게 무너지는 모습이 보였다. 그의 눈에 경악이 일었다. 그리고 그대로 온몸에서 피를 쏟으며 쓰러졌다.
 부르터는 차가운 눈으로 바닥에 누운 켄스웰 백작을 힐끗 쳐다본 후, 정벌대의 병사들을 향해 몸을 날렸다.

 세이드는 온몸을 부들부들 떨었다. 경악으로 치켜뜬 그의 눈가가 살짝 찢어졌다.
 "어떻게…… 어떻게 이럴 수가!"
 도저히 이해할 수 없었다. 켄스웰 백작이 저리도 허무하게 죽었다는 사실도 이해할 수 없었고, 천이 넘는 기사들이 고작 백 명의 기사들에게 완전히 무너진 것도 이해할 수 없었다. 그리고 수만의 군대를 몰아붙이는 3천 명의 병사들도 이해할 수 없었다.
 그들은 어디서 그렇게 힘이 솟는지 벌써 한 시간째 쉬지 않고 검을 휘두르고 있었다.
 "더 늦기 전에 후퇴해야 합니다."
 보다 못한 페릴이 다급히 말했다. 페릴 역시 믿을 수 없기는 마찬가지였다. 하지만 상대적으로 세이드보다는 정신을 빨리 차릴 수 있었다. 세이드는 모든 걸 쏟아 넣었지만 그는 아니었으니까.
 세이드의 눈동자에서 초점이 사라졌다.
 털썩.
 그대로 주저앉은 세이드는 멍한 눈으로 전장을 바라봤다.

그러다가 퍼뜩 정신을 차리고는 발터스 성으로 시선을 돌렸다. 성벽 위에 사람들이 서 있는 모습이 보였다. 너무 작아서 누군지 일일이 확인이 불가능했지만 세이드는 한 사람만은 정확히 알아볼 수 있었다.

"제니아……. 대체 그들은 뭘 하고 있단 말인가."

제니아만 잡으면 이번 전쟁은 끝난다. 그래서 세이드는 제니아를 잡기 위한 준비를 했다. 소식이 왔어도 벌써 왔어야 하는데 아직도 제니아가 멀쩡히 성벽 위에서 전황을 살피고 있다는 사실을 이해할 수가 없었다. 세이드의 상식 안에서 그들의 힘은 정말로 대단했으니까.

"공작님, 더 이상 늦으면 곤란합니다."

페릴의 말에 세이드가 다시 정신을 가다듬었다. 전장은 정말로 난장판이 따로 없었다. 그 난장판 안에서 발터스의 병사와 기사들만 질서 정연하게 움직이고 있었다. 정말로 처참한 패배였다.

"크윽. 전군 후퇴!"

세이드의 명령을 받은 부관이 서둘러 움직였다. 그리고 결국 정벌군이 후퇴하기 시작했다. 워낙 난장판이었기에 후퇴도 쉽지 않았다. 원래 후퇴가 더 어려운 법이다. 이렇게 전열이 무너진 상태에서 무리하게 후퇴하면 피해가 훨씬 커진다. 하지만 그것을 잘 알고 있음에도 세이드는 그렇게 결정을 할 수밖에 없었다. 그것이 전멸보다는 나으니까 말이다.

결국 후퇴에는 성공했다. 하지만 병력은 한 줌밖에 남지 않았다. 겨우 수천에 불과한 병력만이 살아남았다. 그나마도 제대로 살아남지도 못했다. 대부분 부상을 입었다. 개중 큰 상처를 입은 자들은 조만간 명줄이 끊어질 것이다.

세이드는 절망했다. 그리고 다시 한 번 발터스 성을 바라봤다. 제니아는 여전히 멀쩡히 서서 이곳을 바라보고 있었다.

"대체 뭘 하고 있단 말인가."

이제 세이드에게 남은 희망은 그들뿐이었다. 물론 벌써 그 희망이 점점 사그라지고 있긴 하지만 말이다.

세이드가 은밀히 준비한 것은 흑마법사들이었다. 카라미스 공작가는 오래전부터 흑마법사들과 손을 잡았다. 특히 세이드는 지원을 대폭 확대해 흑마법사의 숫자를 늘리고 실력을 키워냈다.

그렇게 키운 흑마법사들을 모조리 투입했다. 만일 그들이 조기에 성공하면 피해 없이 전쟁을 끝낼 수 있고, 그렇게 되면 발터스의 힘도 고스란히 흡수할 수 있으니, 상당히 효과적인 작전이었다.

그러나 그 흑마법사들은 지금 상당히 난감한 상황에 빠져 있었다. 발터스에 잠입하는 것까지는 성공했는데, 그 뒤부터 아무것도 할 수 없었다. 성에 숨어드는 것조차 불가능했다.

"대체 이게 어떻게 된 일인지 모르겠군."

흑마법사 중 하나가 난감한 표정으로 중얼거렸다. 이곳에 온 흑마법사는 무려 30명이었다. 한데 그들은 아무도 흑마법을 쓸 수 없었다. 마법을 쓸 수 없는 마법사는 일반인이나 다름없다. 그들은 대체 왜 이런 일이 벌어졌는지 이해할 수가 없었다. 그리고 겁이 났다. 자신들이 그동안 애써서 얻은 힘이 몽땅 사라져 버렸으니 어찌 두렵지 않겠는가.
 "젠장. 차라리 전장에 나갈 것을."
 차라리 그들을 전장에 투입했다면 훨씬 큰 위력을 발휘했을지도 모른다. 하지만 세이드는 흑마법사들과의 관계가 드러나는 것을 꺼렸다. 그래서 이들을 이용해 영주인 제니아를 몰래 잡으려 한 것이다.
 그리고 그 선택이 지금 최악의 결과를 만들어냈다.
 흑마법사들이 이러지도 저러지도 못하고 있을 때, 발터스의 예비 병사들이 그들에게 다가갔다. 흑마법사들은 긴장을 하긴 했지만 설마 무슨 일이 있으리라고는 생각하지 않았다. 그들은 이곳에 와서 아무것도 한 게 없으니까 말이다.
 하지만 상황은 그들이 원하는 대로 흘러가지 않았다. 병사들이 그들을 덮친 것이다. 흑마법사들은 정말로 허무하게 그렇게 잡혔다.
 "대체 왜 이러는 거요! 우리가 뭘 잘못했다고!"
 흑마법사들이 거세게 저항하며 외쳤다. 하지만 병사들은 냉정히 말했다.

"닥쳐라. 네놈들이 영주님을 해하기 위해 온 공작가의 사람들이라는 걸 모를 줄 아느냐!"

흑마법사들의 눈이 화등잔만 해졌다. 대체 그걸 어떻게 알았단 말인가. 병사들은 그런 흑마법사를 보며 피식 웃었다.

"우리 발터스를 우습게보지 마라."

흑마법사에 대한 정보는 당연히 마크에게서 나왔다. 마크는 전쟁이 시작되기도 전부터 모든 정보를 장악했다. 더 이상 크롬 왕국 내에서 그의 눈을 벗어날 수 있는 건 존재하지 않았다. 당연히 흑마법사들에 대해서도 상세히 알고 있었다.

병사들은 이들이 흑마법사라는 걸 모른다. 하지만 마크는 알고 있었다. 알면서도 이들을 보낸 건 이곳에서 흑마법을 쓸 수 없다는 사실을 알아냈기 때문이다. 이유는 아직 마크도 정확히 모른다. 그저 실험을 통해 알아냈을 뿐이었다.

병사들에게 꽁꽁 묶이는 흑마법사들의 눈에 거대한 석상이 보였다. 은은한 빛을 머금은 레이엘의 석상이 왠지 계속 거슬렸다. 자신들이 이렇게 잡힌 것이 마치 그 석상 때문인 것처럼 느껴질 정도로 짜증이 났다.

어쨌든 흑마법사들도 허무하게 잡히고 말았다. 그리고 그렇게 발터스 정벌은 실패로 끝이 났다.

제3화 발터스의 독립

Red-M

크롬 왕국이 발칵 뒤집혔다. 당연히 성공할 줄 알았던 발터스 정벌이 처참한 실패로 끝났다. 그 일은 정말로 거대한 파장을 일으켰다.

정벌 실패의 결과, 카라미스 공작가가 폭삭 주저앉았다. 몰락한 건 아니지만, 병력 1만을 비롯하여 수많은 기사들을 잃었다. 더 이상 왕국에 예전처럼 큰 영향력을 행사할 수 없게 되었다. 더구나 공작이자 가주인 세이드 카라미스가 사로잡혀 버렸다.

정벌에 참여했던 다른 귀족들 역시 카라미스 공작가만큼은 아니지만 큰 타격을 받았다. 그들 또한 사로잡힌 것이다. 투입한 병력을 모두 잃은 것은 말할 필요도 없다.

그렇게 카라미스 공작을 주축으로 하는 3왕자파의 귀족들이 주저앉은 틈을 타서 그동안 기를 펴지 못하던 1왕자와 2왕자가 슬며시 고개를 들었다. 그리고 후계자 싸움이 본격적으로 시작되었다.

원래 큰 세력을 가지고 있던 3왕자와 달리 1왕자와 2왕자의 힘은 미약했지만, 3왕자를 지지하던 귀족들이 힘을 잃은 데다 가장 큰 힘이 되던 켄스웰 백작마저 죽어 버린 마당이라 3왕자 앞에서도 큰소리를 칠 수 있게 되었다. 때문에 후계자 싸움은 치열한 진흙탕 싸움으로 변해갔다.

그렇게 후계자 싸움을 하는 와중이었지만, 그렇다고 발터스에 사로잡힌 귀족들을 모른 척할 수는 없었다. 다시 정벌군을 조직해 발터스를 치거나, 아니면 협상을 하는 두 가지 방법이 있었는데, 크롬 왕국은 후자를 택했다.

왕국 유일의 오라마스터인 켄스웰 백작과 그의 기사단까지 몰살시킨 발터스와 더 싸워봐야 득 될 것이 없었다. 더구나 발터스는 4만이라는 정벌군을 거의 몰살시키다시피 했다. 4만이라는 병력은 크롬 왕국으로서도 버거운 숫자였다. 다시 그 정도 규모의 병력을 일으키면 왕국은 아주 자연스럽게 몰락해 갈 것이다.

발터스와의 교섭 책임자는 알버트 백작이었다. 그는 1왕자파의 귀족으로, 최근 3왕자의 입지가 좁아짐에 따라 상대적으로 영향력이 커진 자였다. 그리고 그 영향력을 더 확고히 다지고자 이번 교섭에 자진했다. 만일 성과를 얻으면 단숨에 정계의 핵이 될 것이다.

알버트 백작은 최대한 서둘러 움직였다. 일이 빨리 끝나면 빨리 끝날수록 자신의 입지가 더더욱 강화될 것이 분명했다. 게다가 무사히 인질로 잡힌 귀족들을 구해내면 그들로부터도 보답을 받아낼 수 있었다. 여러모로 좋은 상황이었다.

'문제는 과연 좋은 성과를 얻을 수 있느냐 하는 것이지.'

일단 대략적인 아웃라인은 잡아왔다. 크롬 왕국에서는 발터스의 독립을 허락하기로 결정을 내렸다. 그건 너무나 당연한 것이었다. 발터스가 정말로 독하게 마음먹고 분탕질을 치기 시작하면 크롬 왕국은 버틸 수 없을 것이다.

그렇게 고민하는 사이 그들은 발터스 영지에 들어섰다. 전쟁이 있었던 곳이라고는 믿기 어려울 정도로 깔끔한 영지였다. 더구나 주변에 보이는 풍경은 평화롭기 그지없었다.

알버트 백작은 일단 행군을 멈췄다. 그리고 막사를 세우도록 지시를 내렸다. 화려하고 커다란 막사였다. 발터스 성 안으로 들어가는 모험을 할 수는 없었다. 교섭은 이 막사에서 이뤄질 것이다.

그렇게 막사를 세운 알버트 백작은 발터스 성으로 전령을 보냈다. 크롬 왕국의 교섭단이 왔으니 영주가 직접 나와 교섭을 하자고 말이다.

잠시 후, 발터스 성에서 일단의 무리가 나타났다. 당연한 얘기지만 영주인 제니아는 나오지 않았다. 고작 교섭단의 책임자와 마주하는데 영주가 직접 나올 이유가 없었다.

알버트 백작은 다가오는 사람들을 보며 살짝 눈살을 찌푸렸다. 여자가 한 명도 보이지 않았기 때문이다. 발터스의 영주가 여자라는 사실을 알고 있었기에 오는 자들 중 영주가 없다는 걸 단번에 알아차린 것이다. 기분이 나빴지만 그것을 내색할 수는 없었다.

'교섭만 잘할 수 있으면 그만이지.'

그래도 일말의 아쉬움이 남았다. 소문이 자자한 발터스의 아름다운 영주를 볼 수 없게 됐다. 게다가 교섭을 하려고 온 사람들을 살피니 만만치 않아 보였다. 어린 여자 영주를 상대한다면 어떻게든 자신의 페이스로 교섭을 끌어갈 수 있을 텐데, 그렇게 하기 어려워졌다고 생각하니 더더욱 입맛이 썼다.

"어서 오시오. 알버트라 하오."

알버트는 되도록 정중하게 보이기 위해 먼저 인사했다. 그의 인사를 받은 것은 일행의 가장 앞에 선 사람이었다. 중년의 사내였는데, 풍기는 분위기에서 연륜이 철철 묻어났다.

"바이런이라고 하오."

바이런이라는 말에 알버트의 눈이 반짝 빛났다. 그가 알기로 바이런은 저렇게 젊은 사람이 아니었다. 마나홀이 깨져 거의 폐인이 된 늙은이라고 알고 있었다. 그런데 이렇게 젊어 보인다는 건 자신을 속이고 있거나, 아니면 젊어졌다는 뜻이다.
 '만일 젊어진 거라면…….'
 그런 얘기는 들어보지 못했다. 오라마스터가 되어 더 이상 늙지 않게 된 자들의 얘기는 들었어도 마법사가 이렇게 되었다는 얘기는 처음이었다.
 알버트의 시선에 의심이 어려 있다는 것을 눈치챘지만 바이런은 전혀 신경 쓰지 않았다. 자신이 그 입장이었어도 똑같은 의심을 했을 것이다.
 "아, 일단 안으로 드시지요."
 알버트는 의심의 시선을 거두고는 일행을 막사 안으로 안내했다. 막사 안쪽에는 커다랗고 화려한 테이블이 놓여 있었다. 그 테이블을 사이에 두고 교섭을 할 예정이었다.
 자리에 앉은 바이런과 알버트는 잠시 탐색하듯 서로를 살폈다. 알버트는 바이런을 조금 살피다가 그의 뒤에 서 있는 사내들을 슬쩍 확인했다. 상당한 실력을 가진 기사들이 분명했다.
 '발터스의 기사들이 그렇게 대단하다고 하더니, 정말이군.'
 알버트 백작도 나름대로 검을 수련한 기사였다. 그가 보기에, 발터스에서 온 기사들은 하나같이 자신을 월등히 뛰어넘는 강자였다. 그 능력을 대강이라도 짐작조차 할 수 없었다. 이런 느낌을 받은 건 예전 켄스웰 백작을 봤을 때 이후로 처음이었다.
 '설마…….'

설마 저들이 모두 오라마스터는 아니겠지, 하는 생각을 하며 속으로 피식 웃었다. 상식적으로 말이 안 된다. 고작 이런 변경의 영지에 오라마스터들이 뭐 먹을 게 있다고 머물겠는가.

'그것도 열 명씩이나 말이야.'

바이런이 데려온 기사는 모두 열 명이었다. 한데 열 명 모두에게서 그런 느낌이 들었다. 어쨌든 알버트 백작이 짐작조차 할 수 없을 정도의 강자다. 그러니 조심해야만 한다.

"우선 이번 사태에 대해……."

알버트가 먼저 입을 열었다. 하지만 바이런이 손을 들어 그의 말을 막았다. 쓸데없는 말로 시간을 낭비할 생각은 추호도 없었다. 딱 필요한 말만 하고 끝낼 생각이었다. 어차피 칼자루는 발터스가 쥐고 있다. 아쉬운 것은 크롬 왕국인 것이다.

"서론은 뺍시다. 우리의 요구를 말하겠소. 우선 발터스의 독립을 완전히 인정할 것. 또한 전쟁을 일으킨 대가로 발터스 인근의 영지 다섯 개를 넘길 것. 발터스 소속의 상단이나 사람들에게 불이익을 주지 말 것. 그리고 귀족들의 몸값으로 100만 골드를 지불할 것. 이상이오."

깔끔한 요구였다. 하지만 알버트 백작은 눈살을 찌푸렸다. 그리 과한 요구는 아니었지만 그걸 다 들어준다면 자신이 이곳에 온 이유가 없지 않은가. 거기서 더 조건을 깎아 맞춰야 했다. 그래야 성과를 인정받을 테니까 말이다.

"요구가 조금 과하군요. 발터스의 독립이야 당연히 인정하겠지만, 주변 영지를 제공하는 건 결코 쉬운 일이 아닙니다. 더구나 100만 골드라니요. 너무 과한 금액입니다."

"그럼 협상을 이쯤에서 끝냅시다. 그리고 다시 전쟁을 한번 해봅시다. 참고로 지난 전쟁으로 우리 발터스가 잃은 건 아무것도 없소. 피해가 전혀 없다는 뜻이오. 이게 뭘 말하는지는 아시리라 믿겠소."

바이런이 그 말을 끝으로 벌떡 일어나자 알버트 백작이 크게 당황했다. 여기서 다시 전쟁이 벌어진다면 크롬 왕국은 크게 흔들릴 것이다. 그리고 교섭 책임자인 자신은 목이 잘려도 할 말이 없다.

"자, 잠깐 기다리시오! 알았소. 우리 차분하게 다시 얘기해 봅시다. 아직 시간은 많지 않소이까."

바이런이 차가운 눈으로 알버트 백작을 노려봤다.

"굳이 시간 낭비할 필요 있겠소?"

알버트 백작은 크게 고개를 끄덕였다. 상대가 이렇게 막무가내로 나오니 더 이상 뭔가를 해볼 여지가 없었다. 알버트 백작은 쓴웃음을 지으며 대답했다.

"알았소. 그 조건을 다 받아들이겠소. 단, 평화협정서를 마련해야겠소. 앞으로 또 전쟁을 벌이는 건 서로 손해가 나는 일 아니겠소? 또한 위급한 일이 있을 때 도와주면 서로 득이 되지 않겠소?"

바이런은 가볍게 고개를 끄덕인 후, 다시 자리에 앉았다. 그리고 전격적으로 교섭이 마무리 되었다. 다만 평화협정서의 내용은 많이 변했다. 불가침 조약은 맺었지만 군사적인 도움에 대한 내용은 삭제해 버렸다. 발터스로서는 그런 일에 나설 하등의 이유가 없었다.

알버트 백작은 교섭하는 내내 한숨을 입에 달고 살았다. 정말로 아무것도 얻은 게 없기 때문이다. 귀족들의 몸값 100만 골드야 풀려난 귀족들이 알아서 배상한다고 해도, 영지를 다섯 개나 잃은 데다 군사 협정도 맺지 못했다.

'이래서야 무능하다고 찍히는 거 아닌지 모르겠군.'

결국 알버트 백작은 그저 사로잡힌 수많은 귀족들만 돌려받은 채 교섭을 마무리하고 돌아갈 수밖에 없었다.

"고생 많으셨어요."

제니아의 말에 바이런이 빙긋 웃었다.

"고생이랄 것도 없었습니다. 힘을 가진 우리가 아쉬울 게 없으니, 누가 나섰어도 당연히 이루어질 수순이었을 뿐입니다."

"그래도 이제 한시름 놓았네요. 완전히 독립을 한 데다가 농사를 지을 땅까지 잔뜩 얻었으니 말이에요. 참, 기존 영지에 있던 영주들은 어떻게 되었죠?"

"그들 역시 이번 전쟁의 포로로 잡혀 있었습니다. 조만간 재산을 정리해서 영지를 떠나기로 했습니다."

"그럼 이제 정말로 다 끝났군요."

바이런과 제니아의 표정에 만감이 교차했다. 카라미스 공작가에서 천덕꾸러기로 지내다가 가문의 인장을 찾아 마수의 숲으로 향하고, 그 와중에 레이엘을 만나 발터스의 영주가 되고, 또 이렇게 영지의 독립을 이끌어낸 모든 순간들이 뇌리에 하나하나 스쳐지나갔다.

정말로 많은 일을 겪었고, 많은 일을 이루었다. 그리고 그 모든 것의 근간에는 레이엘이 있었다.

"아무래도 오늘은 레이엘 님을 또 뵈러 가야겠네요."

오늘 아침에 일어나 레이엘의 석상을 하염없이 바라보고 왔다. 하지만 지금 이렇게 달아오른 기분을 어떻게든 정리하려면 다시 레이엘의 석상을 봐야만 할 것 같았다.

바이런도 즐거운 미소를 지으며 고개를 끄덕였다.

"그거 좋은 생각이십니다. 마침 저도 그곳에 가고 싶었습니다."

두 사람은 집무실을 나와 성 밖으로 향했다. 그리고 수많은 사람들이 자신들과 같은 생각을 하고 있다는 걸 알 수 있었다. 정말로 많은 사람들이 광장으로 걸어가고 있었다.

도시의 골목골목이 사람으로 꽉 채워져 있었다. 거의 모든 영지민이 다 나온 듯했다. 물론 가장 앞에서 움직이는 사람들은 기사와 병사들이었다.

제니아와 바이런은 서로를 한 번 바라본 후 걸음을 서둘렀다. 영주를 발견한 사람들이 분분이 인사를 하며 길을 비켜 주었다. 제니아는 사양하지 않고 그들이 열어준 길을 걸어갔다. 정말로 신비로운 기분이 들었다. 자신과 같은 생각을 한 사람이 이렇게 많다니. 어떻게 이 모든 영지민이 동시에 레이엘의 석상을 보고 싶단 말인가.

두 사람은 어느새 석상 앞에 도착했다. 석상은 평소와 마찬가지로 은은한 빛을 머금고 있었다. 제니아는 주위를 둘러봤다. 기사와 병사들이 보였다. 그들은 석상에서 가장 가까운 곳에 서 있었다. 그리고 아이린과 딕이 보였다. 아이린은 치료사들과 함께 있었고 딕은 그와 함께 발터스에 몸을 의탁한 기사들과 함께 있었다.

"사라도 와 있었네요."

기사들과는 다른 쪽에 사라가 서서 레이엘의 석상을 바라보고 있었다. 그리고 사라의 주위로 마법병단의 마법사들이 몽땅 나와 있었다.

"정말로 이게 어떻게 된 일일까요?"

"글쎄요. 아무래도 우리 영지의 마음이 하나로 모인 거 아니겠습니까? 좋은 일이지요."

바이런은 그렇게 말했지만 사실 내심은 두려웠다. 뭔가가 그들의 마음에 개입한 것 같아서 무서웠다. 내가 나로 있지 못할 수도 있다는 생각이 드니 그것을 견디기 어려웠다.

사아아.

어딘가에서 부드러운 소리가 들려왔다. 그것은 마치 바람소리 같았다. 봄바람이라면 이런 소리를 낼까. 그 소리는 불안하던 바이런의 마음을 살며시 감싸 주었다. 순식간에 불안감이 사라지고 마음이 차분히 가라앉았다.

바이런은 고개를 들어 석상을 바라봤다. 그리고 지금 들려오는 소리의 정체를 알 수 있었다. 그것은 석상이 내는 소리였다. 아니, 더 정확히 말하자면 석상이 빛나면서 나는 소리였다. 석상의 빛은 평소와 달리 점점 강해지고 있었다. 그리고 그 빛은 영지 곳곳을 비췄다.

모든 사람이 조용히 눈을 감았다. 누가 시킨 것도 아니고 스스로 그래야 한다고 생각했다. 그게 지금 가장 어울리는 행동이라고 알아서 판단한 것이다.

제니아도 마찬가지였다. 눈을 감고 레이엘을 떠올렸다. 그러자 석상에서 쏟아지는 빛이 더욱 강해졌다. 한 명 한 명 레이엘을 떠올리는 사람들이 늘어날수록 석상의 빛이 강해졌다.

그리고 종국에는 석상의 빛이 영지 전체를 새하얗게 물들였다. 영지가 빛으로 가득 차올랐다. 그리고 그 빛을 받는 모든 사람들의 마음도 뿌듯하게 차올랐다.

"아아아!"

누군가의 입에서 희열에 가득 찬 소리가 흘러나왔다. 그것을 시작으로 곳곳에서 비슷한 탄성이 새어 나왔다.

화아악!

아이린의 몸에서 강렬한 신성력이 뿜어져 나왔다. 또한 딕의 몸에서도 신성력이 흘러나왔다. 두 사람의 신성력은 점점 더 강해졌다.

그리고 뒤이어 놀라운 일이 벌어졌다. 제니아와 사라의 몸에서 신성력이 튀어 나온 것이다.

사아아아아아.

제니아와 사라를 시작으로 수많은 사람의 몸에서 신성력이 흘러나오기 시작했다. 가장 먼저 시작된 것은 바이런을 비롯한 영지의 수뇌부였다. 또한 레이엘과 오랫동안 함께했던 기사들이었다. 그들의 몸에서 눈부신 빛과 함께 신성력이 쏟아져 나왔고, 뒤이어 마법병단이나 병사들의 몸에서도 신성력이 뿜어져 나왔다.

모든 영지민의 몸에서 신성력이 나오지는 않았지만 상당수의 영지민들이 신성력을 터트렸다. 그들은 대부분 처음부터 발터스에 있던 자들이었다. 레이엘을 오랫동안 봐온 만큼 레이엘에 대한 믿음이 큰 사람들이기도 했다.

제니아는 눈을 감고 있었지만 그런 모든 상황이 일목요연하게 느껴졌다. 여기저기에서 신성력이 발현될 때마다 온몸이 희열로 들끓었다. 제니아는 누가 얼마만큼의 신성력을 가졌는지 모두 알 수 있었다. 그저 저절로 머릿속에 박혀들었다.

"아아아!"

제니아는 감정을 주체하지 못했다. 그렇게 흘러넘친 감정이 자연스럽게 입을 통해 나왔다. 그리고 제니아를 중심으로 근처에 있는 사람들이 그녀와 같은 상태가 되었다. 나중에는 모든 영지민들이 그렇게 되었다.

새하얀 빛과 함께하는 그들만의 축제는 그렇게 빛이 사라질 때까지 계속되었다.

가진 재산을 모두 정리해 마차에 싣고 떠날 준비를 마친 바린 영지의 영주 말튼은 갑자기 발터스 쪽 하늘이 새하얗게 물드는 광경을 발견하고는 멍하니 그것을 바라봤다.

"저게 대체 뭐지?"

말튼의 물음에 근처에서 마지막 정리를 하던 집사가 고개를 돌려 영주가 무엇을 보고 그런 말을 하는지 확인했다. 집사의 눈이 화등잔만 해졌다.

"저건 빛 아닙니까? 혹시 발터스에 무슨 일이라도 터진 거 아닐까요?"

"일?"

말튼의 눈이 번득였다. 이건 확실히 알아볼 만한 가치가 있었다. 만일 발터스에 무슨 일이라도 생겼으면 자신이 이렇게 도망치듯 영지를 떠날 이유도 없지 않은가. 물론 가능성은 거의 제로에 가깝지만 말이다.

"가서 한번 알아보게. 아마 이번이 아니면 기회도 없을 테니까."

"알겠습니다."

집사는 그렇게 대답하고 급히 움직였다. 말튼은 바린 영지의 병사와 기사들을 몽땅 데리고 함께 떠나기로 했기에 짐이 상당히 많았다. 그리고 그들은 현재 더 이상 아무런 임무도 없기에 모든 병력을 가용할 수 있었다.

말튼은 집사의 명으로 말을 타고 급히 달려가는 기사들을 간절한 표정으로 바라봤다.

바린 영지의 기사들은 발터스로 말을 달리면서 점점 눈이 커다래졌다. 발터스로 다가가면 다가갈수록 몸에서 조금씩 힘이 솟았다. 놀랍게도 체력이 회복되고 있었다. 말을 급히 모느라 체력이 많이 소진되었는데, 그것이 점점 차올랐다.

그리고 어느 순간 말이 달리는 속도가 빨라졌다. 또한 기사들 역시 힘이 넘쳐났다. 힘과 함께 자신감도 솟아올랐다. 지금이라면 조금 과장해서 오라마스터가 오더라도 두려워하지 않고 싸울 수 있을 것 같았다.

그들은 이내 발터스 영지에 들어섰다. 워낙 힘과 체력이 넘쳐나는지라 엄청난 속도로 달려올 수 있었다. 영지에 들어선 그들은 더욱 놀랐다. 영지에 들어선 순간 지금까지와는 비교도 할 수 없을 정도로 거대한 힘이 솟아났다. 그리고 온몸이 뭔가로 충만해졌다.

"지금이라면…… 오라마스터라도 이길 수 있을 것 같군."

그 말에 동료 기사들이 일제히 고개를 끄덕였다. 실제로 싸우면 당연히 오라마스터를 이길 수 없을 것이다. 아무리 힘이 넘친다지만 오라마스터와 비교할 수는 없다. 오라마스터는 단지 힘이 강하다고 이길 수 있는 존재가 아니다. 한 차원 위의 존재이기에 지금 그들로서는 당연히 이기는 게 불가능하다. 하지만 기사들은 그 정도로 자신감이 넘쳤다.

"대체 발터스에서 무슨 일이 벌어지고 있는 거지?"

 중얼거리던 기사의 눈에 거대한 석상이 보였다. 레이엘의 석상에서 흘러나오는 새하얀 빛에 기사들은 일제히 고개를 끄덕였다. 자신들의 몸에서 흘러넘치는 힘의 원천을 발견한 것이다. 그저 보는 것만으로 알 수 있었다. 그리고 절로 경외감이 들었다. 저 석상을 세운 존재는 아마 인간이 아닐 것이다. 이런 것이 진짜 신의 힘이리라.

 기사들은 일제히 말에서 내렸다. 누가 제안한 것도 아니고 시킨 것도 아니지만 동시에 그렇게 했다. 감히 말을 타고 안으로 들어갈 수가 없었다. 그들은 경건한 자세로 말을 근처 나무에 묶었다. 그리고 레이엘의 석상을 향해 천천히 걸어갔다.

 그들은 이내 영지민들이 바글바글 모여 있는 곳에 도착할 수 있었다. 그리고 그곳에서 흘러나오는 신성력에 눈을 질끈 감았다. 발터스는 어느새 신의 선택을 받았다. 그렇지 않고서야 이런 일이 일어날 리 없지 않은가.

 '나는 이런 곳을 공격했단 말인가.'

예전 발터스와 영지전을 하던 기억이 떠올랐다. 그리고 극심한 죄책감이 마음을 온통 뒤덮었다. 당시 그렇게 처참히 패배한 이유를 이제는 충분히 알 수 있었다. 이런 곳을 공격했으니 신의 분노를 산 것이다. 그래서 영지까지 빼앗긴 것이다.

기사들은 너 나 할 것 없이 고개를 푹 숙였다. 그리고 마음속으로 사죄를 올렸다. 진심어린 사죄를 한 그들의 마음 한구석에서 빛이 반짝였다. 하지만 그들은 그것을 알지 못했다. 기사들은 고개를 들어 다시 한 번 석상을 눈에 담았다. 그제야 주변에서 영지민들이 중얼거리는 소리가 자연스럽게 들려왔다.

"레이엘님……."

"레이엘이시여……."

영지민들은 레이엘을 마치 신처럼 대하고 있었다. 누구라도 이런 경험을 하면 그렇게 되리라. 그리고 레이엘이라는 이름은 기사들의 뇌리와 마음에 화인처럼 박혀들었다. 기사들은 레이엘이라는 이름을 되뇌며 몸을 돌렸다.

'난 이곳에 있을 자격이 없다.'

기사들은 진심으로 그렇게 생각했다. 그들의 몸에서는 어느새 조금씩 빛이 나고 있었다. 하지만 여전히 그들은 그것을 알지 못했다.

그들은 경건한 마음으로 천천히 걸어서 발터스를 나왔다. 그리고 나무에 묶어 놓은 말을 타고 다시 바린 영지로 돌아갔다.

영지로 돌아가는 길은 올 때보다 멀었다. 올 때는 달렸지만 돌아갈 때는 걸었기 때문이다. 여전히 발터스에서는 성스러운 빛이 하늘로 치솟았고, 그 여파가 기사들이 있는 곳까지 미쳤다. 기사들은 조심조심 말을 몰았다.

 그들이 바린 영지에 도착한 것은 꽤 시간이 지난 뒤였다. 그나마 발터스가 보이지 않게 된 뒤부터라도 달렸기에 간신히 날이 저물기 전에 도착할 수 있었다. 말들은 영지에 도착하고 난 뒤에도 주체하지 못할 정도로 힘이 펄펄 넘쳤다.

 기사들이 도착하자, 집사가 반가이 맞이했다. 사위가 어둑어둑해진 덕분에 발터스의 빛이 더 잘 보였다. 밤이 되어 가는데도 빛은 사라질 줄을 몰랐다.

 "어떻게 되었나?"

 집사의 물음에 기사들은 말없이 말에서 내려 발터스 쪽을 바라봤다. 지금 이곳에 있는 다른 사람들은 느끼지 못하지만 기사들은 느낄 수 있었다. 저 성스러운 빛의 여운이 지금 이곳까지 흘러들어 오고 있다는 사실을 말이다.

 "저곳은……."

 한참 동안이나 뜸을 들이던 기사가 입을 열었다. 집사는 기사들이 너무 뜸을 들여 짜증이 난 상태였는데, 기사가 말을 꺼내자 눈을 빛내며 귀를 쫑긋 세웠다.

 "저곳은 성지요."

 "응? 그게 무슨 말인가?"

집사는 기사의 말을 이해하지 못했다. 하지만 함께 있던 다른 기사들은 그 말에 일제히 고개를 끄덕였다. 발터스가 독립을 선언한 것도 다 이해가 되었다.

집사는 답답했다. 영주에게 보고를 해야 하는데 기사들이 똥딴지같은 소리만 하고 있으니 대체 뭘 어떻게 해야 한단 말인가.

"빨리 떠나자는 뜻이오."

기사의 말에 집사가 눈살을 찌푸렸다. 짜증이 확 솟구쳤지만 상대는 기사다. 굳이 척을 질 필요가 없었기에 꾹 눌러 참았다.

'어디 두고 보자.'

집사는 차가운 눈으로 기사를 한 번 노려보고는 몸을 돌려 그를 기다리는 영주에게로 향했다.

말튼은 집사의 보고를 들으며 묘한 눈으로 기사들을 쳐다봤다. 왠지 기사들의 분위기가 확 달라진 것 같았다. 말튼은 의심이 들었다. 하지만 지금 그것을 드러낼 수는 없었다. 기사들의 덕목이 충성이라면 그들의 주인인 영주의 덕목은 믿음이다.

"좋아. 출발하지."

말튼은 그렇게 결정을 내렸다. 일단 기사들을 믿기로 했다. 다른 영지의 영주들은 벌써 출발했다는 연락까지 받은 마당이다. 더 이곳에 남아 있어봐야 얻어먹을 것도 없었다.

열 대의 마차가 출발했다. 병사들과 기사들이 마차를 호위했다. 그리고 병사와 기사들의 가족이 그 뒤를 따랐다. 고향을 떠나야 하는 그들의 표정은 그리 좋지 않았다.

떠나는 일행 중 표정이 평온한 것은 오직 발터스에 다녀온 기사들뿐이었다. 기사들은 그저 표정만 평온한 게 아니었다. 온몸에서 뿜어내는 분위기가 다른 사람들과 확연히 달랐다. 그것은 기사라서 그런 게 결코 아니었다. 뭔가 다른 이유가 있었다. 항상 기사들과 함께 생활을 하던 사람들은 그것을 대번에 알아봤다.

계속 의아한 표정으로 기사들을 바라보던 사람들은 결국 그날 밤 잠자리를 준비한 뒤 기사들에게 다가갔다. 그들의 가장 앞에 선 사람은 같은 동료 기사였다. 나머지 사람들은 그저 조금 떨어진 곳에서 그들의 대화를 가만히 듣기로 했다.

"대체 무슨 일이 있었던 건가?"

동료의 질문에 기사들은 경건한 표정을 지었다. 당시의 일은 아마 경험하지 못한 사람들은 결코 이해할 수 없을 것이다. 기사들은 과연 자신들이 그것을 말해준다고 이들이 그것을 받아들일 수 있을지 고민했다.

잠시 정적이 감돌았다. 고민하던 기사들은 결국 결정을 하고는 고개를 한 번 끄덕였다. 이해를 하든 못하든 일단 얘기는 해주기로 했다.

"우리는 그곳에서 신을 느꼈네."

그 얘기를 들은 모든 사람들이 황당한 표정을 지었다. 대체 이게 무슨 얼토당토않은 이야기란 말인가.

"믿기 어렵겠지. 다 이해하네. 아마 그곳에 있던 사람들이 아니라면 누구도 믿을 수 없을 걸세. 내가 자네 입장이라도 분명히 그런 표정을 지었을 테지."

말을 걸었던 자가 조금 미안한 표정으로 기사를 바라봤다.

"미안해 할 것 없네. 내 말은 진심이네. 정말 나라도 그랬을 걸세. 하지만 분명한 건 우리는 그곳에서 신을 느꼈네. 온몸에 성력이 차오르는 그 충만한 순간을 난 아직도 잊을 수 없네. 그리고 발터스에 있는 모든 사람들이 우리와 같은 표정을 짓고 있더군. 그곳은 성지일세."

아무도 기사의 말을 믿을 수 없었다. 하지만 그들이 믿든 말든 상관없이 기사는 계속 말을 이었다.

"그리고 나도 오늘부터 종교를 가지기로 했네."

"자네가 느꼈다는 그 신을 섬길 생각인가?"

기사가 고개를 끄덕였다. 그의 표정은 더없이 진지하고 경건했다. 동료 기사는 그것을 보며 정말로 궁금하다는 듯 물었다.

"그 신의 이름이 대체 무언가? 이적을 행하는 신은 소이엘밖에 없다고 알고 있네만. 혹시 소이엘인가?"

기사가 단호히 고개를 저었다.

"그분은 레이엘일세."

"레이엘?"

왠지 정말로 신의 이름인 것 같았다. 기사가 레이엘이라는 말을 하는 순간 그 얘기를 들은 사람들도 왠지 진짜 그런 신이 있을 것 같다는 생각을 했다. 그것은 상당히 묘한 기분이었다.

"레이엘이라, 레이엘……."

가만히 되뇌던 사람들이 깜짝 놀랐다.

"레이엘이라면 그 키시아 제국의 황제 아닌가?"

기사들이 단호히 고개를 저었다.

"절대 아닐세."

"그걸 자네가 어떻게 아나?"

설명은 할 수 없었다. 하지만 마음속 깊은 곳에서 절대 아니라는 확신이 들었다. 그래서 진짜 확신을 담아 얘기할 수 있었다.

"난 알 수 있네. 그분은 키시아 제국의 황제가 결코 아니네. 키시아 제국의 황제는 결국 인간 아닌가. 그분은 신일세."

워낙 단호했는지라 다른 사람들도 그저 고개를 끄덕이기만 했다. 그리고 그들의 마음속에 레이엘이라는 이름이 슬며시 들어섰다.

크롬 왕국에 기묘한 소문 하나가 돌아다니기 시작했다. 최근 크롬 왕국 전역을 강타한 발터스와 관계된 소문이었다. 소문의 내용은 이렇다.

'발터스에 신이 강림했다. 그리고 그 신이 발터스를 성역으로 만들었다. 그래서 발터스의 모든 병사와 기사들이 신성력을 갖게 되었고, 그곳의 영지민들 또한 신성력을 갖게 되었다. 지금 발터스에는 신관과 성기사가 넘쳐난다.'

소문을 접한 사람들은 발터스에 대한 호기심을 감추지 못했다. 만일 정말로 그곳에 많은 신관과 성기사가 있다면, 또 그들의 능력이 그렇게 대단하다면 뭔가 이용해볼 여지가 있지 않겠는가.

그래서 가장 먼저 움직인 것은 각 귀족이나 왕족들이 소유한 상단이었다. 발터스에서 직접 운영하는 상단도 있다. 상대적으로 상인들끼리 접촉하는 것이 더 쉬운 일이었다. 그렇게 상단이 움직여 발터스의 상단인 클레인 상단과 접촉해서 얻은 결론은 소문이 대부분 사실이라는 것이었다.

물론 그때부터 상단들이 나서서 소문을 차단하려 애썼다. 다른 누구보다 먼저 발터스의 힘을 얻고 싶어 하는 자들은 바로 왕자들이었다. 치열하게 후계자 다툼을 하는 1왕자 2왕자 3왕자뿐 아니라 모든 왕자들이 발터스를 얻기 위한 움직임을 본격적으로 시작했다.

그 힘의 일부만이라도 이용할 수 있다면 후계자 자리는 따 놓은 당상이었다. 지금까지 이뤄 놓은 왕자들 간의 세력은 아무런 의미가 없었다.

각 왕자들은 발터스에 대한 소문을 은폐하는 동시에 어떻게든 발터스와 접촉하기 위해 애썼다. 하지만 그들의 노력과는 달리, 발터스에 대한 소문은 들불처럼 번져 나갔다. 그리고 발터스에 강림한 신의 이름 또한 함께 퍼져 나갔다.

그 소문은 결국 크롬 왕국을 넘어 대륙 전역으로 스며들었다. 당연히 모두 마크의 작품이었다.

그렇게 점점 레이엘이라는 이름이 대륙의 사람들에게 알려지기 시작했다. 키시아 제국의 황제와는 다른 의미로 말이다.

 사방 어디를 둘러봐도 온통 눈밖에 없는 곳이었다. 하루에도 몇 번씩이나 눈보라가 몰아쳐 사람이 살아가기에는 어울리지 않는 그곳에 한 사람이 누워 있었다.
 마침 또 눈보라가 몰아쳤다. 조금만 시간이 지나도 그대로 눈에 파묻혀 버릴 것만 같았다. 하지만 신기하게도 그 사람은 눈에 파묻히지 않았다. 마치 눈이 스스로 그곳만 피해 가는 것 같았다. 덕분에 눈에는 파묻히지 않았지만 그 사람을 중심으로 거대한 크레이터가 만들어졌다. 그것은 눈으로 이루어진 크레이터였다.
 크레이터 한가운데 누워 있는 사내 주변에 피가 낭자했다.

피가 스며들어 붉어진 눈과 크레이터가 어우러져 하늘에서 보면 마치 붉은 눈동자처럼 보였다.

사내의 몸 상태도 심상치 않았다. 피가 많이 흘러나왔다는 것은 상처가 많거나 크다는 뜻, 그걸 증명하듯 몸 곳곳에 자상이 가득했다. 얼굴도 피투성이였고, 입고 있는 옷도 거의 걸레에 가까웠다. 게다가 옷이 찢어진 부분에는 어김없이 깊은 상처가 있었다.

시간이 얼마나 지났는지 상처에서는 더 이상 피가 흘러나오지 않았다. 그리고 상처 위로 피딱지가 앉았다.

그렇게 얼마나 시간이 지났을까. 사내의 눈이 힘겹게 움직였다. 눈꺼풀이 올라가고 그의 눈동자가 드러났다. 처참한 몰골에 어울리지 않는 맑고 깊은 눈동자였다.

사내는 손을 들어 얼굴을 훑었다. 얼굴에 가득했던 피딱지가 후두둑 떨어졌다.

"살았나?"

사내는 천천히 몸을 일으켰다. 온몸이 부서질 것처럼 아팠다. 하지만 그저 인상을 살짝 찡그리기만 할뿐, 신음소리조차 흘리지 않았다.

"감각이 완전히 망가졌군."

정말 아무것도 느껴지지 않았다. 몸의 감각은 남았지만 기감이 완전히 사라졌다. 사내는 오라와 마나를 움직여 자신의 몸을 살폈다. 몸의 내부가 거의 뭉개지다시피 했다. 사내는 문득 손을 들어 올렸다. 그리고 또 인상을 찌푸렸다.

 손가락 모양이 이상했다. 오른손 중지가 손등에 붙어 있었다. 그리고 새끼손가락은 아예 보이지 않았다. 사내는 문득 팔에 붙은 옷가지를 찢어냈다. 그리고 새끼손가락을 발견할 수 있었다. 그것은 어깨 아래에 붙어 있었다.

 왼손도 기괴하긴 마찬가지였다. 왼손에는 남은 손가락이 하나도 없었다. 모두 몸 어딘가에 붙어 있었다.

 "공간이동의 여파인가. 역시 제대로 완성하지 못한 기술은 쓰는 게 아니야."

 하지만 당시에는 쓰지 않을 수 없었다. 그만큼 황제의 힘은 무시무시했다.

 공간이동은 정말로 어려운 마법이었다. 무지막지한 좌표계산이 필요하며 소모되는 힘 또한 어마어마했다. 레이엘은 그것에 대한 이론적인 기반은 완성한 상태였다. 하지만 실전에서는 결코 쓰지 않았다. 레이엘의 그 뛰어난 두뇌로도 계산 능력이 모자랐기 때문이다.

 레이엘은 황제의 공격을 받으며 자신에게는 그것에 대항할 힘이 현저히 모자란다는 것을 대번에 알 수 있었다. 황제는 모든 힘을 쏟아냈다. 그대로 대항했다면 아마 흔적도 없이 소멸되었으리라.

 "그곳에 있던 사람들은 다 죽었겠군."

 그냥 죽는 게 아니라 먼지 한 톨 남기지 않고 소멸되었을 것이다. 근처 막사에서 시작해서 멀리는 몰튼의 수도까지 말이다.

레이엘은 자리에서 일어나 주위를 둘러봤다. 사방 어디를 보더라도 새하얀 평원만이 끝없이 펼쳐져 있었다. 레이엘은 이곳이 어디인지 어렵지 않게 유추해냈다.

"빙설의 대지로군."

빙설의 대지는 대륙에 존재하는 곳이 아니었다. 대륙 북쪽의 커다란 섬이 바로 빙설의 대지였다. 이 섬은 수시로 섬 전체를 눈보라가 뒤덮는다. 게다가 어찌나 추운지 그 눈이 녹지도 않는다. 그런 눈이 쌓이고 쌓여 만들어진 섬이 바로 이곳 빙설의 대지였다.

아마 섬 자체는 그리 크지 않을지도 모른다. 땅으로 이루어진 작은 섬을 코어로 눈과 얼음이 수만 년 동안 쌓이고 쌓여 이런 거대한 섬이 되었을 것이다. 그것이 정설이었다.

빙설의 대지는 그야말로 혹한의 땅이었다. 하지만 이런 곳에도 사람은 살아가고 있었다. 인간의 끈질김과 생명력은 이럴 때 빛을 발한다. 이곳 빙설의 대지는 몬스터조차 없는 곳이었다. 살아갈 수 있는 환경이 아닌 것이다. 한데도 인간은 살아남았다.

레이엘은 다시 주저앉았다. 이대로는 정말로 아무것도 못할 것 같았다. 추위는 느껴지지 않았다. 하지만 몸 곳곳에서 느껴지는 괴리감이 문제였다. 그리고 그 괴리감의 정체는 공간이동의 부작용이었다. 장기가 제멋대로 자리를 잡은 것이다.

'그래도 이 정도면 나은 거지.'

이 정도면 정말로 운이 좋은 것이다. 그나마 죽음에 이르기 직전 필사적으로 계산을 했기에 이 정도에 그친 것이지 그렇지 않았다면 옷이나 장비와 몸이 뒤섞일 수도 있었다. 그렇게 되면 즉사한다. 이렇게 정신을 차릴 일도 없었을 것이다.

암담했다. 황제는 너무나 강력했다. 그리고 광기에 젖어 있었다. 그를 막을 수 있는 존재는 없었다. 설사 천 년 전에 몰살당했다던 드래곤이 나타난다 하더라도 황제를 이길 수는 없을 것이다.

그나마 다행인 점은 황제가 비록 광기에 젖어 있지만 무차별적으로 대륙의 사람들을 학살하지 않는다는 것이었다. 다만 황제의 아래에 있는 사람들이 알아서 그런 일을 자행한다는 게 문제였는데, 당분간은 그것이 불가능하다.

'그때 몽땅 죽었으니까.'

황제의 힘은 주변을 완전히 소멸시켰다. 그것은 키시아 제국의 병사와 기사들 역시 마찬가지였다. 당시 그 근처에 있던 모든 존재가 소멸했다. 황제와 레이엘을 제외하고는.

레이엘은 바닥에 누웠다. 그리고 조용히 눈을 감았다. 일단 몸 상태를 끌어올리는 게 급선무였다. 이대로는 걷기도 버거울 지경이었다. 몸이 제멋대로인 상황에서 제대로 움직이기 위해서는 육체적이지 않은 부분을 다스려야 한다. 즉, 오라와

빙설의 대지 93

마나다. 레이엘은 문득 자신에게는 정령도 있다는 사실을 깨달았다. 친화력은 아예 없다시피 하지만 그래도 다스릴 수는 있는 존재 아닌가. 그리고 제법 힘이 강하기도 하고 말이다.

끊어지고 뒤엉킨 마나와 오라를 제어하려 애썼다. 하지만 쉽지 않았다. 마음먹은 대로 움직이지 않았다. 이 와중에도 성휘가 온몸에 꽉 들어차 있다는 건 알 수 있었다. 그리고 그 성휘와 이어진 끈도 확연히 느껴졌다. 정말로 신기한 힘이었다.

레이엘은 이번에는 정령을 움직여 봤다. 정령은 완전히 지배할 수 있기에 마음만 먹으면 얼마든지 움직이는 게 가능하다. 원래대로라면 말이다. 하지만 지금은 아무리 애써도 전혀 움직이지 않았다. 아니, 본래대로라면 레이엘 근처에도 오기 어려워해야 할 정령들이 몸 주위를 꽉 메우고 있는 듯했다. 지배력을 상실했기에 정령들이 두려워하지 않는 것이다.

완전히 절망적인 상황이었다. 하지만 레이엘은 절망하지 않았다. 지금까지 살아오면서, 또 수많은 꿈을 꾸면서 이보다 더 절망스러웠던 적은 헤아릴 수 없을 정도로 많다. 하지만 레이엘은 그 대부분을 이겨내고 다음 단계를 밟았다. 이번에도 분명히 그리 될 것이다.

그렇게 또 시간이 하염없이 흘러갔다. 날이 점점 어두워졌다. 산 하나 없는 평원이 끝없이 이어진 곳이었기에 해가 지는 것도 상당히 늦었다. 더구나 온통 새하얀 눈투성이다. 해가 지고도 한동안 사방이 환했다. 그리고 밤에 달이 떠오르니 과장 좀 섞여서 낮이나 다름없을 정도로 훤했다.

　레이엘은 고통 때문에 잠들지 못했다. 물론 잠을 잘 생각도 없었다. 그저 어떻게든 몸 상태를 끌어올리려고 애쓰고 또 애썼다. 그렇게 노력하다보니 조금씩 그 성과가 보이기 시작했다. 밤이 다 지나고 다시 날이 밝아올 무렵, 단전에 단단하게 뭉쳐 있던 오라 한 가닥이 힘없이 흘러나왔다. 그리고 그 한 가닥의 오라가 몸 곳곳을 천천히 돌아다녔다.

　레이엘은 눈을 빛내며 그 한 가닥 오라에 온 신경을 집중했다. 몸 곳곳을 헤집으며 돌아다닌 오라는 다시 단전으로 들어갔다. 그리고 이번에는 그 가닥이 조금 더 굵어졌다. 그렇게 끊임없이 반복하자 아주 천천히 단전의 오라가 녹아내렸다.

　레이엘은 정말로 오라에 모든 걸 집중했다. 그래서 지금 그에게 누군가 다가오고 있다는 것조차 느끼지 못했다. 물론 오라에 집중하지 않았더라도 지금의 몸 상태로는 알아차리지 못했을 확률이 높지만 말이다.

　두꺼운 털옷을 입은 사람 세 명이 레이엘이 누운 크레이터로 다가왔다. 그들은 크레이터 안에 사람이 누워 있는 걸 보고는 깜짝 놀라 달려갔다.

　"알바크! 어서 들것을 준비해!"

　"오케이!"

　알바크라 불린 사내가 등에 짊어진 배낭을 풀어 그 안에서 뭔가를 주섬주섬 꺼냈다. 그리고 능숙하게 그것을 이용해 들것을 만들었다. 손잡이가 달린 천에 불과했지만 두 사람이 들면 환자 한 명 정도는 충분히 옮길 수 있었다.

"헤드만! 다 만들었어!"

"사이크! 알바크를 도와!"

헤드만은 능숙하게 두 사람을 지휘해 바닥에 쓰러진 레이엘을 들것에 실었다. 그리고 서둘러 크레이터를 벗어났다.

"대체 여기서 무슨 일이 있었던 거지?"

"글쎄. 며칠 전에 본 그 빛과 관계된 거 아니겠어?"

"아무래도 그렇겠지?"

세 사람이 이곳에 나타난 건 우연이 아니었다. 며칠 전 밤하늘을 밝게 물들이던 빛줄기를 조사하기 위해 온 것이었다. 한밤중에 마치 낙뢰처럼 떨어진 빛줄기였는데, 절대 벼락은 아니었다. 벼락이었다면 그렇게 깨끗하고 곧게 뻗지 않았을 테니까.

그 빛은 정말로 밝았다. 마을에 있던 모든 사람들이 그쪽을 향해 시선을 돌릴 정도였다. 게다가 빛줄기가 떨어지는 동안은 마치 대낮처럼 온통 환했다.

빙설의 대지에서 살아가려면 작은 것 하나도 놓쳐선 안 된다. 이런 특별한 일은 반드시 조사하지 않으면 안 된다. 그것은 오래 전 빙설의 대지에 정착을 했던 그들의 조상이 전해준 지혜였다. 당시 작은 변화를 우습게 여기다가 마을 다섯 개가 몰살당했다고 한다.

"설마 그 마녀에게 당한 것은 아니겠지?"

"마녀는 이곳에 나타나지 않아. 마녀는 눈보라를 싫어하니까."

"하긴."

빙설의 대지에서 가장 무서운 것을 꼽으라면 단연 남쪽바다의 마녀였다. 언제부터 그곳에 살았는지, 또 마녀와 함께 몇 사람이 살고 있는지 아무도 모른다. 그저 마녀와 얽히면 죽거나, 아니면 죽음보다 더한 고통을 얻는다는 사실만 알고 있을 뿐이었다. 마녀는 정말로 두려운 존재였다.

다행히 마녀는 눈보라를 싫어했다. 빙설의 대지에는 시도 때도 없이 눈보라가 몰아치긴 하지만 섬 전체가 그런 것은 아니었다. 눈보라가 없는 곳도 있었다. 그곳이 바로 남쪽바다였다. 그래서 마녀는 그곳을 벗어나지 않았다.

"마녀가 아니라면 대체 이 사람은 뭐지?"

이상한 점이 한두 가지가 아니었다. 레이엘이 누워 있던 곳은 섬의 북쪽이었다. 빙설의 대지에서도 가장 혹독한 곳이었다. 그런 곳에 옷도 거의 걸치지 않은 상태로 누워 있었다. 그런데도 아직 살아있다는 게 신기할 따름이다.

"아무튼 서두르자. 이러다가 정말로 얼어 죽겠어."

설마 생명체가 있으리라고는 생각도 못했기에 보온을 할 수 있는 장비를 하나도 가져오지 않았다. 이대로 마을까지 가다가 얼어 죽을 수도 있었다. 그들은 발걸음을 서둘렀다.

빙설의 대지에는 모두 열다섯 개의 마을이 있었다. 섬이 상당히 크기 때문에 다른 마을에 가려면 이틀은 걸어야 했다. 헤드만 일행의 마을은 그 열다섯 마을 중에서도 가장 동쪽에 위치한 마을이었다. 섬의 남쪽 해변을 따라 마을이 존재했는데, 서쪽 끝에서 동쪽 끝까지 쭉 해변을 따라가며 있었다.

 남쪽에 가까운 곳은 그나마 살 만 했다. 추위가 많이 약했으니까. 하지만 동쪽과 서쪽에 있는 마을은 북쪽과 조금 더 가깝다는 이유 하나만으로 매일매일 혹한을 경험해야만 했다. 만일 마을이 그곳에서 조금만 더 북쪽에 위치했다면 아마 아무도 살아남지 못했을 것이다.

 실제로 예전에는 그 위쪽으로 마을이 존재했었다. 하지만 난데없이 찾아온 눈보라에 마을이 묻혀 버렸다. 당연히 그 안에 살던 사람들은 몽땅 얼어 죽었다. 빙설의 대지에 부는 눈보라는 가끔 거의 공격마법이나 다름없을 정도로 위력적인 경우가 있다. 그런 눈보라에 속수무책으로 당한 것이다.

 그나마 다행인 것은 지금 위치한 마을이 있는 곳에는 더 이상 그런 식의 무시무시한 눈보라는 없다는 점이었다. 물론 일반적인 눈보라는 시도 때도 없이 몰아치지만 말이다.

 아무튼 열다섯 개의 마을이 그렇게 넓게 분포된 이유 중 하나는 바로 남쪽바다의 마녀였다. 남쪽에 마을이 없는 이유는 마녀 때문이고, 그 마녀는 자신의 영역에 누군가 들어오는 것을 극도로 싫어한다. 마녀가 있는 곳에 갈 수 있는 것은 공물을 바칠 때뿐이었다. 그때는 모든 마을 사람들이 마녀의 성 앞에 모여야만 했다.

아무튼 그래서 마녀가 있는 곳 근처에는 아무도 살 수 없었다. 당연히 그곳을 피해 마을이 형성되었고, 지금의 형태가 되었다. 남쪽바다의 마녀가 언제부터 이곳에 있었는지는 아무도 모른다. 그저 아주 오래 전부터였다고만 알려져 있을 뿐이었다.

헤드만이 마을로 들어서자 마을 사람들이 우르르 몰려왔다. 그리고 헤드만 일행이 데려온 환자를 발견하고는 깜짝 놀랐다. 그들은 서둘러 쉴 장소를 마련하고 따뜻한 곳으로 레이엘을 데려갔다.

일단 거처는 촌장의 집으로 정했다. 그나마 촌장의 집이 마을에서 가장 컸기 때문이다. 촌장은 레이엘을 화덕 근처에 눕히고는 열심히 불을 지폈다.

빙설의 대지에 땔감이 있을 리 없다. 하지만 그것을 대신할 만한 것은 얼마든지 있었다. 촌장은 화덕에 검은 덩어리 몇 개를 집어넣었다. 화덕의 불이 그것을 삼키고 활활 타올랐다.

"자, 일단 우리가 할 수 있는 건 여기까지인 것 같구나. 이제는 너희들의 얘기를 들어봐야겠다. 대체 이 사람은 누구냐?"

헤드만이 대표로 촌장에게 설명했다. 사실 말할 것도 별로 없었다. 빛이 난 곳을 찾아 조사하러 가서 그 흔적을 발견했고, 그 안에 있는 사람을 데려왔을 뿐이었으니까.

설명을 모두 들은 촌장이 심각한 표정을 지었다.

"그러니까 거대한 흔적이 남아 있었다 이거지?"

"예. 마치 무언가가 떨어져서 생긴 듯한 거대한 흔적이었습니다."

"그리고 그 한가운데 저 사람이 있었고?"

헤드만이 고개를 끄덕였다. 그가 대답할 수 있는 건 딱 여기까지였다. 촌장은 잠시 생각에 잠겼다가 이내 고개를 저었다.

"정황으로 봐서 그 빛은 아마 저 사람이 그곳에 떨어질 때 난 모양이다. 한데 그런 거대한 흔적이 날 정도로 떨어졌으면 충격이 상당했을 텐데, 아직도 살아있다니 놀랍구나."

"사실……."

헤드만은 망설이다가 입을 열었다. 촌장이 말을 해보라는 듯 눈짓을 하자 조금 더 용기를 내서 말을 이었다.

"조금 이상합니다."

"뭐가 말이냐?"

"그곳에 빛이 떨어진 지 벌써 사흘이 지났습니다."

"그렇지."

"그곳은 눈보라가 수시로 몰아치는 곳입니다. 그런데도 그런 흔적이 그대로 남아있다는 게 너무 이상합니다."

"그게 무슨 말이냐?"

"말 그대로입니다. 그 흔적 한가운데 저 사람이 누워 있었습니다. 사흘 동안 그 자리에 누워 있었는데 눈에 덮이지 않은

게 이상하지 않습니까? 그렇다면 그 흔적에도 눈이 닿지 않았다는 뜻 아닙니까."

그제야 촌장의 얼굴이 심각해졌다. 확실히 뭔가 이상했다. 사실 엄밀히 따지면 그 흔적 자체가 눈보라 때문에 생겨난 것이었지만 이들이 그것을 유추해 낼 수 있을 리 없었다.

"후우. 모르겠구나. 일단 저 사람부터 살리고 생각하자."

"예."

"너희들이 데려왔으니 책임도 너희들이 지는 게 옳겠지. 내가 힘껏 도와줄 테니 너희들이 매일 이곳에 와서 저 사람을 돌보도록 해라."

"그렇게 하겠습니다."

헤드만과 알바크, 사이크는 선선히 고개를 끄덕였다. 그들도 그것이 당연하다고 생각했다. 세 사람은 촌장에게 인사를 하고는 간이침대에 누워 있는 레이엘에게 다가갔다.

"일단 이 옷부터 어떻게 해야 할 것 같은데? 안 그러면 상처를 볼 수 없잖아."

헤드만의 말에 나머지 두 사람이 고개를 끄덕였다. 그들은 일단 레이엘의 옷부터 제거했다. 어차피 옷이라고 해봐야 찢어지고 헤져서 걸레에 더 가까웠기에 옷을 뜯어내는 건 별로 어렵지 않았다. 문제는 그 와중에 발견한 것들이었다.

"이, 이게 뭐지?"

"헉!"

알바크와 사이크는 화들짝 놀라며 뒤로 한 걸음 물러났다. 두 사람의 시선은 레이엘의 손에 가 있었다. 왜 지금까지 이걸 발견하지 못한 걸까?

"소, 손등에……!"

두 사람의 호들갑에 촌장이 다가왔다.

"왜 그러는 게냐?"

알바크와 사이크는 제대로 말을 잇지 못하고 손가락을 들어 레이엘을 가리키기만 했다. 촌장은 나직이 혀를 차며 레이엘에게 다가갔다. 그리고 두 사람과 마찬가지로 깜짝 놀라 뒷걸음질 쳤다.

"소, 손등에 손가락이 나 있다니!"

그뿐이 아니었다. 팔에도 손가락이 나 있었다. 옷을 벗기고 보니 더 처참했다. 몸 곳곳에 손가락이 나 있었고, 심지어 옆구리에는 뼈까지 튀어나와 있었다. 그 모양을 보니 갈비뼈가 분명했다.

"대, 대체……!"

방안에 있는 사람들 중 가장 침착한 것은 헤드만이었다. 헤드만은 레이엘의 기괴한 모습에 얼굴이 창백해졌지만 이내 이를 악물고 레이엘의 몸을 닦아냈다. 상처도 많았고, 거기서 흘러나온 피도 많아 온몸이 피딱지투성이였다. 헤드만은 그것을 정성껏 닦아냈다.

"상처는 어떻게 하죠?"

헤드만의 물음에 그제야 정신을 차린 촌장이 허겁지겁 움직였다. 그리고 상비해둔 약을 꺼냈다.

"약이 그리 많지 않으니 좀 더 만들어야겠구나."

헤드만이 무거운 표정으로 고개를 끄덕이고는 약을 들고 레이엘에게 다가갔다. 그리고 눈에 보이는 상처에 약을 정성껏 펴 발랐다.

빙설의 대지에는 아무것도 없다. 그곳에서 필요한 모든 것은 바다를 통해서 구해야만 한다.

빙설의 대지에는 딱히 바닷가라고 할 만한 것도 없다. 어차피 다 눈과 얼음이다. 뭔가를 구하려면 바다 속으로 들어가야만 한다. 다행이 빙설의 대지 근방의 바다에는 진귀한 것들이 잔뜩 있었다.

약도 마찬가지로 바다 속에서 재료를 구해야만 했다. 빙설의 대지 근처에서 나는 몇 가지 해초를 조합해 만든 약인데 외상에 탁월한 효과를 가지고 있었다.

하지만 바닷물은 지독하게 차갑다. 그 안에 들어가는 것 자체가 상당한 고통이었다. 바깥의 추위와는 차원이 다르다. 내일부터 당분간 잠수를 해야 할지도 모른다는 생각에 모두의 표정이 살짝 어두워졌다.

하지만 그런 것을 피할 수는 없었다. 이 근처에서 구할 수 없는 것들은 대륙으로 가서 사와야만 했다. 그러려면 돈이 필요한데, 그 돈을 마련할 방법도 바다 아래에 있었다.

약을 다 바른 헤드만은 자리에서 일어나 촌장을 바라봤다. 촌장은 고개를 끄덕이며 말했다.

"오늘은 늦었으니 이만 돌아가고 내일 다시 오너라. 너희들도. 나머지는 내가 알아서 하마."

세 사람은 고개를 꾸벅 숙이고 밖으로 나갔다. 촌장은 그들의 뒷모습을 조금 착잡한 눈으로 바라봤다.

"후우. 과연 이게 어떻게 돌아올지 걱정이구나."

사람을 구해주는 건 좋은 일이다. 하지만 좋은 일을 한다고 그 보답이 반드시 좋기만 한 것은 아니다. 때로는 차라리 구하지 아니함만 못할 경우도 많았다. 하지만 그렇다고 죽어가는 사람을 모른 척할 수는 없었다. 그건 이곳 빙설의 대지에서는 결코 있을 수 없는 일이었다.

이렇게 척박하고 혹독한 곳에서 사람들이 살아갈 수 있는 건 서로가 마음을 열고 힘껏 도왔기 때문이다. 지금 이 사람을 버리는 건 간단한 일이지만, 그 한 번의 일이 궁극적으로는 사람들의 결속을 무너뜨릴 수도 있었다.

"어떻게든 되겠지."

촌장은 일단 레이엘의 몸을 담요로 덮어주었다. 그러면서 자연스럽게 몸의 기괴한 부분들이 눈에 들어왔다. 처음에는 속이 울렁거릴 정도로 놀랐지만 지금은 너무나 안쓰러웠다. 대체 이런 몸으로 어떻게 살아왔을까.

"일단 푹 쉬어두게. 상처는 다 낫게 해 줄 테니까. 우리 마을에서 만드는 약은 효과가 아주 좋거든."

촌장은 그렇게 중얼거리고는 빙긋 웃었다. 그리고 자신의 방으로 들어갔다.

화덕에서 흘러나오는 열기가 레이엘의 몸을 따뜻하게 데웠다. 레이엘은 눈을 감은 채 그 따스함을 만끽했다.

 레이엘은 누워서 오라와 마나를 어떻게든 움직여 보려고 애썼다. 그리고 그렇게 하면서 황제와의 대화를 생각했다.

 황제도 레이엘과 같은 사람이었다. 또한 숲의 인간형 마수들도 모두 레이엘과 같은 사람이었다. 꿈꾸는 사람, 다른 사람의 인생을 사는 사람, 그리고 천 번의 죽음을 경험한 사람이었다.

 황제는 그것이 신이 되기 위한 시험이라고 했다. 당시에는 그저 황당하기만 했다. 하지만 지금 생각해 보면 충분히 그럴듯했다. 천 번의 죽음을 극복하고 천 명의 인생을 자신의 것으로 만들 수 있다면, 어쩌면 신으로 한발 다가갈 수 있지 않을까? 신이라는 것이 정확히 뭘 의미하는지는 모르겠지만 말이다.

신에 대해 생각하자 자연스럽게 발터스에 있는 아이린과 딕이 떠올랐다. 두 사람은 딱히 신을 믿는 게 아니지만 신성력을 쓴다. 그리고 그 신성력의 근원은 레이엘이었다. 레이엘이 가진 성휘가 바로 신성력의 원천이었다.

성휘는 참으로 신기한 힘이었다. 그것을 이용해서 할 수 있는 건 사실 흑마법사를 상대하는 정도가 전부였다. 마나나 오라에 섞어 써서 효율을 조금 올리고 변칙적인 쓰임새를 만들 수 있긴 하지만 그 효과 자체가 그리 크지 않다. 흑마법사를 상대할 때의 그 막강함에 비하면 말이다.

성휘의 쓰임새가 레이엘에게는 고작 그 정도뿐인데 반해 그것이 일단 다른 사람에게 작용되면 정말로 엄청난 힘을 발휘한다. 아이린이나 딕은 레이엘의 성휘를 이용해 자신의 몸에 깃든 빛을 사용할 수 있다. 그리고 그 빛의 힘은 거의 만능에 가깝다.

레이엘은 스스로의 존재에 대해 다시 한 번 생각했다. 자신이 존재하는 이유가 무엇인지. 자신이 겪은 일이 정말로 신의 시험인지. 또 정말로 황제의 경지에서 한 발 더 위로 올라가면 신이 될 수 있는지에 대해서 말이다.

'대체 황제는 왜 마신이 되고자 하는 걸까.'

레이엘은 그것이 정말로 궁금했다. 정상적인 사고의 흐름을 따라가면 빛의 신이 되어야 한다. 이름도 레이엘 아닌가. 황제의 이름도 레이엘이고 다른 모든 자의 이름이 레이엘이라면 그들의 존재 이유가 바로 레이엘, 빛의 신이라는 뜻이다. 황제가 그걸 모를 리 없다. 그는 이에 관한 책까지 찾아 읽지 않았는가.

'그런데도 마신이 되려 한다고? 대체 왜?'

레이엘은 이해할 수 없었다. 황제의 힘은 강력하다. 당연히 신의 시험은 통과한 거나 다름없다. 그의 말대로라면 신의 반열에 올라서기 직전이니까 말이다. 그렇다면 그냥 순리대로 흘러가면 그가 신이 될 것이 분명하다. 한데 그는 그걸 거부했다.

'그런데 그가 신이 되고 나면 난 어떻게 되는 거지?'

숲의 인간형 마수들은 모두 죽었다. 어쩌면 황제가 신이 되려면 레이엘의 죽음이 필요할 수도 있다. 물론 황제가 마신이 되기로 작정했다면 그조차 필요 없을지도 모른다.

레이엘의 머릿속이 복잡해졌다. 황제가 한 말에서부터 자신이 겪은 일들, 그리고 마수의 숲에서 자르와 케르테르의 왕에게 들었던 말과 성휘까지 뒤섞여 제대로 정리를 할 수가 없었다.

'너무 복잡하군. 한데······.'

레이엘은 문득 자신이 황제의 말에 너무 휘둘리고 있다는 생각이 들었다. 그저 황제에게 들었을 뿐이다. 한데 그 모든 말을 철석같이 믿고 있었다.

'내가 왜 그 말을 믿었을까?'

믿을 만해서 믿었을 것이다. 당시 황제가 한 말은 레이엘이 그동안 끊임없는 명상과 사색을 통해 접근한 여러 가지 가설들과 비슷한 면이 있었다. 레이엘도 어쩌면 그런 건 아닌가 하고 생각했기에 황제의 말을 더 빨리 받아들인 것이다.

그 사실을 인지하자 강렬한 위화감이 들었다. 물론 황제가 레이엘에게 거짓을 말할 이유는 없었다. 어차피 레이엘이 승복하지 않으면 죽일 심산이었을 테니까. 아마 지금쯤 황제는 레이엘이 죽었다고 믿고 있을 것이다.

'과연 황제는 공간이동이 가능할까?'

레이엘의 마법 체계는 다른 사람들과 많이 다르다. 당연히 황제와도 다르다. 공간이동은 엄청난 마력이 필요하기도 하지만 그에 따른 계산 자체가 살인적이다. 아마 황제라도 그건 거의 불가능할 것이다.

레이엘은 눈을 뜨고 천천히 몸을 일으켰다. 내부의 마나와 오라의 흐름을 약간이나마 되살렸기에 이제 어느 정도 몸을 추스를 수 있었다. 덕분에 이렇게 일어나 앉는 것도 가능했다.

상체를 완전히 일으킨 레이엘은 자신의 몸을 살폈다. 곳곳에 공간이동의 여파가 눈에 띄었다. 가장 흔한 것은 손가락과 발가락이었다. 상상도 하지 못할 위치에 손가락이나 발가락이 삐죽 튀어나온 게 보였다. 심지어는 내장에도 하나 붙어 있었다.

페이엘은 피식 웃었다. 과연 이 몸으로 무엇을 더 할 수 있단 말인가. 더 이상 황제를 막는 건 무리일 듯했다. 하지만 아무리 몸이 이렇게 되었다고 해도 죽고 싶지는 않았다. 삶에 대한 욕망은 꿈을 꿀 때부터 지금까지 레이엘을 지탱해온 버팀목과 같았다. 레이엘은 결코 삶에 대한 의지를 버릴 생각이 없었다.

레이엘은 앉은 채로 내부의 오라와 마나를 점검했다. 그리고 침대에서 내려왔다. 이제는 몸을 움직여 지금의 몸에 적응할 필요가 있었다. 뒤섞인 몸은 차차 방법을 찾아볼 것이다. 레이엘은 그런 것을 충분히 시도할 만한 의학적 지식과 기술을 보유하고 있었다.

"아, 자네 일어났나?"

촌장이 자신의 방에서 나오며 깜짝 놀란 눈으로 물었다. 그는 레이엘의 몸 상태를 잘 안다. 이렇게 빨리 설 수 있는 상태가 아니었다. 한데 지금 보니 몸의 상처가 많이 나았다. 아무리 이곳의 약이 좋다고 해도 이 정도면 정말로 놀라운 회복력이었다.

"일단 식사를 준비해 줄 테니 앉아서 기다리게. 아직 무리하면 안 되네."

촌장은 그렇게 말하고 부랴부랴 식사를 준비했다. 레이엘은 가만히 서서 묵묵히 그 광경을 지켜봤다. 이내 꽤 먹음직한 음식이 레이엘 앞에 놓였다. 레이엘은 그것을 천천히 몽땅 먹어

남쪽바다의 마녀 113

치웠다.

 음식을 모두 먹은 레이엘은 문득 아직도 아공간을 열 수 있을지 궁금해졌다. 잠시 마나를 움직여 아공간을 열어보았다. 하지만 열리지 않았다. 그렇다고 아공간이 사라진 건 아니었다. 분명히 연결되어 있다는 게 느껴졌다. 그렇다면 마나를 좀 더 회복시키면 아공간도 열 수 있다는 뜻이다.

 '일단은 회복이 먼저로군.'

 어느 정도 몸을 회복시켜 아공간을 열 수 있게 되면 그 안에 있는 수많은 도구들을 이용할 수 있게 된다. 그 뒤로는 일사천리다. 오라와 마나를 원래대로 만드는 것쯤은 금방일 것이다. 문제는 공간이동으로 인해 뒤섞여 버린 몸이다.

 아마 그것을 원래대로 고치는 데에는 한계가 있을 것이다. 몸 곳곳에 붙은 손가락과 발가락이야 어떻게든 한다 해도 옆구리에 튀어나온 갈비뼈 같은 것은 처리하기가 난감했다. 몸 내부의 장기나 뼈 중에도 잘못된 것들이 꽤 있었다. 공간이동의 여파가 무섭긴 무섭다. 몸이 이렇게나 만신창이가 되었으니 말이다.

 레이엘이 그렇게 앞으로의 일을 고민하는 사이, 레이엘을 보살펴 주기로 한 세 명이 촌장의 집에 도착했다.

 "촌장님, 저희 왔습니다."

 헤드만은 촌장에게 공손히 인사를 하고는 레이엘을 바라봤다. 그의 표정이 어두워졌다. 레이엘과 같은 상태의 사람은 정말로 처음이었다. 그런 사람이 있다고는 생각도 못해봤다. 헤드만은 레이엘에게 다가가 조심스럽게 물었다.

"어디 불편한 곳은 없으십니까?"

레이엘은 헤드만을 물끄러미 쳐다봤다. 자신과 비슷한 또래로 보였다. 헤드만과 함께 온 두 사람도 마찬가지였다. 레이엘은 이들이 자신을 구해줬다는 사실을 알고 있었다. 당시 오라와 마나에 집중하느라 몸을 움직이지는 못했지만 주변에서 벌어지는 상황은 다 체크하고 있었다.

"일단 약을 한 번 더 바르겠습니다."

헤드만은 품에서 약을 꺼냈다. 그러면서 자신의 행동에 속으로 살짝 당황했다. 이렇게 저자세로 나갈 필요가 없었다. 그가 보기에 레이엘도 비슷한 또래였고, 그렇다면 이렇게 어려워할 필요가 전혀 없었다. 게다가 자신은 생명의 은인 아닌가. 그런데도 레이엘을 보고 있으면 절대 함부로 할 수 없었다. 정말로 이상한 일이었다.

약을 꺼낸 헤드만은 레이엘에게 다가가려다가 멈칫했다. 레이엘이 고개를 저었기 때문이다.

"약은 됐다."

"하지만……"

"상처는 그냥 둬도 나을 것이다. 만들기 쉬워 보이는 약도 아닌데 함부로 쓰지 마라."

레이엘의 말이 전혀 틀리지 않는지라 헤드만은 고개를 끄덕였다. 그러다가 또 흠칫 놀라며 레이엘을 바라봤다.

'뭐야? 반말을 한 거야?'

기분이 나빠야 정상이다. 한데 그렇지 않았다. 너무나 자연스러웠다. 그렇게 하는 게 옳은 것처럼 느껴졌다. 헤드만은 고개를 갸웃거렸다. 정말로 희한한 기분이었다. 고개를 돌려 알바크와 사이크를 쳐다봤다. 두 사람은 전혀 아무렇지도 않은 표정이었다. 아예 인지하지도 못한 것이다. 헤드만은 새삼스러운 눈으로 레이엘을 바라봤다.

"당신은 대체 누구십니까?"

"레이엘."

헤드만의 눈이 화등잔만 해졌다. 아무리 세상과 동떨어진 빙설의 대지에 살고 있지만 그도 레이엘이라는 이름은 들어봤다. 헤드만뿐 아니라 알바크와 사이크 역시 마찬가지였다. 또한 촌장도 놀란 얼굴로 레이엘을 바라봤다.

"오해하지 마라. 난 황제가 아니다. 그저 이름이 같을 뿐이다."

"아, 그, 그렇군요."

알바크와 사이크는 고개를 끄덕였다. 그들 역시 레이엘이 황제일 리 없다고 생각했다. 키시아 제국의 황제가 이런 곳에다 죽어가는 모습으로 누워 있을 리 없지 않은가.

하지만 헤드만의 표정은 더욱 굳었다. 헤드만은 레이엘의 말을 믿을 수 없었다. 레이엘이 보여준 자연스러운 위압감은 아무나 흉내 낼 수 있는 게 아니다. 그것은 본래부터 그렇게 태어나고 자란 사람만 가능하다.

'그래, 황제처럼 말이지.'

헤드만은 굳은 표정으로 레이엘을 바라보며 말했다.

"아무튼 지금은 약을 더 발라야 합니다."

레이엘은 헤드만의 말을 듣는 둥 마는 둥 하고 자리에서 일어났다. 발가락이 없어 몸의 균형이 흔들렸지만 오라와 마나를 적절히 이용해서 똑바로 설 수 있었다. 앞으로는 계속 이런 식이 될 것이다. 오라와 마나를 이용해서 몸을 지탱하고 움직여야만 한다.

레이엘의 몸속에서 오라와 마나가 끊임없이 움직였다. 아마 이런 경험은 다시 하기 힘들 것이다. 하루 종일 오라와 마나를 동시에 움직인다니, 수련으로 한다고 해도 미련하고 위험한 짓이다. 자칫 오라와 마나가 서로 충돌해 그 흐름이 꼬이면 몸에 큰 충격이 올 것이다. 하지만 레이엘은 선택의 여지가 없었다. 이 위험한 일에 익숙해져야만 한다.

"나가자."

레이엘은 그렇게 말하고 집 밖으로 나갔다. 마을은 넓지 않았다. 그리고 집과 집 사이도 가까웠다. 상점도 없었다. 필요한 건 자급자족을 하고 구할 수 없는 건 마을 사람들이 돈을 모아 대륙에 나가서 한꺼번에 사온다.

"어디로 가시는 겁니까?"

헤드만이 물었다. 레이엘은 대답하지 않고 계속 걸었다. 어느새 레이엘 주위로 바람이 불었다. 정령이 움직인 것이다. 마나와 오라뿐 아니라 정령까지 한꺼번에 다루니 말을 할 정신도 없었다. 하지만 확실히 세 가지를 모두 이용하니 몸에 부담이 확 줄어들었다.

레이엘이 걸음을 멈춘 곳은 바닷가였다. 온통 눈과 얼음으로 이루어진 섬에서 바다를 바라보니 마치 빙산 위에 서 있는 것 같았다.

'하긴 이 섬 자체가 거대한 빙산이나 다름없지.'

대륙의 북쪽에 빙설의 대지라 불리는 얼음섬이 있다면 남쪽에는 열사의 대지라 불리는 모래섬이 있었다. 그곳은 빙설의 대지보다 훨씬 더 넓은 섬이었다. 게다가 섬 전체가 모래로 이루어져 있다. 즉, 사막인 것이다.

오아시스조차 없는 열사의 대지를 혹자들은 죽음의 땅이라고도 불렀다. 하지만 그곳은 그나마 빙설의 대지보다는 나았다. 생명체가 살고 있었으니까. 또한 그 생명체를 노리는 인간들도 바닷가를 둘러서 마을과 도시를 형성하고 살아가고 있었으니까 말이다.

레이엘은 가만히 서서 두 섬에 대해서 떠올렸다. 천 번의 꿈 중에는 열사의 대지와 빙설의 대지를 탐험하는 모험가의 꿈도 있었다. 모험을 하기 위해선 철저한 사전조사가 필수다. 레이엘은 그 사전조사로 인해 두 섬에 대해서는 누구보다 잘 알고 있었다.

'여긴 변한 게 하나도 없군. 그때가 3백 년 전이었을 텐데.'

꿈이긴 해도 진짜 현실과 다를 바가 하나도 없다. 레이엘이 꾼 모든 꿈의 주인공은 실제로 존재했다. 허구의 존재는 단 하나도 없었다.

레이엘은 말없이 바다로 뛰어들었다.

첨벙!

헤드만과 알바크, 사이크가 놀라 외치는 소리가 아련히 울렸다. 하지만 레이엘은 전혀 신경 쓰지 않았다. 바다속에 들어오니 오히려 더 편해졌다. 물 덕분에 균형을 잡기가 쉬웠다. 또한 물의 정령을 이용하니 움직이는 것도 훨씬 간단했다.

레이엘의 눈에 바닥에서 물결에 흔들리는 해초들이 보였다. 빙설의 대지 근처에는 특별한 해초들이 많이 난다. 또한 그 해초들 덕분에 물고기도 상당히 많다. 레이엘은 손을 휘저어 몇 가지 해초를 채취했다. 그것은 빙설의 대지에 사는 사람들이 비전으로 만드는 약의 재료였다.

다른 재료들도 들어가지만 지금 레이엘이 채집한 해초가 가장 핵심이었다.

레이엘은 적당량의 해초를 채집한 후, 물 위로 올라갔다.

촤악!

바다에서 레이엘이 나오자 헤드만 일행은 넋을 잃고 그 모습을 바라봤다. 레이엘은 마치 물에서 뛰어오르듯 뭍으로 내려섰다. 세 사람은 레이엘의 손에 있는 해초들을 보며 눈을 부릅떴다. 오늘 자신들이 반드시 채집해야 하는 바로 그 해초들이었다.

"이, 이걸 어떻게……!"

세 사람은 정말로 깜짝 놀랐다. 레이엘이 그 불편한 몸으로 바다에 들어가 해초를 채집해 온 것도 놀라운 일이지만 정확히 약을 제조하는데 필요한 해초들만 가져왔다는 사실이 더 놀라웠다. 이건 약의 성분을 알고 있지 않는 한 절대로 불가능한 일이었다.

섬 주변의 해초는 그 종류가 엄청나게 많았다. 그 중에서 약의 재료가 되는 해초는 다섯 가지였다. 더구나 그 해초들은 다른 해초들에 비해 크기가 작았다. 사이사이에 숨어 있으니 처음부터 노리고 가지 않는 한 거의 채취하기 어려운 것들이었다.

레이엘이 해초를 내밀자, 세 사람은 얼떨떨한 표정으로 그것을 받았다. 레이엘은 묵묵히 그들을 지나쳐 다시 마을로 돌아갔다. 헤드만은 자신의 손에 가득한 해초를 보다가 굳은 표정으로 레이엘을 따라갔다.

'대체 정체가 뭐지?'

생각해 보면 북쪽 평원에 누워 있었다는 것도 이상하다. 빛이 떨어진 곳에서 발견했기에 말 그대로 하늘에서 날아온 사람인 줄 알았다. 하지만 지금 생각해보면 그게 오히려 더 말이

안 된다. 어떻게 사람이 빛에 휩싸여 하늘에서 떨어질 수 있으며, 또한 그렇게 떨어지고도 살아남을 수 있단 말인가.

'원래 우리 섬에 사는 사람이었는지도 몰라. 아니, 분명히 그랬을 거야.'

그러면 모든 게 맞아 떨어진다. 문제는 섬에 사는 사람들 중 헤드만이 모르는 사람이 없다는 점이었다. 빙설의 대지는 상당히 큰 섬이긴 했지만 고작 15개의 마을이 전부다. 그리고 각각의 마을은 결코 크지 않다. 사는 사람들도 뻔하다.

'최근 다른 마을에 온 외지인인가?'

그럴 수도 있다. 외지인의 경우라면 헤드만이 모를 수도 있다. 마을과 마을 사이에서는 소식도 느린 편이니 충분히 가능성이 있었다.

그렇게 헤드만이 속으로 오만 생각을 다 하는 동안 그들은 어느새 촌장의 집에 도착했다. 레이엘은 아주 자연스럽게 촌장의 집으로 들어갔다. 마치 자신의 집인 것처럼 편안해 보였다.

'너무 익숙해. 그냥 외지인이 절대 아니야.'

헤드만의 눈이 날카롭게 빛났다. 레이엘의 행동은 빙설의 대지에 익숙하지 않은 외지인이라면 결코 불가능한 것이다. 레이엘을 가만히 보고 있으면 마치 수십 년 동안 이곳에서 살아온 토박이 같았다.

촌장의 집에 들어간 레이엘은 화덕 근처에 있는 자신의 침대로 가서 누웠다. 헤드만 일행은 그 모습을 보고 상당히 당황했다.

'뭐지? 오늘 할 일은 다 했으니 이제부터 쉬겠다는 건가?'

레이엘이 눈까지 감아 버리자, 그들은 더 당황했다. 하지만 레이엘은 환자였다. 사실 밖으로 나가 바닷속에 들어갔다는 자체가 말이 안 되는 일이었다.

'하긴, 지금은 저렇게 누워서 쉬는 게 맞긴 하지.'

헤드만 일행은 당황스러웠지만 일단 각자 할 일을 알아서 찾았다. 헤드만만 남고 나머지 두 사람은 오늘 레이엘이 채취한 해초를 이용해 약을 만들기로 했다. 치료약은 그들에게 있어서 가장 중요한 상품이기도 했다.

사이크와 알바크가 밖으로 나가자 헤드만은 굳은 표정으로 레이엘 곁에 슬며시 앉았다. 그리고 레이엘을 뚫어져라 살펴봤다. 아무리 봐도 낯선 얼굴이었다.

'그럼 예전에 여기서 살다가 외지로 나간 사람인가?'

그럴 수도 있었다. 헤드만이 태어나기도 전에 섬에서 나갔다면 모르는 게 당연하다. 혹은 아주 어릴 때 나갔다해도 그렇다. 하지만 헤드만은 결국 고개를 저었다. 그건 절대 불가능했다. 레이엘의 얼굴을 보면 아무리 많이 쳐줘봐야 20대 초반이었다. 얼굴이 극도로 동안이라고 우겨도 30세는 넘지 않았을 것이다.

헤드만의 나이는 26세였다. 어쩌면 레이엘은 그보다도 더 어릴지 모른다. 헤드만은 점점 더 생각이 미궁 속으로 빠져드는 것 같아 머리가 복잡해졌다.

그렇게 헤드만이 머리를 굴리고 있을 때, 레이엘은 조용히 자신의 몸을 관조하며 마나와 오라를 움직였다. 마나를 이용해 가슴어림에 결정을 만들고, 또 오라를 온몸으로 돌려 단전을 활성화시켰다.

처음에는 정말로 어려웠지만 지금은 꽤 활발하게 움직였다. 이게 모두 빙설의 대지를 떠받치고 있는 바다 덕분이었다. 빙설의 대지 근방의 바다에는 막대한 기운이 흐르고 있었다. 차가운 바다와 얼음의 기운이었는데, 레이엘은 오늘 바다에 들어가 그 기운을 잔뜩 쐬고 왔다.

내부로 받아들이는 건 아직 무리였기에 그저 기운을 접하는 것조차 버거웠지만 성과는 훌륭했다. 레이엘의 몸에서 잠든 기운들이 자극을 받아 활발히 움직이기 시작한 것이다.

레이엘은 눈을 감고 자신이 아는 모든 지식을 이용해 마나와 오라를 다뤘다. 그리고 그 파장이 조금씩 퍼져 나갔다. 처음에는 아주 미약했지만 시간이 지날수록 점점 강력해졌다. 그리고 결국은 빙설의 대지 전체를 한바탕 뒤흔들었다.

물론 물리적으로 뒤흔든 게 아니라 빙설의 대지를 뒤덮고 있는 기운을 뒤흔든 것이었다. 그래서 그런 일이 벌어졌는지 아는 사람은 거의 없었다. 심지어 바로 옆에서 눈을 번득이고 있는 헤드만조차 아무것도 느끼지 못했다.

레이엘은 천천히 눈을 떴다. 강력하게 섬 전체를 뒤흔들었던 마나와 오라의 파장은 사라진 지 오래였다. 몸 상태가 워낙 바닥이라 마나와 오라의 흐름에 몸을 맡기는 것조차 불가능했다. 절로 한숨이 나오는 상황이었지만 레이엘의 눈빛에 새겨진 투지는 전혀 줄어들지 않았다.

"일어나신 겁니까? 식사를 준비해 드릴까요?"

레이엘은 헤드만의 말을 들으며 묵묵히 고개를 끄덕였다. 헤드만이나 촌장이 레이엘에게 보여주는 행동은 사실 보통 사람이 생각하면 이해하기 어렵다. 그들의 행동은 조금 도가 지나치다. 자칫하면 잔뜩 부담이 생길 수도 있었다. 하지만 레이엘은 그 모든 것을 지극히 자연스럽고 당연하게 받아들였다. 그리고 헤드만은 그런 레이엘이 또 신기했다.

'확실히 이방인이 아니야. 그동안 겪은 다른 이방인들과는 전혀 달라.'

보통 이런 일을 겪으면 누구라도 자연스럽게 반응할 수 없다. 어찌 보면 헤드만은 자신의 모든 일을 버려두고 레이엘에게만 매달려 있는 상황 아닌가. 하지만 빙설의 대지에서는 이게 지극히 당연한 일이었다.

"잠시만 기다리십시오."

헤드만은 상념을 접고 자리에서 일어나 주방으로 향했다. 주방에는 생선과 해초가 적당히 준비되어 있었다. 헤드만 일행이 오늘 촌장의 집에 오면서 가져다 놓은 것이었다. 그들이 레이엘을 책임지기로 했으니 먹을 것도 다 책임져야만 한다.

헤드만은 일단 생선을 손질하려고 했다. 하지만 결국 손을 멈출 수밖에 없었다.

쾅쾅쾅!

누군가 문을 두드렸다. 헤드만은 생선을 놔두고 문으로 다가갔다. 이 시간에 촌장의 집에 와서 저렇게 세게 문을 두드릴 사람이 없었기에 고개를 갸웃거리며 문을 열었다.

"누구십……!"

헤드만은 말을 이을 수 없었다. 눈부시게 아름다운 미녀 한 명이 문앞에 서 있었다. 헤드만의 눈이 커다래졌다. 그가 놀란 이유는 그녀가 너무 아름답기 때문이 아니었다. 그녀의 정체를 알기 때문이었다.

"나, 남쪽바다의……."

헤드만은 그 말을 마무리하지 않았다. 그랬다가는 어떤 일을 겪을지 알 수 없기에 억지로 입을 다물었다. 그녀는 남쪽바다의 마녀였다. 고작 스무 살 정도로밖에 보이지 않는 외모에 새하얀 로브를 걸친 그녀의 모습은 마녀라고 부르기 미안할 정도로 눈부셨다.

자신도 모르게 주춤주춤 뒤로 물러난 헤드만은 다리에 힘이 풀려 하마터면 주저앉을 뻔했다. 그리고 남쪽바다의 마녀는 그런 헤드만을 지나쳐 당당하게 집안으로 들어갔다.

마녀는 안에 들어가자마자 고개를 돌려 레이엘이 있는 쪽을 바라봤다. 대번에 그쪽에 사람이 있다는 것을 알 수 있었고, 거대한 존재감을 느낄 수 있었다.

"당신이로군."

마녀는 눈을 빛내며 천천히 레이엘에게 다가갔다. 레이엘은 그런 마녀를 무심한 눈으로 쳐다봤다. 그리고 헤드만이 두 사람을 안절부절못하고 바라봤다.

마녀가 레이엘 앞에서 멈췄다. 레이엘은 침대에 누운 채로 일어나지 않았다. 본래대로라면 마녀는 이런 사람을 용서하지 않는다. 이곳 빙설의 대지에서 자신에게 고개를 조아리지 않는 사람을 가만 둘 수는 없다. 그녀는 이곳의 왕이었으니까. 하지만 레이엘에게는 왠지 그렇게 할 수가 없었다.

"무례하구나."

마녀의 말에 레이엘이 서늘한 눈으로 그녀를 쳐다봤다. 마녀는 그 눈빛에 움찔 놀라 한 걸음 뒤로 물러났다. 그리고 이내 얼굴이 살짝 붉어졌다.

'기세에 밀려? 내가?'

지금까지 살아온 세월이 얼마던가. 게다가 그 세월 동안 얻은 힘이 얼마나 대단한가. 한데 그런 능력을 가진 자신이 고작 이런 애송이의 기세에 밀리다니 부끄러워 얼굴을 들 수가 없었다. 그리고 부끄러움은 곧 분노로 바뀌었다.

"감히 날 그따위 눈으로 쳐다보다니. 죽고 싶은 게로구나."

마녀의 몸에서 광포한 기세가 올올이 흘러나왔다. 그 기세는 순식간에 촌장의 집을 휘감았다. 그리고 기세에 말려든 헤드만은 결국 바닥에 주저앉아 벌벌 떨었다.

마녀의 눈빛이 급격히 가라앉았다. 레이엘의 무심한 표정은 여전했다. 그녀의 기세에 전혀 영향을 받지 않은 것이다.

"대체 정체가 뭐지?"

마녀의 물음에 레이엘이 그녀에게서 시선을 떼고는 지그시 눈을 감았다. 마치 더 상대할 필요가 없다는 듯해서 마녀의 눈이 일그러졌다.

"여긴 왜 온 거지? 마녀는 성을 떠나지 않는 게 원칙 아니었나?"

레이엘의 말에 마녀의 표정이 흠칫 굳었다. 빙설의 대지 남쪽 끝에는 성이 하나 있는데, 그곳이 바로 마녀가 사는 곳이었다.

마녀는 성을 나서는 일이 거의 없었다. 마을 사람들이 마녀의 얼굴을 아는 건 1년에 두 번 마녀의 성으로 공물을 보낼 때 그녀의 모습을 볼 수 있기 때문이다. 또한 그것이야말로 사람들이 마녀를 두려워하는 이유이기도 했다. 마녀의 모습은 아무리 세월이 지나도 전혀 변하지 않았다. 마을 사람들은 빙설의 대지가 처음 생겨났을 때부터 마녀가 이곳에 있었다고 믿었다.

당연히 마녀는 모든 마을 사람들을 다 알고 있었다. 공물을 바칠 때는 마을의 모든 사람들이 함께 마녀의 성으로 가는 것

남쪽바다의 마녀 127

이 관례였기 때문이다. 또한 그렇게 하지 않으면 마녀의 보복을 받는다고 알려져 있었다.

마녀는 뛰어난 기억력을 가지고 있었다. 한 번 본 사람의 얼굴은 결코 잊지 않았다. 그랬기에 레이엘이 외지인이라는 것을 단번에 알 수 있었다. 그래서 더 궁금했다. 대체 외지인이, 그것도 자신의 기세에 전혀 영향을 받지 않을 정도로 뛰어난 실력을 가진 사람이 왜 여기에 있단 말인가.

"여기는 내 왕국이다. 내가 뭘 하든 내 마음이야."

마녀는 그렇게 말하고는 자신이 대체 왜 이런 변명을 하고 있어야 하는지 짜증이 났다. 그저 손을 한 번 휘저어 간단히 날려 버리면 그만이었다. 한데 그럴 수가 없었다. 화가 나서 당장 마력을 움직이려다가도 막상 그러려고 하면 그럴 수가 없었다. 그래서 더 화가 났다.

마녀는 그 화를 애꿎은 헤드만에게 표출했다.

"너!"

헤드만은 자신을 무시무시한 눈으로 쏘아보며 소리친 마녀의 서슬에 화들짝 놀라 벌떡 일어났다.

"예! 마, 말씀만 하십시오!"

헤드만의 머릿속이 하얗게 비워졌다. 마녀가 뭔가 얘기를 하는 것 같은데 처음 '너!' 라고 부른 것만 듣고 나머지는 아예 들리지 않았다. 헤드만의 얼굴이 점점 창백해지더니 급기야 온몸이 뻣뻣해지며 뒤로 천천히 넘어갔다.

쿵!

 마녀는 어이없는 눈으로 그 모습을 바라봤다. 그저 짜증을 좀 냈을 뿐이었다. 한데 고작 그 몇 마디에 기절해 버리다니 뭐 이런 놈이 다 있나 싶었다.

 "철이 없군."

 마녀는 갑자기 들려온 말에 고개를 홱 돌렸다. 그리고 그 말을 한 레이엘을 노려봤다. 철이 없다니, 대체 누가 누구에게 할 소리인가. 마녀의 성은 무려 8백 년 전에 지어졌다. 그때는 빙설의 대지에 마을이나 사람이 아예 살지도 않을 때였다. 그리고 마녀는 그때부터 지금까지 그곳에서 살아왔다. 정확한 나이는 기억조차 나지 않는다. 그런데 철이 없다니, 고작 20년 남짓 살아온 놈이 자신에게 할 말은 결코 아니다.

 "내가 누구인줄 아느냐? 감히……!"

 "마녀라고 불러도 아무런 반응이 없는 걸 보면 진짜가 아니로군."

 레이엘의 말에 마녀의 눈빛이 흔들렸다. 그녀는 믿을 수 없다는 듯 레이엘을 바라보며 입을 꾹 다물었다.

 "얼굴이 비슷한 걸 보니 딸인가?"

 "그, 그걸 어떻게……."

 레이엘은 대답하지 않았다. 대답하기도 마땅치 않았다. 모든 걸 꿈에서 알아냈다고 하면 누가 믿겠는가. 레이엘은 이곳 빙설의 대지에서 가장 처음 생긴 마을의 주민이었다. 또한 마녀를 사랑했던 청년이기도 했다. 물론 혼자만의 짝사랑이었다. 하지만 그래서 더 마녀에 대해 잘 알고 있었다.

"그 마녀가 딸을 낳았다니 믿어지지 않는군."

레이엘의 기억 속에 있는 마녀는 아름답긴 했지만 결코 여자라고 보기 어려웠다. 말 그대로 진짜 마녀였다. 남자와 사랑을 해서 애를 낳았다는 사실을 믿을 수 없었다.

눈앞에 있는 마녀는 진짜 마녀에 비해 훨씬 인간다웠다. 아무리 마녀라도 자식까지 자신의 전철을 밟게 하기는 싫었던 모양이다. 그것은 마녀가 가진 마력만 봐도 알 수 있었다. 터무니없을 정도로 마력이 낮았다. 물론 보통의 마법사와는 비교도 할 수 없을 정도로 대단하긴 하지만 예전의 마녀를 생각하면 보름달과 반딧불의 차이나 다름없었다.

"어머니에 대해서…… 함부로 말하지 마라!"

마녀의 앙칼진 고함 소리에 레이엘이 피식 웃고는 천천히 몸을 일으켰다. 그러자 마녀의 눈이 화등잔만 해졌다. 레이엘의 어깨 부근에 보이는 발톱이 눈에 들어왔기 때문이다. 마녀의 눈빛이 거세게 흔들렸다.

"그, 그건…… 설마!"

마녀가 경악을 하든 말든 레이엘은 신경 쓰지 않고 완전히 침대에서 내려왔다. 그리고 마녀를 바라보며 물었다.

"이름은?"

"라, 라티에타……."

"엄마와 같은 이름이로군."

라티에타의 얼굴이 점점 창백해졌다. 그녀는 레이엘의 어깨 부근에 있는 발톱을 손가락으로 가리키며 물었다.

"저, 정말로 발톱인가요?"

라티에타는 자신의 말투가 어느새 공손해졌다는 것도 깨닫지 못했다. 그만큼 놀랐다. 그리고 목 부근을 만지던 레이엘이 고개를 끄덕이는 것을 보고는 얼굴이 더욱 딱딱하게 굳었다. 그녀는 그 순간 레이엘의 손을 발견하고는 또 눈이 커졌다. 그리고 확신했다. 레이엘 역시 자신의 어머니와 같다는 것을.

"호, 혹시 공간이동……."

레이엘이 눈을 빛내며 라티에타를 쳐다봤다. 레이엘의 눈에서 빛이 뿜어져 나가는 듯했다. 라티에타는 흠칫 놀라 뒤로 주춤주춤 물러났다. 마치 조금 전의 헤드만 같았다.

"역시 그랬군."

레이엘은 고개를 끄덕이며 라티에타에게 다가갔다. 라티에타는 계속 뒤로 물러났다. 하지만 한정된 공간 안에서 끝까지 그렇게 물러나기만 할 수는 없었다. 결국 벽에 등이 닿았고, 라티에타의 얼굴이 하얗게 질렸다.

"가자."

레이엘의 말에 라티에타가 간신히 정신을 차렸다. 가자니, 대체 어디로 간단 말인가. 하지만 라티에타는 더 이상 그에 대한 생각을 할 수 없었다. 레이엘이 돌아서서 촌장의 집을 나가 버렸기 때문이다. 그리고 그 순간 강렬한 바람이 라티에타의 몸을 휘감았다.

'정령!'

라티에타는 놀란 눈으로 자신의 몸을 휘감은 바람을 살폈다. 어느새 그녀의 몸이 둥실 떠올라 촌장의 집 밖으로 날아가고 있었다.

헤드만은 라티에타와 레이엘이 모두 사라지자 얼떨떨한 표정으로 그 뒤를 따라갔다. 그리고 연방 두리번거리며 어느새 사라지고 없는 두 사람을 찾았다. 하지만 더 이상 두 사람을 볼 수 없었다.

'성으로 간 걸까?'

보아하니 레이엘은 남쪽바다의 마녀와 잘 아는 사이 같았다. 마녀는 그를 모르지만 말이다. 헤드만의 머릿속이 더욱 복잡해졌다. 이젠 정말로 뭐가 뭔지 알 수 없었다. 헤드만은 이내 한숨을 쉬며 고개를 저었다.

'부디 섬에 아무런 일도 없었으면 좋겠는데……'

빙설의 대지에 사는 사람들이 바라는 것은 참으로 소박했다. 아무런 사건 사고 없이 그저 평안하게 삶을 살아가는 것이 그들의 소망이었다. 헤드만은 부디 그 평화가 깨지지 않기만을 속으로 빌고 또 빌었다. 섬사람들이 모두 신처럼 떠받드는 남쪽바다의 마녀에게 말이다.

"어디 가는 건가요?"

라티에타의 다급한 물음에 레이엘이 걸음을 잠시 멈추고 그녀를 돌아봤다. 라티에타는 여전히 허공에 뜬 채로 레이엘의 뒤를 따라오고 있었다. 사실 그녀의 마력이라면 얼마든지 정령의 힘을 거부할 수 있었는데도 그렇게 하지 않았다. 레이엘에게서 어머니의 향수를 느꼈기 때문이다.

"어머니는 언제 죽었지?"

레이엘의 물음에 라티에타의 표정이 급격히 어두워졌다. 어머니 생각만 하면 아직도 가슴이 아팠다. 특히 마지막 모습은 그녀의 뇌리에서 지워지지 않았다.

"3년 전에요."

"아버지는?"

라티에타는 고개를 저었다. 그녀는 아버지가 없었다. 처음부터 아버지의 존재를 모르고 자라왔다. 지금은 그냥 원래부터 아버지가 없었다고 여겼다.

레이엘은 묘한 표정을 지으며 손을 휘저었다. 그러자 라티에타가 허공을 휙 날아 레이엘의 코앞으로 다가갔다. 레이엘은 라티에타가 입고 있는 로브를 벗겨 버렸다. 그리고 그녀의 몸 구석구석을 자세히 살폈다. 당연히 라티에타는 기겁을 하며 몸부림쳤다.

"이게 지금 뭐 하는 짓인가요! 어서 저리 가요!"

라티에타의 몸에서 뿜어져 나온 강대한 마력에 주변의 정령들이 흔들렸다. 순식간에 라티에타의 몸이 자유를 찾았다. 정령들의 구속력이 흩어진 것이다. 하지만 레이엘이 손을 번쩍 들어 올리자 어느새 다시 정령들이 모였다.

라티에타의 눈이 경악으로 물들었다. 자신의 그 강대한 마력으로도 다시 모인 정령을 물리칠 수가 없었다. 그녀는 질린 눈으로 레이엘을 바라봤다. 대체 얼마나 대단한 능력을 가지고 있으면 정령들을 이렇게 부릴 수 있단 말인가. 또 어떤 능력을 가져야 정령들이 이렇게 강한 힘을 가질 수 있단 말인가.

레이엘은 라티에타가 경악을 하든 말든 신경 쓰지 않고 계속 그녀를 살폈다. 표정이 점점 굳어갔다.

"너……"

레이엘은 말을 꺼내려다 말았다. 굳이 해줄 필요가 없는 말이었다. 레이엘이 지배하던 정령들이 흩어졌다. 라티에타는 표독스런 눈으로 레이엘을 노려봤다. 레이엘이 그녀의 옷을 벗기거나 한 것은 아니지만 그래도 충분히 치욕스러웠다.

"미안하군. 갑자기 궁금한 게 있어서."

레이엘의 사과에 라티에타의 표정이 조금 풀어졌다. 사실 조금 얼떨떨하기도 했다. 레이엘의 행동을 전혀 이해할 수 없었기 때문이다. 분명히 레이엘은 그녀에게 추행을 하려던 것은 아니었다. 그것은 그의 눈빛만 봐도 알 수 있는 일이었다.

"대체 뭐가 그렇게 궁금했는데요?"

레이엘은 대답하지 않았다. 그리고 묵묵히 걸음을 옮겼다.

라티에타는 레이엘의 어두운 표정을 보며 멋대로 몇 가지 상상을 하다가 조용히 그 뒤를 따랐다. 레이엘이 어디로 가고 있는지는 이제 확실히 알 수 있었다.

　두 사람이 마녀의 성에 도착한 것은 그로부터 한 시간 정도가 흐른 뒤였다.

 마녀의 성은 빙설의 대지에 세워진 성답게 온통 새하얗다. 얼핏 보면 눈과 얼음으로 만든 성 같았다. 하지만 자세히 보면 분명히 돌로 이루어져 있었다. 새하얀 돌로 이루어진 성이 바다와 섬이 맞닿은 곳에 그림처럼 서 있었다.

 어찌 보면 상당히 삭막한 광경이었다. 하지만 레이엘은 그 성을 보자 왠지 모를 그리움이 밀려들어왔다. 이런 경험은 처음이었다. 꿈과 관계된 장소에 가더라도 결코 이런 마음이 든 적이 없었다. 한데 이번에는 참으로 묘했다.

 '한데 이게 그리움인가?'

 레이엘은 고개를 저었다. 알 수 없었다. 가슴을 채운 이 기묘한 감정이 처음에는 그리움이라고 생각했지만 그것과는 뭔가가 미묘하게 달랐다. 하지만 그게 뭔지 정확히 꼬집을 수가 없었다. 너무나 모호했다.

"정말로 성에 들어갈 건가요?"

라티에타가 물었다. 그녀의 표정에 떠오른 감정은 놀랍게도 염려였다. 그녀는 레이엘을 걱정하고 있었다. 마녀의 성은 그저 단순한 성이 아니었다.

"위험할 수도 있어요. 전 아직 성을 하나도 장악하지 못했어요."

라티에타의 말에 레이엘이 가볍게 고개를 끄덕였다.

"상관없다."

레이엘은 그 말을 남기고 성 안으로 당당히 들어갔다. 라티에타는 레이엘의 뒷모습을 바라보며 걱정스런 표정을 지었다. 하지만 이내 그 표정을 급히 지우고는 레이엘을 따라서 들어갔다. 아직 성을 장악하지는 못했지만 성이 그녀를 해치지는 않는다. 그것을 이용하면 어떻게든 레이엘을 지켜줄 수 있을 것이다. 라티에타는 레이엘과 멀어지기 전에 발걸음을 더욱 서둘렀다.

성에 들어서며 가장 먼저 레이엘을 반긴 것은 새하얀 섬광이었다. 문을 통과함과 동시에 떨어진 하얀 벼락이 레이엘의 정수리를 강타했다.

빠지직!

레이엘은 그 벼락을 맞고도 멀쩡했다. 아니, 사실 벼락은 레이엘의 몸을 전혀 건드리지도 못했다. 레이엘이 미리 몸 주위에 펼쳐둔 '쉴드'에 속절없이 옆으로 흘러가 버렸다.

라티에타는 놀란 눈으로 그 광경을 지켜봤다. 자신이 근처에 있는데도 벼락이 떨어질 줄은 몰랐다. 또한 그렇게 떨어진 벼락을 아무렇지도 않게 막아낸 레이엘도 정말 대단해 보였다.

'내가 가진 건 그저 마력뿐이로구나.'

라티에타가 보기에 지금 레이엘이 가진 마력은 형편없었다. 그런데도 이렇게 훌륭하게 그것을 이용한다. 반면 자신은 마력만 많았지 그것을 제대로 쓸 줄을 모른다. 그저 힘만 센 바보에 불과했다.

마법 함정은 끊임없이 터져 나왔다. 하지만 그 어느 것도 레이엘을 멈추게 하지 못했다. 레이엘은 아주 능숙하게 그것들을 헤치고 목적지에 도착했다.

"대체 어떻게 이 성의 구조를 알고 있는 거죠? 여긴 아무도 들어온 적이 없을 텐데……."

마녀의 성에 들어올 수 있는 사람은 없다. 1년에 두 번 공물을 바치는 날에는 마녀가 직접 성에서 나와 마을 사람들을 확인하고 그것을 받는다. 당연히 아무도 성에 들어갈 수 없었다. 심지어 짐을 나르는 일도 마녀가 직접 한다. 당연히 마법을 이용한다.

그러니 성에 들어온 사람은 지금까지 한 명도 없었다. 한데 어떻게 성의 구조를 이렇게 잘 아는 것일까? 라티에타는 의심스런 눈으로 레이엘을 바라봤다.

"그런 눈으로 볼 것 없다. 성의 구조를 파악하는 건 간단한 일이니까."

"간단하다고요?"

"이런 성은 더 쉽지. 곳곳에 마법진이 있으니 그걸 토대로 구조를 파악할 수 있다. 난 이미 성에 들어온 순간 모든 구조를 파악했다."

라티에타가 아연한 표정을 지었다. 그게 어떻게 가능하단 말인가. 마법진을 파악해 성의 구조를 알아내다니, 그녀로서는 상상도 할 수 없을 정도의 경지였다.

"다, 당신 정말로 인간이긴 한 건가요?"

레이엘은 대답 대신 슬쩍 미소 지으며 방문을 열었다.

퍼버벙! 빠지직!

불덩이 다섯 개가 날아와 터졌고, 뇌전이 바닥을 타고 레이엘을 덮쳤다. 마지막까지 방심하지 못하게 만드는 함정이었다. 물론 레이엘은 전혀 피해를 입지 않았다. 성의 모든 마법진을 벌써 다 파악했는데 그것에 걸려들 리 없지 않은가.

레이엘은 가볍게 자신을 덮친 마법을 막아내고는 방 안으로 들어가려 했다. 하지만 그 순간 기묘한 위화감이 엄습해왔다.

'음? 내가 미처 파악하지 못한 마법진이 있었나?'

마녀의 성에 설치된 마법진들은 이미 성에 들어서기도 전에 다 파악했다. 레이엘은 마나와 오라에 대한 장악력은 좀 떨어진 상태였지만 반응은 훨씬 빠르고 민감해졌다. 오라와 마나를 쓸 수 없는 상황이 되니 그것들이 급격히 발전한 것이다. 만일 몸을 원래대로 고칠 수만 있다면 예전보다 훨씬 강해질 수 있을 것이다.

아무튼 그렇게 예민한 감각으로 모든 마법진을 파악했다고 생각했는데 방에 들어서는 순간 그게 아니었다는 걸 깨달았다. 아직 레이엘의 감각을 피해 숨어 있는 마법진이 남아 있었던 것이다.

일단 마법진을 파악하면 공격을 예상할 수 있어서 빠르게 대응이 가능하지만 그것을 모르면 대응이 어려워진다. 레이엘은 일단 조금 더 방 내부를 살폈다.

레이엘이 방으로 들어가다 말고 멈춰 서 있자, 라티에타가 눈살을 찌푸렸다.

"뭐 하는 거죠? 안 들어가고?"

레이엘은 대답하지 않고 감각을 집중했다. 베일에 싸인 마법진이 조금씩 보이기 시작했다. 상당한 수준의 마법진임이 분명했다. 레이엘의 감각을 이렇게나 잘 피할 수 있으니 말이다.

결국 30분에 걸쳐 마법진을 파악해낸 레이엘이 눈에 이채를 띠었다. 이곳에 설치된 마법진은 성의 다른 마법진과는 완전히 체계가 달랐다.

'고대마법이로군.'

이건 정말로 예상외였다. 마녀의 성이 세워진 것은 분명 고대와는 상당한 시간차가 존재한다. 그런데도 고대의 마법이 쓰였다는 것은 마녀가 고대마법에 대해 알고 있었다는 뜻이 된다. 하지만 만일 고대마법을 알았다면 다른 마법진을 이렇게 허술하게 내버려 뒀을 리가 없다.

'즉, 마녀도 모르는 마법진일 가능성이 있단 말이군.'

레이엘은 고대마법에 대해 뛰어난 지식을 가지고 있었다. 지난번 황혼의 마탑에서 얻은 것들 덕분이었다. 그곳에서 상당한 수의 고대마법을 접했고, 그것을 모두 자신의 것으로 만들었다. 한데 이곳 마녀의 성에 설치된 고대마법은 그것과는 또 다른 체계였다.

'곤란하군.'

단번에 마법을 파악해 대처할 수가 없었다. 상당히 까다로운 마법이었다. 이것은 마법진을 직접 보고서 파악하는 수밖에 없는데, 그것을 보기 위해서는 한 번은 마법진을 겪어야만 한다. 레이엘은 고개를 슬쩍 돌려 라티에타를 쳐다봤다.

"왜 그러세요? 무슨 문제라도 있나요?"

그제야 라티에타도 뭔가 심상치 않은 분위기를 감지했다. 하지만 레이엘을 완전히 이해할 수는 없었다. 지금 레이엘이 들어가려는 곳은 그녀가 하루에도 몇 번씩이나 들락거리는 장소, 바로 성의 메인홀이었다.

"성에 어떤 마법진이 새겨져 있는지 정확히 알고 있나?"

레이엘의 물음에 라티에타가 얼굴을 붉혔다. 솔직히 말하자면 절반도 모른다. 어머니가 너무 일찍 돌아가셨다. 그녀의 나이를 생각하면 결코 그렇지 않지만 라티에타의 입장에서는 그랬다.

"역시 모르는군. 어머니에게 마법을 얼마나 배웠지?"

"조금……."

레이엘이 눈살을 찌푸렸다. 지금의 라티에타는 이름만 마녀지 실제로는 마녀의 발치에도 못 미친다. 그저 마력만 많은 철부지 소녀일 뿐이었다.

"그럼 어머니가 고대마법을 알고 있었는지 아닌지도 모르겠군."

"예? 고대마법이요?"

라티에타의 눈이 화등잔만 해졌다. 아무리 그녀라고 해도 고대마법이 뭔지는 안다. 고대인들이 쓰던 마법이다. 고대인의 마법은 특히 마법진과 속도에 특화되어 있어서 만일 이런 성에 고대마법을 새겼다면 정말로 굉장한 위력을 발휘한다.

"설마 메인홀에 고대마법이 설치되어 있단 말인가요?"

레이엘이 고개를 끄덕이자 라티에타는 믿을 수 없다는 듯 고개를 저었다. 고대마법이라니. 만일 어머니가 그런 걸 알았다면 라티에타에게 말하지 않았을 리 없다.

"그럼 이 성을 네 어머니가 지은 게 확실한가?"

라티에타의 표정이 혼란스러워졌다. 그녀의 어머니는 고대마법을 모른다. 그리고 이곳에 고대마법이 새겨져 있다. 그렇다면 어머니가 아닌 다른 누군가가 새겼다는 뜻이다. 하지만 이곳에 방문한 사람은 단 한 명도 없다. 인간이 아닌 다른 존재 역시 마찬가지다.

'그래서 그런 결론이 나오는 건가? 하지만……'

하지만 그녀의 어머니는 그녀에게 이 성을 지은 것이 자신이라고 분명히 말했다. 과연 뭐가 어떻게 된 건지 정말로 혼란스러웠다.

"이 성은 어머니께서 지으셨어요. 그건 확실해요."

라티에타가 불안한 표정으로 말을 덧붙였다.

"어머니가 제게 거짓을 말씀하지 않으셨다면……."

레이엘은 고개를 끄덕였다. 그녀의 어머니가 그녀에게 거짓을 말할 이유가 없다. 그렇다면 이곳에 있는 고대마법은 라티에타의 어머니, 즉, 전대 마녀의 작품일 확률이 높았다.

"네 어머니는 거짓을 말하지 않았다."

레이엘은 그렇게 말하며 걸음을 안으로 옮겼다. 온몸의 마나와 오라를 활성화 시켰다. 어떤 함정에도 반응할 수 있도록 만반의 태세를 갖췄다. 모르겠으면 일단 몸으로 부딪치면 된다. 레이엘의 주변으로 정령들이 모여들었다.

레이엘이 메인홀에 들어선 순간, 사방에서 빛이 번득였다. 레이엘을 따라가던 라티에타는 생전 처음 보는 메인홀의 반응에 깜짝 놀랐다. 하지만 그 빛은 레이엘에게도 라티에타에게도 전혀 위협적이지 않았다. 정확히 말하자면, 그 빛, 즉 고대 마법은 방문자들에게 적대적이지 않았다.

레이엘은 가만히 서서 빛을 맞으며 고개를 끄덕였다.

"지식 전이로군."

"지, 지식 전이요?"

"네가 걱정되었나보다."

"그런데 왜 하필이면 지금……."

라티에타는 이해할 수가 없었다. 자신이 이곳을 얼마나 자주 들락거렸는가. 한데 그동안은 아무 일도 없다가 이제 와서 움직인단 말인가.

"설마……."

라티에타는 레이엘을 바라보며 눈을 크게 떴다. 어쩌면 이 마법은 자신을 위한 게 아니라 레이엘을 위한 것일지도 모른다는 생각이 들었다.

"마녀는 마녀군."

레이엘은 그렇게 중얼거리며 안으로 깊이 들어갔다. 일단 안에 들어온 이상 마법진을 찾아 그것을 마음대로 주무르는 건 일도 아니었다.

마법진을 살피던 레이엘은 고대의 기억이 떠올라 눈살을 찌푸렸다. 대체 마녀가 이 마법진을 어떻게 얻었는지 모르지만 지식 전이의 마법진은 고대에서도 황실에서만 전해지는 마법진이었다.

고대 황제의 비밀이 바로 여기에 있었다. 그들은 이 지식 전이를 이용해 수많은 마법회로를 몸에 새길 수 있었다. 당연히 세대가 지나면 지날수록 점점 더 강력해졌다. 그리고 그 끝은 파멸로 이어져 있었다.

레이엘이 지식 전이 마법진에 대해 아는 이유는 그의 죽음과 관계가 있었다. 학자였던 고대 시절 우연히 그것을 접했고, 단지 그 이유만으로 죽음을 맞이해야만 했다.

'생각해보면 내 지식은 마법진에 상당히 특화되어 있는 것 같아.'

아마 마법진에 관해서라면 황제보다도 높을 것이다. 비록 황제가 고대마법의 정수를 터득하고 있긴 하지만 그래도 레이엘처럼 다양한 시도를 해보지는 않았을 것이다.

지식 전이에 대한 고대마법에 대해서 레이엘이 아는 것은 한정적이었다. 그저 한 번 접한 것이 전부였기 때문이다. 물론 꿈에서 접한 것이기 때문에 그 내용은 고스란히 기억 속에 있었다. 하지만 레이엘이 접한 부분은 일부에 불과했다.

'여기에 설치된 마법진만 해도 내가 모르는 부분이 있군.'

물론 문제가 될 건 없다. 이미 기본적인 지식이 있기 때문에 그것을 완벽하게 손보는 것쯤은 충분히 가능했다.

마법진은 놀랍게도 홀 전체에 걸쳐 설치되어 있었다. 덕분에 다른 마법진은 하나도 없었다. 오로지 지식 전이를 위한 고대 마법진 하나만 설치되어 있었다. 문제는 그것이 완전치 못하다는 것이었다.

레이엘은 자연스럽게 마법진을 분석했다. 그리고 어디가 잘못되었는지 대번에 파악하고는 눈살을 찌푸렸다. 너무나도 기본적인 곳이 잘못되었다. 그것도 한두 군데가 아니다. 그저 지식 전이를 위해 지식을 마법진에 주입하는 데에만 급급했지 실제로 마법진이 어떻게 돌아갈지를 전혀 생각하지 않았다.

'대체 이게 뭐지?'

그러고 보니 방안에 빛이 번득이는 효과조차도 고대마법에 의한 것이 아니라 일반적인 마법을 이용한 것이었다. 교묘하게 고대마법진에 섞어 놓아서 알아차리기 쉽지 않게 만들어 놓은 것뿐이었다.

레이엘은 여전히 번득이고 있는 빛을 가만히 쳐다봤다. 사방에서 번득이는 빛은 마치 레이엘에게 뭔가를 간절히 전하고자 하는 듯했다.

잠시 그것들을 바라보던 레이엘의 눈에 점점 놀람이 어렸다. 빛이 무엇을 뜻하는지 알아낸 것이다.

'설마…… 이진법?'

빛은 일정한 간격으로 번득이고 있었다. 각각의 빛 하나가 하나의 숫자를 의미하고 있었다. 아마 레이엘이 아니었다면 누구도 알아내지 못했을 것이다. 이진법에 대해 아는 사람은 이 시대에 황제를 제외하면 없을 테니까 말이다.

이진법은 0과 1만으로 숫자를 구성해내는 법이다. 전자기기를 만들 때 효과적이기에 많이 쓰인다. 물론 지금 시대가 아니라 레이엘이 삼수생으로 살던 그곳 그 시기에 쓰인 것들이다.

'게다가 아스키 코드까지 알고 있는 건가?'

이진법이 나타내는 숫자들은 하나하나가 문자를 표시하고 있었다. 일명 아스키 코드라는 것이었다. 레이엘은 그것을 이용해 마녀가 하고 싶은 말이 무엇인지 알아낼 수 있었다.

'이런 어이없는 일이……'

마녀는 유능한 점쟁이였다. 미래의 일부를 읽고 그것에 대비할 수 있는 사람이었다. 그리고 그 미래를 바꿀 수 있는 능력을 가진 사람이었다. 이쯤 되면 점쟁이라기보다는 예언자에 더 가까웠다.

마녀는 레이엘이 이곳에 방문하리란 사실을 알고 이 계획을 세웠다. 마녀는 다른 건 조금씩 엿볼 수 있었지만 자신의 운명이나 미래만큼은 아무것도 볼 수 없었다. 그래서 마법진의 완성을 레이엘에게 미룬 것이다. 자신의 능력으로는 불가능했기에 그럴 수밖에 없었다.

레이엘은 고개를 돌려 어리둥절한 표정으로 서 있는 라티에타를 쳐다봤다.

'정말로 아무것도 모르는군. 그나저나……'

마법진을 손볼 곳이 하도 많아서 적지 않은 시간이 필요할 듯했다. 물론 얻는 것은 있다. 이 지식전이의 마법진은 비록 완전치는 않아도 레이엘에게 마법진에 대한 상당한 지식을 얻게 해줄 것이다. 또한 지식전이의 마법진을 손보다 보면 필연적으로 그곳에 담긴 지식을 엿볼 수밖에 없다.

　'8백 년 동안 쌓은 지식이니 상당하긴 하겠지.'

　물론 대부분은 레이엘의 지식을 넘어서지 않을 것이다. 하지만 개중에는 레이엘이 전혀 생각지도 못했던 것들이 섞여 있을 것이다. 그것들만 얻어도 충분히 해볼 만하다.

　"여기에 대해서 어머니로부터 들은 얘기는 없나?"

　레이엘의 물음에 라티에타가 씁쓸한 표정으로 고개를 저었다.

　"나보고 이곳의 마법진을 손봐 달라고 하는군."

　"예?"

　라티에타는 눈을 부릅뜨고 레이엘을 바라봤다. 너무나 이해하기 어려운 말을 들었기 때문이다.

　"이곳의 마법진은 불완전하다. 그걸 완전하게 고쳐달라고 했다."

　"어, 어머니가 말인가요? 당신에게 직접?"

　레이엘이 고개를 끄덕였다. 라티에타는 혼란에 빠졌다. 그녀가 알기로 어머니는 한 번도 이곳 빙설의 대지에서 나간 적이 없었다. 한데 언제 레이엘을 만나 그런 부탁을 했단 말인가.

"어머니로부터 다른 얘기를 들은 게 정말로 없나?"

레이엘이 이렇게 묻는 것은 마녀가 남긴 전언 중에 보답에 관한 것이 있었기 때문이다. 그 보답을 딸인 라티에타에게 받으라고 적혀 있었다.

라티에타는 고개를 저었다. 특별히 기억나는 게 없었다. 그녀 역시 마녀의 후예이니 기억력은 상당했다. 사소한 것조차 모조리 기억하고 있는데 어머니가 특별히 강조한 거라면 결코 잊었을 리가 없었다.

레이엘은 라티에타를 가만히 살폈다. 그녀가 거짓말을 하는 것 같지는 않았다. 그래서 조금 혼란스러웠다. 마녀 또한 거짓말을 할 사람이 아니었다.

"일단 마법진부터 손봐야겠군."

어쨌든 하기로 마음을 먹었다. 또한 자신에게 큰 도움이 될 게 분명하다. 레이엘은 지체하지 않고 마법진에 매달렸다. 일단 쓸데없이 섞여 있는 일반 마법진을 제거하는 것부터 시작했다.

레이엘이 메인홀의 마법진을 손보기 시작하자, 라티에타는 더 이상 이곳에 있을 이유가 사라졌다. 그녀는 잠시 머뭇거리다가 이내 자신의 방으로 돌아갔다.

레이엘은 마법진을 해석하고 분석하고 수정하는 데 집중했다. 심지어는 잠과 식사마저 잊을 정도로 그것에 몰두했다. 지식 전이는 레이엘에게 마법진에 대한 새로운 세계를 열어주었다.

지식 전이에 대한 고대마법을 모두 분석해냈을 때, 그 안에 섞여 있는 마녀의 마법들도 대부분 엿볼 수 있었다. 마녀의 마법 수준도 상당히 높긴 했지만 레이엘이 배울 점은 별로 없었다.

그렇게 침식을 잊고 마법진에 매달린 결과 보름 만에 마법진을 완벽하게 복구할 수 있었다.

레이엘이 그렇게 마법진에 매달리는 동안 빙설의 대지도 평소와 다름없이 돌아가고 있었다. 이곳은 변화가 극도로 제한된 곳이었기에 레이엘의 등장 자체가 큰 변화였다. 하지만 그조차 레이엘이 마녀의 성으로 들어간 순간 흔적도 없이 사라져 버렸다.

그렇게 모두가 원래의 자리로 돌아갔을 때, 레이엘이 메인 홀에서 나왔다.

라티에타는 불안한 표정을 감추지 못했다.
"정말로 제대로 작동하는 거 맞아요? 잘못되는 거 아니죠?"
"믿어라."
레이엘은 믿으라고 했지만 라티에타는 믿을 수가 없었다. 하지만 그녀로서는 거의 선택의 여지가 없었다. 이 마법진을 만든 것은 그녀의 어머니다.

'어머니가 이런 것을 괜히 만드셨을 리 없어. 그 목적이 나였든 아니면 저 사람이었든.'

라티에타는 아직도 자신이 아닌 레이엘에게 반응을 보인 메인홀의 마법진에 대해서 서운한 마음을 가지고 있었다. 그 순간 그녀는 마치 그녀의 어머니로부터 버림받은 느낌이 들었다. 한참동안을 고민하던 라티에타는 결국 고개를 저었다.

"전 받지 않겠어요. 내가 왜 이런 불안정한 모험을 해야 하죠? 그렇게 중요한 거라면 당신이 하면 되잖아요."

그 말에 레이엘이 눈살을 찌푸렸다. 기껏 고생해서 마법진을 쓸 만하게 고쳤더니 이제 와서 왜 발을 뺀단 말인가.

"널 위해 맞춰 놓은 마법진이다. 다른 사람은 쓸 수 없다."

라티에타는 그 말을 더 믿을 수 없었다. 특정인을 목적으로 지식을 전이해주는 마법진이라니 그런 게 가능할 리 없지 않은가. 라티에타도 기본적으로 마녀다. 상당한 마법을 익히고 있고, 마법에 대한 지식을 가지고 있다. 그렇기에 레이엘이 하는 말이 얼마나 허황된 것인지 알 수 있었다.

"더 믿을 수가 없군요."

레이엘은 그녀가 자신의 말을 믿든 말든 상관이 없었다. 레이엘에게 중요한 것은 그녀에게 마녀의 지식을 전해주는 것뿐이었다. 마법진은 완벽했다. 잘못될 이유가 전혀 없었다. 그래서 레이엘은 손을 휘저었다.

"꺄아악! 이게 무슨 짓이에요! 이거 놔!"

라티에타의 몸이 둥실 떠올랐다. 몸이 잘못된 것 외에는 대부분의 힘을 되찾은 레이엘을 그녀가 당해낼 수 있을 리 없었다. 더구나 가지고 있는 힘조차 제대로 활용하지 못하니 정령들의 힘을 어떻게 물리치겠는가.

라티에타는 어떻게든 빠져나가려 애썼다. 하지만 그녀를 허공에 띄운 정령의 힘은 끊어진다 싶으면 다시 이어지고, 또 끊었다 생각하면 어느새 다시 이어져 있었다. 사실 레이엘은 정령만으로 그녀를 구속한 게 아니었다. 오라와 마나도 함께 쓰고 있었다. 다만 정령의 힘이 워낙 크게 작용해 라티에타가 그것을 알아차리지 못한 것뿐이었다. 마나와 오라의 힘이 함께 작용하니 정령만을 생각하고 마력을 쓰는 그녀가 레이엘의 손아귀에서 빠져나갈 수 있을 리 없었다.

어느새 라티에타는 메인홀 한가운데에 떠 있었다. 레이엘은 그 상태로 바로 마법진을 작동시킬 생각이었다. 일반적인 마법진이라면 결코 이런 식으로 시도해선 안 된다. 마법의 대상이 불안정한 상황에서 정신 쪽의 마법을 쓰게 되면 어떤 일이 벌어질지 알 수 없다.

하지만 이곳의 마법진은 보통 마법진이 아니라 고대의 마법을 이용한 마법진이었다. 고대마법의 가장 큰 특징 중 하나가 바로 안정성이었다.

일단 회로를 구성해서 마법을 발현하기 때문에 회로에 이상이 있지 않는 한 잘못될 일이 없었다. 사실 현재의 마법사들이 쓰는 마법진들은 고대마법에서 파생되어 나온 것이었다. 고대마법의 잔재라 할 수 있었다.

아무튼 그런 고대마법으로 이루어진 마법진이기 때문에 대상이 다소 불안정해도 별다른 문제가 없었다. 물론 가만히 있는 것보다야 못하겠지만 그 차이는 그리 크지 않았다.

레이엘이 한 손을 들어 올렸다. 그러자 메인홀 곳곳이 빛나기 시작했다. 수많은 선이 메인홀을 가득 메웠다. 그 선들은 하나하나가 색색의 빛을 뿜어냈다.

라티에타는 그것을 보며 결국 상황을 받아들일 수밖에 없었다. 그녀도 마법사다. 대상이 반항하면 어떤 결과가 나오게 될지 너무나 잘 알고 있었다.

"하아. 알았어요. 이제 내려주세요. 시키는 대로 할 테니까."

라티에타의 목소리에는 힘이 없었다. 그리고 강제로 이런 상황을 받아들일 수밖에 없는 억울함이 배어 있었다. 하지만 어쩌겠는가. 이미 상황은 돌이킬 수 없는 흐름을 타 버렸는데.

어느새 땅에 내려선 라티에타는 담담한 표정으로 눈을 감았다. 그리고 자신의 몸에 쏟아지는 빛의 세례를 가만히 받아들였다.

메인홀이 새하얀 빛으로 가득 찼다. 마법진에서 쏟아지는 빛의 양은 어마어마했다. 그리고 그렇게 쏟아진 빛은 마치 누에고치처럼 라티에타를 휘감았다.

 레이엘은 한발 뒤로 물러났다. 그리고 가만히 라티에타가 지식을 전이받는 과정을 지켜봤다. 지식 전이는 한순간에 이뤄지지 않는다. 생각보다 긴 시간이 필요하다. 더구나 전이할 지식의 양이 많으면 많을수록 더 많은 시간을 잡아먹는다.

 지식을 전이 받는 사람의 안전을 위한 당연한 장치였다. 실제로 막대한 지식을 짧은 시간 안에 전달할 수도 있고 그게 훨씬 간단하지만, 실제로 마법진을 구성할 때는 결코 그렇게 하지 않는다. 마녀가 설계한 고대의 마법진도 마찬가지였다.

 "사흘은 걸리겠군."

 진행 속도를 보아 그 정도 시간은 필요할 듯했다. 레이엘은 마법진에서 흘러나오는 빛이 점점 강렬해지는 것을 확인하고는 고개를 끄덕였다. 빛이 더 강해지는 것 같지만 실제로는 그렇지 않았다. 빛은 라티에타의 머릿속으로 계속 스며들고 있었다. 점점 사라지는 것이다. 지식 전이 마법진은 딱 한 번 쓸 수 있었다. 그리고 지금 라티에타를 휘감은 빛이 바로 마법진에 쌓아놓은 지식이었다.

 지금은 밝아 보이지만 시간이 흐르면 점점 빛이 옅어질 것이다. 그리고 지식 전이가 끝나면 빛도 완전히 사라지게 된다. 레이엘은 혹시라도 있을지 모르는 문제점을 다시 한 번 점검했다. 레이엘의 눈이 마법진을 찬찬히 훑었다. 완벽했다. 이제는 기다리는 일만 남았다.

라티에타가 빛에 휘감긴 모습을 쳐다보던 레이엘은 문득 황제와 싸우던 일이 떠올랐다. 당시에도 저렇게 환한 빛이 평원을 온통 뒤덮었다. 그리고 그 빛은 모든 것을 파괴했다.

'신이라……'

당시 황제가 했던 말이 아직도 뇌리에 떠다녔다. 황제가 한 말이 진실이라면 자신은 신의 후보였다는 말이 된다. 어쩌면 그것이 정말로 맞을지도 모른다. 천 번의 죽음을 경험하는 것은 생각보다 굉장한 일이다.

"확실히 그 정도 자격시험이라면……."

신에 대한 자격을 시험하는 것치고는 조금 약할 수도 있지만, 시험이 그걸로 끝나는 게 아니라 고작 입문이라면 충분하다. 그건 아무나 견딜 수 있는 것이 아니었다.

'한데 황제는 이름이 레이엘이면서 왜 마신이 되려고 하는 거지?'

레이엘이라는 이름만 봐도 빛을 추구하는 신일 것이 분명하다. 신이 된다면 빛 쪽의 신이 될 것이다. 마신이 될 리 없었다. 한데 황제는 그게 가능하다고 믿고 있었다. 레이엘이 보기에 그 믿음은 진짜였다.

'점점 더 알 수 없군.'

아무리 생각해도 황제를 이해할 수 없었다. 당시 황제가 만들어낸 파괴의 빛은 정말로 모든 걸 쓸어 버렸다. 심지어는 황제 자신의 기사와 병사들마저도.

'날 잡기 위해서라고 하기엔 너무 지나쳐. 혹시…….'

레이엘의 표정이 어두워졌다. 어쩌면 황제는 시험을 통과하지 못한 게 아닐까? 천 번의 죽음을 극복했다고 하지만 어쩌면 실제로는 그것을 극복하지 못하고 먹혀 버린 건 아닐까? 그래서 마신이 되려고 하는 게 아닐까?

만일 그렇다면 정말로 심각한 일이다. 황제의 힘은 너무나 강대하다. 레이엘 열 명이 한꺼번에 덤벼도 이기지 못할 것이다. 그 정도로 강하다. 세상을 향해 그 힘을 뿜어내면 아마 세상이 버티지 못할 것이다.

그건 결코 레이엘이 바라는 바가 아니다. 하지만 지금으로선 딱히 막을 방법이 없었다.

레이엘은 황제에 대해 생각했다. 황제는 최고의 꿈만을 꿨다. 어떤 분야든 최고였다. 그에 반해 레이엘은 바닥만을 전전했다. 레이엘의 생각이 자연스럽게 자신이 꾸었던 그 천 번의 꿈으로 흘러갔다.

다른 건 몰라도 그 꿈만큼은 정말로 극도로 명확하게 기억났다. 마치 뇌리에 꿈 자체를 새겨 버린 것처럼 선명했다. 레이엘은 그 천 번의 꿈을 다시 꾸었다. 머릿속에 있는 꿈을 다시 꾸는 건 아주 짧은 시간으로도 충분했다. 그 많은 죽음을 다시 경험했고 또 꿈에서 만났던 그 많은 사람들을 다시 만났다.

처음 꿈을 꿨을 때는 그 사람의 인생 자체를 살았고, 다른 기억은 전혀 없었기 때문에 몰랐지만, 이렇게 다시 꿈을 몇 번이고 반추해 보니 알 수 있었다. 그 꿈 안에 다른 사람들이 함께 있었다는 사실을.

레이엘이 살수일 때 황제는 무림맹주였다. 그리고 레이엘의 동료 중 몇 명은 마수의 숲에서 죽어간 카르나 혹은 자르, 케르테르였다. 또한 만일 엘린이 계속 꿈을 꿨다면 살았을 사람도 알 수 있었다.

그 꿈뿐만이 아니었다. 청풍세가의 꿈도 마찬가지였고 고대의 꿈도 마찬가지였다. 레이엘의 근처에 모든 사람들이 있었다. 또한 어떻게든 그들 모두가 엮여 있었다. 그리고 서로의 죽음에 서로가 연관되어 있었다.

처음에는 너무나 희미했지만 꿈을 반복해서 되새기면 되새길수록 점점 선명해졌다. 그리고 나중에는 너무나 명확해서 전혀 새로운 각도에서 꿈을 살펴볼 수 있었다.

레이엘은 그 모든 꿈을 하나도 버릴 수가 없었다. 어쩌면 천 번의 죽음을 경험하는 것보다 천 번의 삶을 살았던 것이 더 무서운 일일 수도 있었다. 이렇게 꿈을 되새기며 레이엘은 그것을 깨달았다. 하지만 어느 하나도 버릴 수 없었다.

레이엘의 이마에 식은땀이 흘렀다. 아니, 온몸에서 식은땀이 비 오듯 흘러내렸다. 우드득거리며 레이엘의 몸이 뒤틀렸다. 팔다리가 기이한 각도로 뒤틀리고 갈비뼈가 휘어지다 못해 살을 뚫고 튀어나왔다. 하지만 레이엘은 가만히 선 채로 눈을 감고 그 고통을 꾹 눌러 참으며 계속해서 꿈을 되새겼다.

그리고 레이엘의 모든 구멍에서 피가 쏟아지기 시작했다. 어찌나 많은 피가 쏟아졌는지, 이대로라면 그대로 죽을 수밖에 없을 정도였다.

그리고 그 순간 기적이 일어났다.

화아악!

레이엘의 온몸이 빛에 휩싸였다. 메인홀에서 쏟아지는 빛과는 전혀 다른 빛이었다. 레이엘의 몸을 감싼 빛은 더없이 성스러웠다.

레이엘은 그 순간 자신의 몸에 잠들어 있던 성휘가 깨어나는 것을 느꼈다. 성휘에서 수많은 가닥이 일어나 누군가와 연결되었다. 그것은 딕이나 아이린과 인연을 맺었을 때의 상황과 상당히 흡사했다. 하지만 조금 달랐다.

레이엘의 몸을 휘감은 빛의 정체는 바로 성휘였다. 그것도 레이엘의 몸속에서 흘러나온 성휘였다. 수천 개의 빛줄기가 사방으로 폭사되었다. 그리고 그 빛줄기는 어딘가로 날아갔다. 날아가는 방향은 모두 일정했다. 레이엘은 그 빛줄기가 어디로 가는지 알 수 있었다.

'발터스……'

발터스에서 지금 뭔가 일이 벌어지고 있는 게 분명했다. 레이엘은 감았던 눈을 떴다. 그러자 놀랍게도 눈앞에 발터스의 광경이 펼쳐졌다.

수많은 발터스의 영지민들이 레이엘의 석상 앞에 모여 있었다. 그리고 그들의 몸이 성휘로 빛나고 있었다. 레이엘은 그제야 상황을 알 수 있었다. 발터스의 영지민들이 석상을 매개체로 자신과 계약을 한 것이다.

이런 식으로 계약이 될 수도 있다는 건 전혀 생각지도 못했다. 발터스 영지민들의 몸에서 흘러나오는 빛이 절정에 달했다. 그리고 그 순간 레이엘의 몸에서 뿜어져 나오는 성휘가 폭발적으로 증가했다.

'성휘가…… 늘어났다.'

몸속에 있던 성휘도 어마어마하게 늘어났다. 그것이 계약의 결과라는 건 생각해보지 않아도 알 수 있었다. 그리고 그 순간 레이엘의 몸이 다시 뒤틀리기 시작했다.

우드드득!

몸이 뒤틀리기만 하는 게 아니라 곳곳이 뭉개졌다가 다시 만들어졌다. 마치 몸이 재구성 되는 듯한 모습이었다. 환골탈태와는 전혀 달랐다.

뭉개졌다가 재구성된 몸은 조금 전과는 완전히 달라져 있었다. 우선 공간이동으로 인해 잘못되었던 모든 것이 제자리를 찾았다. 또한, 가지고 있던 오라와 마나의 양도 폭발적으로 늘어났다. 성휘처럼.

이내 빛이 사라졌다. 레이엘은 점차 희미해지는 발터스의 모습을 보며 부드럽게 웃었다. 발터스의 모습이 완전히 사라지기 직전, 엘린이 고개를 돌려 레이엘을 바라봤다. 두 사람은 분명히 눈이 마주쳤다. 그리고 연이어 제니아와 사라, 아이린이 레이엘을 바라봤다. 그들의 눈에 놀람이 어렸다. 분명히 레이엘을 발견한 것이다.

그리고 발터스의 모습이 사라져 버렸다.

레이엘의 얼굴에는 여전히 미소가 떠올라 있었다. 오랜만에 발터스를 보고 나니 더 확신이 들었다. 이제 다시 발터스로 가야만 한다. 또한 이제야 조금 길이 보이기 시작했다. 황제를 상대할 수 있는 길이 말이다.

그렇게 레이엘이 다시 제 모습을 찾았을 때, 메인홀의 빛도 완전히 사라졌다. 그리고 그 자리에는 차분한 눈빛의 라티에타가 레이엘을 바라보며 서 있었다. 그녀는 더 이상 철부지 마녀가 아니었다. 진정한 빙설의 마녀가 되었다.

 라티에타는 레이엘을 응접실로 안내했다. 지식 이전을 받기 전이라면 모를까 이제는 레이엘을 인정하고 대접하지 않을 수 없었다. 레이엘은 그녀의 은인이자, 섬의 은인이기도 했다.
"고마워요."
 라티에타의 말에서 진심이 느껴졌다. 짧은 한마디였지만 레이엘에게는 다른 어떤 말보다 훨씬 크게 와 닿았다. 레이엘은 가볍게 고개를 끄덕였다. 그리고 눈을 빛내며 그녀를 바라봤다.
 라티에타는 레이엘의 눈빛을 마주보지 못하고 살짝 시선을 돌렸다. 사실 그녀는 너무나 놀랐다. 지식 전이가 끝난 후에

홀에서 나오니 가만히 서 있는 레이엘이 보였다. 레이엘의 몸에서는 마치 빛이 은은히 뻗어 나오는 것 같았다. 실제로 빛이 난 건 아니지만 라티에타가 보기에는 그렇게 느껴졌다.

더 놀라운 것은 레이엘의 몸이 정상으로 돌아왔다는 점이었다. 라티에타가 메인홀에 들어가기 전의 레이엘은 겉으로 보기에도 확연히 뭔가 잘못되었다는 것을 알 수 있었다. 손가락도 없었고, 몸의 균형도 맞지 않았으며, 얼굴도 어딘가 이상했다. 하지만 지금의 레이엘은 당시의 모습이 완전히 거짓이었던 것처럼 달라졌다.

"대체 무슨 일이 있었던 거죠?"

"별일 아니다."

레이엘의 대답에 라티에타는 어이가 없었다. 이런 게 별일이 아니라면 대체 뭐가 별일이란 말인가. 라티에타는 잠시 그렇게 레이엘을 바라보다가 고개를 저어 분위기를 환기시켰다. 그리고 진지한 표정으로 말을 꺼냈다.

"어머니께서 보답을 해드리라고 하셨어요."

레이엘은 역시라는 표정으로 고개를 끄덕였다. 마녀는 지식전이 마법진에 보답에 대한 것까지 넣어 놓은 것이다. 아무리 레이엘이라도 쌓아놓은 지식 모두를 확인할 방법은 없었다. 그렇게 하기에는 쌓인 지식의 양이 너무 방대했다. 무려 8백 년 동안이나 모인 지식 아닌가.

"먼저 어머니가 어떻게 돌아가셨는지부터 말씀을 드려야겠네요."

라티에타의 표정이 착 가라앉았다.

"어머니는 공간이동을 연구하셨어요."

레이엘의 표정이 살짝 굳었다. 하지만 놀라지는 않았다. 어느 정도 예상을 했기 때문이다. 라티에타를 처음 만났을 때의 반응이나, 성 곳곳에서 느껴지는 마력의 흐름을 통해 충분히 유추해낼 수 있었다.

"어머니께서는 인간의 힘으로 공간이동을 하는 건 불가능하다고 판단하셨죠. 그래서 마법진을 연구하셨어요."

공간이동은 상상을 초월하는 계산이 필요하다. 인간의 두뇌로 그것을 계산해내는 것은 아무리 천재라 할지라도 불가능에 가깝다. 레이엘조차 완벽하게 계산을 성공시키지 못해 몸 곳곳이 망가지지 않았던가.

"아마 저 지식 전이의 마법진도 그 과정에서 우연히 얻었을 거예요. 고대의 마법진에 대한 자료를 많이 연구하셨거든요. 고대의 유적도 많이 발굴했고요."

레이엘이 이해할 수 없다는 듯 물었다.

"이 섬을 떠났었던 건가?"

라티에타가 쓸쓸히 고개를 저었다. 그녀 또한 앞으로 이 섬을 벗어날 수 없다는 사실이 마음을 무겁게 짓눌렀다.

"아뇨. 어머니는 섬을 떠나지 않았어요. 섬을 떠나면 안 되죠."

마녀는 섬을 떠날 수 없다. 또한 마녀의 성도 오래 비울 수 없다. 그것은 섬이 유지되는 비밀과 관계가 있다. 레이엘은 그것을 알고 있었다. 처음에는 의심만 했고, 지금은 확신을 가졌다. 지식 전이가 끝난 라티에타의 몸에서 흘러나오는 마력의 파장과 성에서 뿜어져 나가는 마력의 파장을 읽고 나니 대번에 알 수 있었다.

"알고 계시는 모양이군요?"

라티에타의 눈이 화등잔만 해졌다. 마녀와 성과 섬의 비밀에 대해서 아는 사람은 없다. 그것을 아는 사람은 오직 마녀뿐이다. 한데 어떻게 레이엘이 그것을 알고 있단 말인가.

"대체 어떻게 안 거죠?"

"마력의 파장을 읽었다. 중요한 문제는 그게 아닐 텐데?"

라티에타는 한숨을 내쉬며 고개를 절레절레 저었다. 도저히 자신이 당해낼 수 없는 사람이었다.

"어머니는 대륙의 수많은 용병들을 고용했어요. 물론 직접 움직이실 필요는 없었죠. 대륙과 이어진 끈이 있거든요."

"그건 몰랐군."

"어쨌든 그들을 이용해서 유적을 닥치는 대로 발굴했어요. 아시는지 모르겠지만 8백 년 전에는 대륙 곳곳에 고대 유적이 꽤 넘쳐났거든요. 그것을 발굴할 만큼 사람들이 여유롭지도 않았고요."

"8백 년 동안이나 연구를 한 건가?"

라티에타가 고개를 저었다.

"아뇨. 본격적으로 연구를 하신 기간은 3백 년 정도에 불과해요. 그 전에는 그저 관심만 가지고 자료를 모으셨죠."

사실 마녀는 이곳 빙설의 대지에 자리를 잡기 전에 대륙에 있었다. 그리고 그곳에서 적당한 기반을 만들었고 그 기반을 이용해 빙설의 대지에 성을 세웠다. 그리고 그때까지만 해도 재능이 있는 뛰어난 마법사이긴 했지만 마녀라 불릴 정도는 아니었다.

"어머니는 스스로 대륙으로 가고 싶어 하셨어요."

"그래서 공간이동을 연구한 건가?"

라티에타가 고개를 끄덕였다. 그녀의 표정이 조금 더 가라앉았다.

"어머니께서는 마법진을 이용해 몇몇 동물을 공간이동 시키는 데 성공하셨어요. 결과도 아주 훌륭했죠. 그래서 본인이 직접 마법진을 테스트해보고자 하셨어요."

그 뒤는 듣지 않아도 알 수 있었다. 마녀는 결국 공간이동에 실패했다. 그리고 얼마 전의 레이엘과 비슷한 몸이 되었다. 그것은 보통 사람이 견뎌낼 수 있는 충격이 아니었다.

"결국 실패하셨고, 시름시름 앓다가 돌아가셨어요. 그리고 그 뒤를 이어 제가 이 성을 관리하고 있어요."

"너도 마녀가 될 건가?"

레이엘의 물음에 라티에타가 씁쓸한 표정을 지었다.

"어쩔 수 없어요. 제게 남은 길은 이것밖에 없거든요."

레이엘은 그런 라티에타의 얼굴을 가만히 보다가 입을 열었다.

"방법이 아예 없는 건 아니다."

라티에타가 묘한 표정으로 레이엘을 바라봤다. 마치 레이엘은 자신의 비밀을 알고 있는 것처럼 말한다. 하지만 결코 그럴 리가 없다. 그것은 누구에게도 말하지 않은 라티에타와 그녀의 어머니만의 비밀이었으니까. 라티에타는 굳이 레이엘의 말에 대꾸하지 않고 자신이 해야 할 말을 했다.

"제가 드릴 보답은 바로 그 어머니의 마법진과 연구자료들이에요. 물론 연구일지도 함께 드리겠어요."

레이엘이 눈을 빛냈다. 공간이동에 대해서는 레이엘도 상당 부분 파악한 상태였다. 하지만 공간이동의 방법이 꼭 한 가지만 있으리란 법은 없다. 어쩌면 마녀는 레이엘과는 다른 방법으로 공간이동을 시도했을지도 모른다. 만일 그렇다면 정말로 큰 도움이 될 것이다.

'공간이동이라……'

만일 공간이동에 대한 안정성만 확보할 수 있다면 그것은 그 자체로 어마어마한 무기였다. 또한 마법진을 통해 공간이동을 구현할 수 있다면 대륙 전체가 뒤집어질 것이다.

"좋아. 안내해라."

레이엘은 자리에서 일어났다. 더 시간을 끌 이유가 없었다.

라티에타에게 얽힌 문제가 무엇인지는 대강 알고 있지만 본인이 원하지도 않는 것을 나서서 해결해줄 필요는 없었다. 레이엘은 일단 라티에타와 마녀의 성, 그리고 빙설의 대지에 얽힌 복잡한 문제에서 손을 놓아버렸다.

레이엘이 자리에서 일어나자, 라티에타도 따라 일어났다. 그리고 레이엘을 어머니의 연구실로 데려갔다. 그곳은 성의 지하에 위치했는데, 지하를 거의 통째로 사용해 만든 연구시설이었다. 당연히 공간이동을 연구하기 위한 시설이었다.

지하에 내려가자마자 가장 먼저 눈에 띄는 것은 거대한 마법진이였다. 거의 반지름이 10미터에 달하는 엄청난 크기의 마법진이였는데, 마법진을 구성하는 선과 문양이 얼마나 세밀하고 복잡한지 마법진에 가까이 가지 않으면 선과 선 사이가 구분되지도 않았다.

그런 복잡한 마법진이 지하 곳곳에 그려져 있었는데, 모두가 비슷한 문양으로 채워져 있었다. 하지만 레이엘은 각각의 마법진이 모두 다르다는 것을 한눈에 알 수 있었다.

'뭔가 다르군.'

마녀가 연구했던 공간이동은 레이엘의 것과는 뭔가 조금 달랐다. 하지만 그 근본은 같은 것이 분명했다. 확실히 연구해볼 가치가 있었다.

"연구일지는 저쪽에 있고, 자료는 저 책장 안에 모두 있어요."

라티에타가 가리킨 곳에는 거대한 책장이 있었다. 보통 사람은 제대로 쓰지도 못할 정도로 넓고 높은 책장이었다. 하지만 레이엘에게는 전혀 문제가 되지 않았다. 책장 안에는 수많은 마법 자료들이 꽂혀 있었다. 그 중 절반 이상이 고대마법에 관한 것들이었다. 즉, 고대 유물인 셈이다.

레이엘은 눈을 빛내며 일단 책장으로 다가갔다. 그리고 그 중 마음에 드는 것 몇 권을 꺼내 그것을 읽기 시작했다. 레이엘은 순식간에 책에 빠져들었다.

라티에타는 그 광경을 보며 나직이 한숨을 내쉬었다. 그리고 그곳에서 빠져나갔다. 예전에도 자주 보던 광경이라 새롭지도 당황스럽지도 않았다. 라티에타의 어머니는 언제나 이곳에 들어오면 레이엘과 같은 상태가 되었다. 그녀에게 이런 모습은 너무나 익숙하면서도 그리운 것이었다.

과거에는 칼리안 제국의 황궁이었지만 이제는 키시아 제국의 황궁이 된 화려한 궁전의 대전. 황좌에 한 사내가 앉아 나른한 눈으로 아래를 내려다보고 있었다.

대전에는 수많은 귀족들이 거의 엎드리다시피 허리를 숙인 채 나란히 서 있었다. 그들은 숨소리조차 함부로 내뱉지 못했다.

"날 보자고 한 이유는?"

황제는 지금 상황이 너무나 귀찮았다. 수많은 귀족들이 대전으로 와 자신을 만나달라고 매일매일 졸라대지 않았다면 결코 이 자리에 나오지 않았을 것이다. 아니, 사실 지금 이곳에 있는 귀족들은 운이 좋았다. 황제의 마음이 움직이지 않았다면 아마 몽땅 목숨을 잃었을 테니까 말이다.

"폐하. 자유국가연합에서 대규모 병력을 준비하고 있다 하옵니다!"

귀족 중 하나가 용기를 내서 입을 열었다. 황제는 그런 그를 물끄러미 쳐다보다가 좌중을 둘러봤다. 그리고는 피식 웃었다.

"그러니까 또 전쟁을 하자 이 말인가? 그걸 왜 내게 묻는 거지? 지난번처럼 너희들 마음대로 하면 될 거 아닌가."

황제는 그 말을 남기고 자리에서 일어났다. 그리고 성큼성큼 대전을 나가 버렸다. 귀족들은 그때까지 미동도 않고 그 자리에서 그대로 서 있었다. 이내 황제의 존재감이 완전히 사라지자 귀족들이 하나둘 고개를 들었다.

"후우. 정말로 죽을 뻔했군."

황제는 그저 존재하는 것만으로 주위에 말로 표현하기 어려운 압박감을 준다. 그것을 견뎌내는 것도 결코 쉬운 일이 아니었다. 지금 이 자리에 있는 귀족들은 최소한의 무력을 갖춘 사람들이었다. 만일 그렇지 않았다면 황제의 압박을 이기지 못해 죽었을지도 모른다.

귀족들이 몇 사람을 중심으로 모여들었다. 모든 귀족들의 중심에 선 자는 퀘헤른 후작이었다. 그는 지난 전쟁에서 베른하르트 후작과 오트마 후작이 죽는 바람에 대번에 최고 실세로 오른 자였다. 또한 키시아 제국 최초의 공작에 가장 가까이 선 사람이기도 했다.

"황제 폐하의 허락이 떨어졌소. 이제 남은 건 대륙을 정벌하는 것뿐이오."

퀘헤른 후작의 말에 귀족들이 저마다 동의했다. 그들은 키시아 제국이었다. 비록 지난 전쟁에서 큰 피해를 입긴 했지만 그래도 대륙을 도모할 정도의 힘을 충분히 가지고 있었다.

"기사의 상황은 어떻소?"

"천 명이 준비되어 있습니다."

"천 명이라…… 자격은 충분하오?"

"충분합니다."

키시아 제국에서는 정식 기사가 되려면 무조건 오라마스터가 되어야만 한다. 물론 그것은 지금의 황제가 황위에 앉았을 때부터 만들어진 조건이었다. 자격이 충분하다는 뜻은 오라마스터라는 뜻이다.

퀘헤른 후작은 눈살을 찌푸렸다.

"수가 턱없이 적군. 더 모아야 하오. 고작 기사 천 명으로는 대륙을 도모할 수 없소."

"그렇지 않아도 예비 기사의 수를 늘리고 있습니다. 전쟁을 치르는 도중에 계속 기사를 증원할 수 있을 것입니다."

퀘헤른 후작은 그제야 만족스럽게 고개를 끄덕였다.

"병사는 어떻게 되었소?"

"막 2만의 병사가 훈련을 마쳤습니다."

"혹 실력이 미비한 것은 아니오?"

"제대로 조건을 갖추었습니다."

"2만이라……."

2만은 상당히 애매한 숫자였다. 하지만 결코 적은 수는 아니었다. 키시아 제국에서는 오라를 능수능란하게 다루어야만 병사가 될 수 있기 때문이다. 즉, 훈련을 마쳤다는 것은 오라를 능숙하게 다룬다는 뜻이기도 했다.

이 정도 전력이라면 어느 나라도 막을 수 없을 것이다. 하지만 퀘헤른 후작은 안심할 수 없었다. 지난번 전쟁에서는 훨씬 더 많은 수의 병사와 기사를 동원하고도 처참하게 몰살당했다.

'문제는 대부분의 병사와 기사들을 폐하께서 처단하셨다는 점이지만…….'

퀘헤른 후작이나 다른 귀족들이 병력이 그리 많지 않음에도 큰 걱정을 하지 않는 것은 바로 그 때문이었다. 황제가 나서서 도살하지 않는 한, 제국의 군대는 무적이었다. 또한 귀족들이 황제 앞에서 고개도 제대로 못 들고 숨죽이는 이유도 바로 그것이었다. 황제가 한번 미치면 병사와 귀족을 구분해서 죽일 리 없다. 자칫하면 언제 죽을지 알 수 없는 것이다.

"한데 폐하께서 또 나서시면 어떻게 합니까?"

귀족 중 하나가 걱정스럽게 물었다. 지난 전쟁은 황제가 나서는 바람에 적아를 할 것 없이 몽땅 가루가 되어 버렸다. 퀘헤른 후작은 그 질문을 기다렸다는 듯이 환하게 웃었다.

"그래서 이렇게 허락을 구하지 않았소? 아마 우리에게는 아무런 문제도 없을 거요."

"확신하십니까?"

"확신하오."

지난번 전쟁은 베른하르트 후작과 오트마 후작이 서로 공을 세우기 위해 허락도 제대로 구하지 않고 앞다퉈 일으켰다. 퀘헤른 후작은 황제가 나선 이유를 바로 그것으로 판단했다. 사실 황제가 움직인 이유는 레이엘을 만나기 위함이었지만 황제 본인이 아닌 다른 사람이 그것을 알 리 없었다.

"그럼 어디부터 시작하실 예정입니까?"

"우선 지난번의 치욕을 갚아야 하지 않겠소?"

퀘헤른 후작이 의미심장하게 웃었다. 그리고 그것을 바라보던 다른 귀족들도 무겁게 고개를 끄덕였다. 제국군이 아직 완전히 정벌하지 못한 그곳, 몰튼 왕국이 그들의 첫 번째 제물로 결정되었다.

"멍청한 놈들."

황제는 갑자기 짜증이 났다. 그래서 귀족이고 뭐고 확 다 날

려버리려다가 이내 한숨을 내쉬며 고개를 저었다. 그래서 뭐 하겠는가. 다 부질없고 의미 없는 짓이었다.

"귀찮아."

황제는 자신의 침실로 들어가 침대에 누웠다. 그리고 멍하니 천장을 바라봤다. 불과 얼마 전까지만 해도 신이 되겠다는 열망으로 가득 차 있었다. 한데 이젠 만사가 다 귀찮았다. 대체 어쩌다 이렇게 되었을까?

'정확히…… 그때부터인가?'

황제는 벌떡 몸을 일으켰다. 생각해보면 심상치 않았다. 정확히 그날부터 그랬다. 레이엘이 죽은 그 날부터.

"그가 내게 그렇게 중요한 의미였단 말인가?"

황제는 이해할 수 없었다. 그리고 인정할 수도 없었다. 이 정도 의미가 부여되려면 최소한 대등한 라이벌 관계는 되어야만 한다. 하지만 황제가 보기에 레이엘은 전혀 그럴 자격이 없었다.

"레이엘이라는 이름을 가질 가치도 없는 놈이야."

황제는 그렇게 말하면서도 레이엘이 죽지 않기를 바랐다. 하지만 레이엘은 분명히 죽었다. 당시 황제는 근처의 모든 것을 소멸시켜 버렸다. 사실 황제조차도 그런 결과가 나올 거라고는 예상치 못했다. 당시 힘을 폭발시킨 이유 중 하나는 자신의 힘이 어느 정도인가 알아보고자 하는 의미도 포함되어 있었다.

그 결과 몰튼이 끝장났다. 국경에서 몰튼의 수도까지의 범위가 완전히 날아가 버렸으니 몰튼이 제대로 움직일 수 있을 리 없었다. 지금 몰튼은 자유국가연합의 다른 왕국들이 나눠서 통치하고 있었다.

황제는 레이엘의 죽음을 확신했다. 레이엘이 가진 능력으로는 그 폭발 안에서 버틸 수도, 또 그곳에서 도망갈 수도 없었다. 그렇게 레이엘이 죽었다고 생각하니 지독한 무기력증이 찾아왔다. 황제 스스로도 이해할 수 없었다.

"젠장."

황제는 소리를 지르며 벌떡 일어났다. 갑자기 짜증이 났다. 대체 그 보잘 것 없는 놈이 뭔데 이렇게 자신을 휘두른단 말인가. 황제의 눈이 붉게 물들었다. 그리고 온몸에서 패도적인 기세가 스멀스멀 피어올랐다.

"시원하게 힘이라도 한번 쏟아내지 않으면 도저히 못 견디겠군."

황제는 그렇게 가만히 서서 기세를 흩날리며 키시아 제국과 국경을 맞대고 있는 자유국가연합을 떠올렸다. 목표는 바로 정할 수 있었다. 몰튼 왕국과 거리가 떨어져서 상대적으로 신경을 덜 쓰고 있는 케플러 왕국을 떠올리고는 몸을 돌렸다.

창문을 연 황제는 곧장 아래로 뛰어내렸다. 수십 미터 위에서 떨어졌음에도 바닥에는 흔적조차 남지 않았다. 당연히 소리도 나지 않았다. 황제의 입가가 살짝 찢어졌다. 그 미소에 어린 광기에 그의 주변에 있던 공기가 거세게 흔들렸다.

"수백만의 좀비를 만들어 보는 것도 재미있겠군."

마음을 정한 황제의 몸이 허공에 둥실 떠올랐다. 그리고 엄청나게 빠른 속도로 나아갔다. 그가 향하는 방향은 동남쪽이었다. 자유국가연합의 케플러 왕국이 있는 쪽이기도 했다.

레이엘은 가부좌를 틀고 앉았다. 그를 중심으로 갖가지 기운이 서서히 움직이고 있었다. 레이엘은 그렇게 기운을 조절하며 호흡을 길게 했다. 그리고 끝없는 명상에 잠겨들었다.

지난 한 달의 시간 동안 레이엘은 이 방안에 있는 모든 것을 섭렵했다. 마녀가 구해 놓은 모든 자료를 확인했으며 바닥에 그려진 마법진을 완벽하게 분석했고, 마녀의 연구자료들도 몽땅 살펴봤다.

그렇게 해서 얻은 결론은 불가능하다는 것이었다.

공간이동은 인간의 힘으로는 이룰 수 없는 마법이었다. 아무리 계산이 완벽하게 이루어져도 공간이동을 하는 동안 헤아릴 수 없을 정도로 많은 변수가 작용하기 때문에 결과적으로는 공간이동에 실패할 수밖에 없다.

레이엘은 황제와의 마지막 순간 자신이 펼쳤던 공간이동의 계산을 완전히 기억하고 있었다. 그리고 그 계산을 다시 한 번 면밀히 확인해 봤다. 하지만 전혀 틀리지 않았다. 그 계산대로라면 레이엘은 단숨에 발터스 영지 상공으로 이동했어야 한다.

 하지만 결과는 그와는 완전히 동떨어진 빙설의 대지에 처참한 모습으로 처박혀야만 했다. 사실 엄밀히 말하면 빙설의 대지로 이동된 것도 아니었다. 까마득하게 높은 하늘로 이동되었다. 마을 사람들이 본 빛줄기는 레이엘이 하늘에서 떨어지며 공기와 마찰하는 바람에 생긴 불꽃이었다.

 '이제 확실히 알겠군. 공간이동은 불가능해.'

 어떤 방식으로 이동을 하든 문제가 생긴다. 인간의 힘으로는 불가능하다. 하지만 레이엘은 여기서 포기할 생각이 전혀 없었다. 레이엘에게는 아직 남은 방법이 하나 있었다. 바로 성휘였다.

 성휘는 참으로 신비한 힘이었다. 레이엘도 아직 성휘에 대해서는 완전히 파악하지 못했다. 아니, 앞으로도 그걸 완전히 이해할 수 있는 날이 올지조차 의문이었다. 하지만 그럼에도 매일 조금씩 성휘에 대한 이해도가 높아지고 있었다. 레이엘은 공간이동에 그 성휘의 힘을 이용할 계획이었다.

 이미 성휘가 마나에 어떤 영향을 미치는지에 대해서는 충분한 실험을 통해 알아냈다. 사실 그것을 통해 가능성을 발견했다. 성휘의 가장 큰 특성은 안정이었다.

 레이엘은 눈을 지그시 감고 주위에 흐르는 마나를 끌어들였다. 그리고 가슴에 모인 마나로 끊임없이 빨아들였다. 레이엘의 가슴에 있는 것은 마나의 결정이었다. 또한 그 결정에는 각

종 마법이 새겨져 있었다.

레이엘만이 쓰는 마법 체계였다. 마나의 결정을 통해 마법 회로를 구성해서 딜레이 없이 마법을 쓰는 방식이었다. 고대마법과는 다르다. 고대마법은 온몸에 마나회로를 새긴다. 그래서 훨씬 더 큰 마법을 쓸 수 있는 반면 레이엘의 방법보다 발현 속도가 약간 느리다. 물론 아무리 그래도 다른 체계의 마법과는 비교도 할 수 없을 정도로 빠르지만 말이다.

레이엘은 지금 또 다른 시도를 하고 있었다. 본래 가지고 있던 마나의 결정 외에 새로운 결정을 만들고 있었다. 사실 마나의 결정이 일단 형성되면 다른 마나를 그곳으로 끌어들이기 때문에 새로운 결정을 만드는 건 지독히 어렵다. 하지만 레이엘은 그것을 클래스 마법 체계와 성휘로 간단히 해결해 버렸다.

레이엘은 벌써 두 개의 결정을 새로 만들었다. 그리고 세 번째 결정에 도전하는 중이었다. 결정의 수가 늘어갈수록 점점 마나보다는 성휘의 양이 많아졌다. 물론 이것은 레이엘이 의도한 것이었다.

마나의 결정 하나를 제대로 만들기 위해서는 정말로 어마어마한 양의 마나가 필요하다. 레이엘이 가지고 있던 마나만으로는 고작 결정 네 개가 한계였다. 하지만 레이엘은 계속해서 마나를 빨아들이며 결정을 만들고자 애썼다.

레이엘의 표정이 점점 일그러졌다. 온몸에서 식은땀이 비

오듯 쏟아졌다. 그리고 레이엘 주변의 마나가 폭풍처럼 휘몰아치기 시작했다.

잠시 후, 문이 거세게 열리며 라티에타가 뛰어 들어왔다.

"대체 무슨 일인가요! 아……!"

라티에타는 할 말을 잊고 멍하니 눈앞에 벌어지는 광경을 바라봤다. 어마어마한 마나가 레이엘을 향해 빨려 들어가고 있었다. 마나의 양이 늘어나면서 밀도가 높아졌다. 어느 정도냐 하면 라티에타가 눈으로 마나를 볼 수 있을 정도였다. 파랗게 빛나는 마나의 결정들이 곡선을 그리며 허공을 휘젓다가 레이엘의 몸으로 스며들어갔다.

한동안 그 모습을 구경하던 라티에타는 퍼뜩 정신을 차렸다. 어느새 자신의 몸에 있는 마나도 요동치고 있었다. 또한 성 전체에 펼쳐진 마법진이 뒤흔들렸다.

"아! 이, 이대로는……!"

이대로 가다간 성이 무너질 수도 있다. 마법진이 흔들리며 일제히 폭주해 버리기라도 하면 성이 무사할 리 없었다. 게다가 문제가 되는 건 그것뿐만이 아니었다.

'어쩌면 저 마나가 전부 거기에서 나왔을지도 몰라.'

성 주위에 있는, 아니 섬 전체와 바다에 퍼져 있는 모든 마나들이 모이고 있는 상황이었지만 그것만으로는 이렇게 농밀한 마나를 만들어내지 못한다. 아마 다른 원천이 있을 것이 분명했다. 그리고 라티에타는 그 원천이 무엇인지 누구보다 잘 알고 있었다.

'그것만큼은 막아야 돼.'

다른 건 몰라도 그건 막아야 한다. 그것은 라티에타는 물론이고 이 성을 유지하는 힘의 원천이었다.

라티에타는 다급히 밖으로 나갔다. 주위에 있는 마나야 얼마든지 끌어들여도 상관없다. 하지만 그것만큼은 절대로 안 된다. 라티에타가 다급히 달려간 곳은 성의 또 다른 지하실이었다.

그곳은 레이엘이 지금 있는 마녀의 연구실보다 아래에 위치한 지하실이었다. 즉, 마녀의 성 최하층이었다. 그리 넓은 방은 아니었다. 10평방미터 정도 되는 작은 방이었다.

라티에타는 방 한가운데 서서 눈을 감았다. 그러자 더 확실히 상황을 파악할 수 있었다. 틀림없이 상당량의 마나가 이 방에서 비롯되고 있었다. 라티에타는 입술을 지그시 깨물었다.

지징.

미약한 진동음이 울렸다. 그리고 라티에타의 발아래에 빛나는 선이 죽죽 그어졌다. 그 선은 이내 마법진을 만들어냈다. 방을 가득 채우고도 모자라 사방의 벽과 천장까지 선으로 채워졌고, 그것은 입체적인 마법진을 만들어냈다.

우우우웅!

방이 거세게 흔들렸다. 그리고 라티에타의 몸이 서서히 떠오르기 시작했다. 그렇게 떠오르는 그녀의 아래로 새하얀 빛을 흘리는 뭔가가 바닥에서 천천히 솟아나왔다.

라티에타는 양손을 들어올렸다. 예전이라면 불가능했지만 지식 전이가 끝나고 그것을 모두 자신의 것으로 만든 지금이라면 충분히 가능했다. 그녀는 자신감 넘치는 얼굴로 마력을 움직이며 주문을 외웠다.

끊임없이 흘러나오는 나직한 주문이 방 안에 퍼져 나갔다. 그 주문은 그대로 힘이 되어 라티에타 밑에 있는 새하얀 돌을 감싸 안았다. 라티에타는 어금니를 악물었다. 상당히 힘들었다. 막대한 마력이 요동치며 그녀의 내부에 거대한 충격을 주었다. 하지만 그녀는 끝까지 그것을 참아냈다.

하얀 돌이 들썩였다. 마나를 끌어내리려는 힘과 그것을 막는 힘이 부딪치며 돌을 계속 흔들어댔다. 그리고 그 흔들림은 고스란히 라티에타가 감당해낼 수밖에 없었다. 라티에타는 계속해서 자신의 내부를 진탕시키는 충격에 정신이 아득해졌다. 하지만 초인적인 인내심을 발휘해서 끝까지 정신을 잃는 것만은 막아냈다.

그렇게 계속 시간이 흘러갔다. 라티에타는 정신이 점점 혼미해졌다. 얼마나 시간이 지났는지도 알지 못하고 그저 계속 주문을 읊조리기만 했다. 또한 그 주문이 깨지지 않도록 어떻게든 집중하려 애썼다.

그렇게 절대 끝나지 않을 것 같던 시간이 결국 끝났다. 성을 뒤흔들던 마나의 폭풍이 멎은 것이다. 라티에타는 만족스런 미소와 함께 그대로 정신을 잃었다.

그녀는 그 뒤에 무슨 일이 벌어졌는지 전혀 알지 못했다. 그녀가 다시 눈을 떴을 때는 자신의 방에 있는 침대 위였다. 옷까지 갈아입혀진 채로, 그리고 땀으로 범벅이 되었던 몸이 깨끗해진 상태로 가만히 침대에 누워 있었다.

"헉!"

라티에타는 벌떡 몸을 일으켰다. 자신이 이곳에 있다는 건 누군가가 자신을 여기까지 데리고 왔다는 뜻이다. 그리고 이성에서 그런 일을 할 만한 사람은 단 한 명뿐이다.

'옷까지 갈아입히다니!'

라티에타의 얼굴이 새빨갛게 달아올랐다. 문득 자신이 정신을 잃기 전의 상황들이 떠올랐다. 그녀는 서둘러 침대에서 내려갔다. 그리고 밖으로 뛰쳐나가려다가 지금 입고 있는 옷이 안이 다 비치는 잠옷이라는 사실에 발을 멈췄다.

"하아."

라티에타는 한숨을 한 번 내쉰 후, 돌아섰다. 그리고 옷을 갈아입으며 누군가 자신의 몸을 깨끗이 씻겼다는 사실을 다시 한 번 확인할 수 있었다. 몸이 너무 뽀송뽀송하고 상쾌했다. 물기 하나 없이 몸을 이렇게 닦으려면 몸 구석구석에 손을 댔다는 뜻이다. 라티에타의 얼굴이 부끄러움과 분노로 달아올랐다.

물론 레이엘에게 받은 은혜가 크긴 하다. 하지만 그것과 이

것은 별개였다. 은혜를 입었다고 몸까지 줘야 하는 건 아니지 않은가. 라티에타는 분노를 삭이며 문을 열고 밖으로 나갔다. 그리고 레이엘을 찾아갔다.

라티에타가 가장 먼저 간 곳은 지하 연구실이었다. 하지만 그곳에는 더 이상 레이엘이 없었다. 그곳은 처음 상태 그대로였다. 마치 아무도 거쳐 가지 않은 것처럼 깨끗하기 그지없었다.

'설마 벌써 포기한 건가?'

고작 한 달 만에 포기했다니 그 정도 끈기로 뭘 할 수 있단 말인가. 라티에타는 코웃음을 치며 돌아섰다. 이곳에 없다면 있을 곳은 뻔하다. 라티에타는 레이엘의 방으로 향했다.

그렇게 해서 레이엘의 방에 도착한 라티에타는 의아한 표정을 지었다. 그녀의 눈빛은 당혹감에 물들었다. 레이엘은 이곳에도 없었다. 그럼 대체 어디로 갔단 말인가. 물론 성에는 수십 개의 방이 존재한다. 하지만 대부분의 방은 사람이 지내기에 적합하지 않다. 레이엘이 그런 방에 있을 이유가 없었다.

"대체 어딜 간 거지?"

라티에타는 성 곳곳을 돌아다니며 레이엘을 찾았다. 하지만 아무리 찾아도 레이엘을 발견할 수 없었다. 결국 라티에타는 성 밖까지 살펴야 했다. 하지만 그렇게 하고도 레이엘을 찾을 수 없었다.

"설마, 떠났나?"

라티에타의 표정이 조금 시무룩해졌다. 레이엘에게 분노하고 있으면서도 막상 떠났다고 생각하니 많이 아쉬웠다. 게다가 자신에게 말도 없이 떠난 것이 못내 섭섭하고 괘씸했다.

자신의 방으로 돌아온 라티에타는 잠시 씩씩거리다가 숨을 가다듬었다. 굳이 레이엘 때문에 흥분할 필요가 없었다. 어차피 지식 전이 때문에 머물던 사람이었다. 그리고 그녀가 보기에 레이엘은 대륙으로 돌아갈 것이 분명했다.

"조금 일찍 갔다고 생각하면 돼."

라티에타는 그렇게 마음을 다잡았다. 일단 진정하고 침착함을 되찾고 나자 정신을 잃기 전의 상황이 또 떠올랐다.

"정말 내가 어떻게 된 게 분명해. 어떻게 고작 남자 하나 때문에 그렇게 중요한 일을 잊고 있는 거지?"

그곳이 어떻게 되었는지 살펴봐야만 한다. 또한 그 돌이 어떻게 되었는지도 확인해야만 한다. 문득 몸이 너무나 가볍다는 것을 깨달았다. 그런 강렬한 충격을 쉴 새 없이 받았는데 내상조차 입지 않았다는 건 이상한 일이었다. 라티에타는 서둘러 마력을 움직여 몸을 점검했다. 그리고 깜짝 놀랐다.

"대체 이게 뭐지?"

몸은 지극히 건강했다. 내상 따위는 전혀 남아있지 않았다. 게다가 마력이 엄청나게 늘어났다. 이 정도라면 마치 예전 그녀의 어머니와 비견될 정도였다.

"이게 어떻게 된 거지?"

라티에타는 당시 그곳에서 마나가 빠져나가는 걸 막으며 뭔가 일이 벌어졌을 거라고 생각했다. 어쩌면 그 돌의 마나가 몸으로 흘러들어왔을지도 모른다. 거기까지 생각한 라티에타의 표정이 어두워졌다.

"설마 나 때문에 섬이 붕괴되는 건 아니겠지?"

라티에타는 서둘러 걸음을 옮겼다. 그녀는 지하의 지하, 그 돌이 있는 방으로 향했다.

헤드만은 약의 재료로 쓸 해초를 양손 가득 들고 터덜터덜 걸어갔다. 그의 표정은 멍했다. 그리고 움직임에서는 의욕을 하나도 찾아볼 수 없었다.

"헤드만! 그러다 넘어진다!"

헤드만은 뒤에서 들려오는 소리에 흠칫 정신을 차렸다. 그러자 두 사람이 옆으로 다가와 헤드만의 어깨를 살짝 두드렸다. 사이크와 알바크였다.

"서둘러야지. 안 그러면 이번 달 목표량을 채울 수 없다고."

헤드만은 말없이 고개를 끄덕였다. 그 모습을 본 알바크와 사이크가 한숨을 내쉬었다. 헤드만이 이렇게 된 것은 레이엘이 마녀를 따라 떠난 이후부터였다.

"대체 왜 그러는 거야? 설마 우리한테도 말 못하는 거야?"

헤드만은 잠시 알바크와 사이크를 바라봤다. 그리고 힘없이 고개를 저으며 말했다.

"아니, 말 못할 건 없지. 난……."

헤드만은 잠시 뜸을 들이다 말을 이었다.

"난 대륙으로 나가고 싶어."

알바크와 사이크는 당연히 크게 놀랐다.

"뭐? 그게 대체 무슨 말이야? 대륙이 어떤 곳인지 몰라서 그런 소리를 하는 거야?"

"알아. 안다고. 대륙이 얼마나 위험한 곳인지 나도 잘 알아. 가끔 촌장님을 따라서 대륙에 가 봤으니 모를 수가 없지. 그래도…… 그래도 난 대륙으로 가고 싶어."

사이크와 알바크의 표정이 딱딱하게 굳었다. 헤드만의 마음을 돌리기가 쉽지 않아 보였다.

"대체 갑자기 왜 그러는 건데?"

헤드만은 잠시 침묵했다. 그리고 결심했다는 듯 입을 열었다.

"나도 그 사람처럼 강해지고 싶어."

"그 사람? 하늘에서 떨어진 사람 말이야?"

헤드만이 고개를 끄덕였다. 당시 레이엘이 그에게 보여줬던 모습은 정말로 놀라웠다. 또한 마녀와 마주하며 보여준 기백은 정말로 닮고 싶을 정도였다. 하지만 헤드만은 알 수 있었다. 자신은 결코 레이엘처럼 될 수 없다는 사실을. 그래서 더 열망이 커졌다.

"후우. 모르겠다, 나는. 혹시 모르니까 나중에 그 사람을 보면 부탁해 보든가. 대륙으로 데려가 달라고."

사이크의 말에 헤드만이 고개를 푹 숙였다. 과연 그게 가능할까? 레이엘에게 그런 부탁을 한다는 건 자신을 책임져 달라는 말과도 같았다. 적어도 이곳 빙설의 대지에서는 그랬다.

"자자, 이러지 말고 오늘은 북쪽에 한번 다녀올까? 기분 전환도 할 겸."

알바크의 제안에 사이크가 크게 고개를 끄덕인 후 헤드만을 바라봤다. 헤드만은 두 사람의 시선을 받으며 피식 웃고는 고개를 끄덕여 주었다. 사실 분위기를 한 번쯤 전환할 필요가 있었다. 지금 이 상태로는 제대로 살아갈 자신이 없었다.

"말 나온 김에 지금 가자."

"이 해초는 어쩌고?"

"하하. 누가 가져가겠어? 바닥에 있는 눈을 파고 보관하면 되지. 북쪽 얼음산까지만 갔다 오자."

"얼음산, 좋지."

얼음산은 온통 얼음으로 이루어진 산이다. 상당히 높아서 오르기가 쉽지 않지만 일단 올라가고 나면 절경을 볼 수 있다. 마녀의 성을 한눈에 볼 수 있는 곳이기도 했다. 마녀의 성과 바다가 어우러진 광경은 아무리 봐도 질리지 않았다.

그들은 서둘러 눈을 파고 그 안에 해초를 몽땅 집어넣었다. 그리고 북쪽으로 향했다. 멀리 갈 거라면 단단히 준비를 해야겠지만 얼음산은 그리 먼 곳에 있지 않았다. 한 시간 정도 걸어가면 도착이 가능했다. 물론 지금 있는 곳에서도 육안으로 볼 수 있었고 말이다.

그들은 서둘러 얼음산으로 향했다. 정말로 오랜만에 가는 것이라 왠지 가슴이 설레였다. 그렇게 한 시간 정도 빠르게 걸어 얼음산에 도착한 세 사람은 얼음산을 한 번 올려다본 후 빙긋 웃었다. 그리고 산을 오르기 시작했다.

정상에 오르는 건 쉽지 않았지만 그래도 충분히 즐거웠다. 오랜만에 산을 타니 기분이 좋았다. 정상에 오른 그들은 일단 마녀의 성이 있는 남쪽을 바라봤다. 예상했던 그대로 절경이었다.

"그런데 성이 예전과 좀 달라진 거 같지 않아?"

"글쎄. 모르겠는데?"

"아냐, 잘 봐. 분명히 뭔가 달라. 분위기가……."

사이크의 말에 알바크와 헤드만은 고개를 갸웃거리며 다시 성을 살폈다. 확실히 신중하게 살피니 분명히 뭔가 다른 것 같기는 했다. 하지만 그게 뭔지 좀처럼 알 수 없었다.

"아! 저기 탑 하나가 새로 생겼다."

"정말이군. 그런데 저게 탑이야?"

성 옆에 뾰족한 첨탑 하나가 추가되어 있었다. 어차피 성에는 수많은 첨탑이 있었기에 쉽게 알아보지 못한 것이다. 그런데 자세히 살펴보니 그 첨탑은 뭔가 조금 이상했다.

"무슨 탑에 창문도 없고……."

"그냥 뾰족한 얼음이 솟아난 것 같기도 하고……."

새 사람은 고개를 갸웃거렸다. 하지만 이내 신경을 껐다. 마녀의 성에서 벌어지는 일에 신경 쓰다간 제명에 죽지 못한다. 그들은 산 정상에서 사방을 둘러보며 맑은 공기를 한껏 들이마셨다.

그리고 그대로 굳어 버렸다.

"저, 저게 뭐지?"

가장 먼저 몸이 굳은 사이크가 덜덜 떨리는 손가락을 들어 북쪽을 가리켰다. 나머지 두 사람도 북쪽에 펼쳐진 광경에 입이 떡 벌어졌다. 그곳에는 그동안 한 번도 본 적이 없었던 거대한 호수가 있었다.

"호, 호수?"

세 사람은 호수와 그 주변을 살펴봤다. 호수가 워낙 넓어 제대로 살필 수조차 없었다. 끝을 알 수 없을 정도로 멀리까지 호수가 펼쳐져 있었다.

"얼지 않았어."

"그럼 바닷물인가?"

바닷물이라면 모를까, 민물이라면 얼지 않을 리 없다. 문제는 그런 게 아니라 대체 왜 갑자기 저곳에 호수가 생겨났느냐 하는 점이었다. 그것도 크기조차 한눈에 안 들어올 정도로 거대한 호수가 말이다.

"아무래도 알려야겠어."

헤드만의 말에 나머지 두 사람이 굳은 표정으로 고개를 끄덕였다. 그리고 세 사람은 서둘러 산을 내려갔다.

잠시 후, 마을이 발칵 뒤집혔다. 그리고 수많은 사람들이 호수로 향했다. 일부 몇몇은 다른 마을에 그 사실을 알리기 위해 떠났다.

라티에타는 어이가 없었다. 그렇게 찾아 헤매던 레이엘을 설마 이곳에서 볼 수 있을 줄은 몰랐다.

"지금 뭘 하고 있는 거죠?"

라티에타가 날카로운 목소리로 외쳤다. 레이엘은 방 안에 있는 마법진을 활성화 시킨 뒤 바닥에서 나온 하얀 돌을 만지작거리고 있었다. 그 돌은 결코 외부인이 만져선 안 되는 것이었다.

"당장 손 떼세요!"

라티에타의 격한 반응에도 레이엘은 무심하기만 했다. 레이엘은 왼손으로 새하얀 돌을 들고 오른쪽 손가락을 돌에 댔다가 뗐다. 그러자 돌에서 새파란 마나의 선이 손가락을 따라 일어났다. 레이엘이 오른손을 휘젓자, 돌에서 뽑혀 나온 마나의 선이 허공을 수놓았다.

라티에타는 다시 소리를 지르려다가 그 광경을 보고 입을 다물지 못했다. 대체 어떻게 하면 저런 식으로 마나를 컨트롤 할 수 있단 말인가.

그렇게 한동안 멍하니 레이엘이 마나를 뽑아내는 광경을 지켜보다가 퍼뜩 정신을 차린 라티에타는 그제야 레이엘이 돌의 마나를 몽땅 뽑아낼지도 모른다는 생각이 들었다.

"멈춰요!"

라티에타가 다급히 레이엘에게 달려들었다. 그리고 손을 뻗어 하얀 돌을 빼앗으려고 했다. 하지만 레이엘은 간단히 손을 들어 올리는 것만으로 라티에타의 모든 의도를 무산시켰다.

"그 돌 이리 내요!"

라티에타의 외침에 레이엘이 그녀를 똑바로 쳐다보며 말했다.

"이 성의 속박에서 벗어나고 싶지 않은 건가?"

라티에타의 몸이 그대로 딱 굳었다. 그리고 그녀의 얼굴이 경악으로 물들었다.

"그, 그걸 어떻게……."

"이 돌을 보고도 모르면 바보지."

라티에타가 떨리는 목소리로 물었다.

"저, 정말 가능하기는 한 건가요?"

"섬의 규모를 줄이면."

라티에타의 눈이 조금 더 커졌다. 설마 했는데, 지금의 말을 들어보니 레이엘은 이 하얀 돌과 마녀, 성, 그리고 빙설의 대지가 모두 연관되어 있다는 것을 알고 있는 게 분명했다. 그것도 아주 정확히.

"하지만……."

라티에타는 마음이 흔들렸지만 쉽게 결정을 내릴 수 없었다. 레이엘이 거짓을 말하는 것 같지는 않았다. 하지만 그렇다고 간단히 결정을 내려 이 섬을 포기하고 떠날 수는 없었다.

"계속 여기에 얽매여 있을 생각인가?"

"그, 그건……."

라티에타는 대답하지 못했다. 하지만 사실 답은 정해져 있었다. 그녀는 아직 젊었다. 그리고 예전의 마녀와는 많이 상황도 성격도 달랐다. 또한 아직 이 섬에 대한 애정이 확고하지 않았다. 하지만 그럼에도 섣불리 결정을 내리지 못했다.

레이엘은 그런 라티에타를 보며 손에 든 하얀 돌을 들어 올렸다. 하얀 돌에서 파란색 마나의 선이 끊임없이 흘러나왔다. 그리고 그렇게 흘러나온 선이 허공에 문양을 만들어냈다. 그것은 마법진이었다.

파앗!

밝은 빛과 함께 마법진이 바닥으로 스며들어갔다. 그리고 또 허공에 마법진이 그려졌고, 다시 바닥으로 스며들어갔다. 그렇게 연달아 마법진이 생겨났고, 바닥에 스며들거나 벽에 스며들었다. 그 마법진은 모두가 조금씩 달랐다.

라티에타는 또 멍한 표정으로 그 광경을 지켜봤다. 정말로 놀라웠다. 그녀로서는 그렇게 마나의 결정을 뽑아 허공에 마법진을 그린다는 건 상상도 할 수 없었다. 인간의 능력이 아니었다. 하지만 레이엘은 그런 것을 아무렇지도 않게 펼쳤다.

"이 돌이 뭔지는 아는가?"

레이엘의 물음에 라티에타가 고개를 저었다. 그저 막대한 마나를 품고 있는 돌이라는 것밖에 몰랐다. 그렇게 보면 일종의 마나스톤임이 분명하지만 마나스톤과는 여러모로 달랐다.

"이건 드래곤하트다."

레이엘의 말에 라티에타의 눈이 화등잔만 해졌다. 대체 드래곤하트가 여기 왜 있단 말인가. 하지만 이내 의아한 표정으로 레이엘의 손에 있는 새하얀 돌을 바라봤다. 드래곤하트에 대해서는 몇 가지 들은 얘기가 있다. 드래곤하트는 저런 모양이 아니었다. 각 드래곤의 속성에 맞는 색깔의 보석이라고 했다.

"드래곤하트는 그 자체로 세상에 존재할 수 없는 거 아닌가요? 드래곤이 죽으면 산산이 분해된다고 알고 있었는데, 제가 잘못 알고 있는 건가요?"

"그 말이 맞다. 하지만 꼭 그런 건 아니다. 흩어지지 않게 유지할 수 있는 방법이 있지."

레이엘은 그렇게 말하며 돌을 들어 올렸다. 그것을 본 라티에타의 눈이 살짝 커졌다.

"그럼 설마 그 방법이라는 게……."

"그렇다. 일종의 봉인이지. 이 돌은 드래곤하트를 봉인해 놓은 것이다. 분해되지 않도록."

"그, 그런 일이 가능한가요?"

"가능하다."

충분히 가능하다. 레이엘이 아공간을 다시 만들 때 쓴 드래곤하트도 그런 식으로 봉인에 가깝게 보존되어 있었다. 그리고 레이엘도 그와 비슷한 방법으로 아공간을 만들었다. 즉 레이엘의 아공간은 드래곤하트의 봉인이기도 한 것이다.

일단 그렇게 봉인된 드래곤하트는 진짜 드래곤의 몸에 있을 때와 비슷한 작용을 한다. 주변의 마나를 한없이 끌어 모으고, 또 그 막대한 마나를 마음껏 쓸 수 있게 되는 것이다.

그리고 이 섬, 빙설의 대지는 그 막대한 힘으로 지탱되고 있었다. 아니, 그 힘으로 인해 탄생한 섬이었다. 또한 그 힘은 마녀가 8백 년이 넘게 살아갈 수 있었던 이유이기도 했다.

"네가 원하는 게 드래곤처럼 긴 수명인가?"

라티에타는 대번에 고개를 저었다. 그녀는 결코 그런 것을 원하지 않았다. 사실 마녀가 되고 싶지도 않았다. 그녀는 그저 평범하게 살아가고 싶었다. 물론 막상 평범해지면 다시 마녀의 힘을 원할 것이 분명하지만 말이다.

"그렇다면 분명히 방법이 있다."

"정말로 가능한가요? 제가 없이도 이 섬이 사라지지 않을 수 있나요? 이 성이 그대로 서 있을 수 있어요?"

"물론이다. 하겠나?"

라티에타가 크게 고개를 끄덕였다.

"하겠어요. 해 주세요. 하지만 반드시 성공하겠다고 약속해 주세요."

"당연히 성공한다."

레이엘은 그렇게 말하고는 돌을 든 채로 나가 버렸다. 라티에타는 잠시 당황했지만 이내 서둘러 그 뒤를 따랐다. 레이엘은 그대로 성 밖으로 나갔다. 그리고 라티에타는 의아한 표정으로 계속 따라갔다.

라티에타는 레이엘이 가는 곳을 보며 황당한 표정을 지었다. 그곳에는 언제 세워졌는지 높고 뾰족한 얼음 탑이 하나 서 있었다. 아까 성을 그렇게 돌아다녔는데도 발견하지 못한 것이었다.

"설마 지금 만든 건가요?"

레이엘은 대답하지 않고 묵묵히 얼음 탑 앞에 서서 손을 뻗었다. 하얀 돌에서 새파란 선이 쏟아져 나갔다. 그리고 얼음 탑 곳곳에 마법진을 새기기 시작했다.

드드드드드.

탑이 진동하기 시작했다. 그리고 서서히 떠올랐다. 정말로 놀라운 광경이었다. 얼음 탑의 높이는 못해도 30미터는 넘어 보였다. 그런 거대한 탑이 허공에 떠오른 것이다. 보통 마법으로는 어림도 없는 일이었다. 라티에타의 힘으로도 버거운 일이었다. 한데 레이엘은 그런 대단한 일을 너무나 간단히 해치웠다.

레이엘이 다시 걸음을 옮겼다. 그러자 얼음 탑이 레이엘을 따라 둥실 떠서 이동했다. 라티에타는 입이 떡 벌어진 채 그 광경을 보다가 퍼뜩 정신을 차리고 급히 얼음 탑을 뒤따라 달렸다.

그렇게 그들은 북쪽으로 계속 올라갔다.

북쪽에 생긴 호수 근처에는 빙설의 대지에 사는 거의 모든 사람이 모여 있었다. 그들은 갑자기 생긴 이변에 한편으로는 불안하면서도 다른 한편으로는 신기했다. 그들은 드넓게 펼쳐진 호수를 바라보며 대체 이게 무슨 일인지 알아보려 애썼다. 물론 아무도 답을 알아낼 수는 없었다.

그렇게 그들이 모여서 그저 호수를 구경할 뿐인 의미 없는 시간을 보내고 있을 때, 레이엘이 그곳에 도착했다.

"헉!"

레이엘을 본 사람들은 하나같이 놀람을 금치 못했다. 레이엘의 뒤에 둥둥 떠 있는 거대한 얼음 탑을 봤기 때문이다. 얼음 탑만 해도 놀라울 지경인데 그것이 허공에 떠 있으니 얼마나 놀라운가. 그리고 그 얼음 탑 뒤에 서 있는 라티에타를 보고는 거의 얼어붙어 버렸다.

아무도 입을 열지 못했다. 수많은 사람들이 모여 있었지만 너무나 조용했다. 그 정적 속에서 레이엘이 움직였다. 레이엘은 호수 앞으로 걸어가더니 손을 슬쩍 들어 올렸다. 레이엘의 손짓에 따라 얼음 탑이 호수로 날아갔다. 그리고 까마득히 먼 곳까지 이동했다. 그제야 레이엘이 손을 치웠다.

얼음 탑이 멈춘 곳은 호수의 정중앙이었다. 그곳에 내려선 것이다. 호수의 물은 모두 바닷물이었다. 섬의 지하 부분에 구멍이 뚫리면서 바닷물이 유입된 것이다. 이 모든 것이 레이엘의 작품이었다.

레이엘은 고개를 한 번 끄덕이고는 손에 든 새하얀 돌을 던져 버렸다. 그 돌은 정확히 얼음 탑에 꽂혔다.

쩡!

뭔가가 깨지는 소리가 울렸다. 그리고 얼음 탑을 중심으로 거대한 파장이 퍼져 나갔다. 그 파장은 섬 전체를 한 번 휩쓴 뒤 사라졌다.

레이엘은 고개를 돌려 라티에타를 쳐다봤다. 라티에타의 표정에 기대감이 잔뜩 떠올랐다.

"이제 넌 자유다."

레이엘의 말이 떨어짐과 동시에 라티에타의 눈에서 눈물 한 방울이 떨어졌다.

주변에 모여 있는 사람들은 대체 무슨 영문인지 몰라 어리둥절한 얼굴로 레이엘과 라티에타를 번갈아 쳐다봤다.

라티에타는 모두의 시선을 받으며 하염없이 눈물을 흘렸다.

 빙설의 대지에 큰 변화가 찾아왔다. 일단 가장 큰 변화는 섬 중앙에 호수가 생겨난 것이었다. 호수는 섬의 대부분을 차지했다. 하지만 어차피 사람이 살아갈 수 없는 땅이었기 때문에 별 상관은 없었다.

 두 번째 변화는 마녀가 떠나간다는 것이었다. 마녀는 성까지 내버려 두고 가겠다고 했다. 그 때문에 성을 두고 마을과 마을 간에 상당한 논의가 일었다. 과연 누가 성을 차지할 것이고, 성 주변에 어떻게 마을을 조성할 것인가 하는 문제였다.

 빙설의 대지에서 가장 살기 좋은 곳이 바로 마녀의 성이 있는 곳이었다. 그곳이 가장 남쪽이고 가장 추위가 덜하니 너무나 당연했다.

그 문제로 각 마을의 촌장들이 모여 며칠 동안이나 회의를 했다. 그렇게 해서 나온 결론이 왕을 선출하는 것이었다. 사실 이름만 왕이지 실제로는 빙설의 대지를 대표하는 대표자였다.

왕은 촌장 중에서 선출하고 또 일정 임기를 가지며 임기가 끝난 뒤에는 다른 촌장들 중에서 새로운 왕을 선출하는 식으로 결정을 내렸다.

그들이 그렇게 왕을 선출하고 성을 차지해야만 하는 이유는 외부의 힘으로부터 섬을 지키기 위함이었다.

빙설의 대지는 대륙에도 잘 알려져 있다. 눈보라와 추위가 몰아치는 극한의 땅이라고 말이다. 그래서 빙설의 대지에 관심을 가지는 왕국은 하나도 없었다. 하지만 왕국이 아닌 일개 영지나 개인의 경우에는 얘기가 조금 달라진다.

빙설의 대지에 사는 사람들은 가끔 대륙으로 나가 그곳 사람들과 교역을 한다. 주로 약과 진주를 팔고 생활에 꼭 필요한 생필품이나 옷감 등을 사온다. 빙설의 대지에서 파는 약은 효과가 뛰어나기로 유명하다. 또한 진주도 상당히 품질이 좋다.

그런 일이 계속되면 당연히 빙설의 대지를 장악하기만 한다면 충분히 돈이 될 수도 있다고 생각하게 된다. 그래서 드물게 나서는 자들이 있었다.

지금까지 빙설의 대지를 무력으로 제압하고자 찾아왔던 자들이 상당히 많았다. 하지만 누구도 그것을 성공하지 못했다.

심지어 어떤 영주는 수십 척의 배를 준비해서 병사와 기사들을 잔뜩 싣고 오기도 했다. 하지만 모든 배가 차가운 바다에 수장되고 단 한 명도 살아 돌아가지 못했다. 그 영지는 그대로 망해 버렸다.

그 뒤로 대륙에서는 한동안 빙설의 대지에 관심을 갖지 않았다. 하지만 사람은 망각의 동물이다. 적당히 시간이 지나면 또 빙설의 대지에 관심을 갖고 달려든다. 그리고 또 몰락한다.

적어도 왕국이 나서서 전력을 기울이지 않는 한, 빙설의 대지를 도모하는 건 쉽지 않은 일일 것이다.

그렇게 모든 침입을 막아낸 것은 바로 마녀였다. 또한 마녀의 성이기도 했다. 마녀의 성은 수많은 마법진으로 이루어져 있었다. 게다가 그 마력의 근원은 드래곤하트다. 어떤 적이 몰려오더라도 바다 위에서 몰살시키는 게 가능했다. 또한 누가 다가오더라도 마녀는 미리 알 수 있었다. 그 정도로 능력이 출중했다.

즉 마녀가 섬을 보호한 것이다. 그걸 섬사람들도 알기에 1년에 두 번이나 공물을 바쳤다. 마녀는 그녀의 말대로 섬의 왕이나 다름없었다.

한데 이제 마녀가 떠나가면 섬사람들 스스로 지킬 수밖에 없다. 다행스럽게도 마녀가 성을 넘겨준다고 했으니 마녀의 성을 이용해 언제 닥칠지 모르는 위협을 막아내는 수밖에 없었다.

그래서 그들은 왕을 선출했고, 또 각 마을의 건강한 청년들을 모아 병사로 만들었다. 그 수가 그리 많지는 않았다. 하지만 없는 것보다는 나았다. 또한 그들은 함께 성을 관리하며 성의 마법진을 이용해 섬 주변으로 다가오는 모든 것을 관측하게 될 것이다.

그렇게 빙설의 대지가 급격한 변화를 맞이하는 동안 레이엘은 눈살을 찌푸리며 자신의 옆에 찰싹 달라붙은 라티에타를 쳐다봤다.

"지금이라도 늦지 않았다. 그냥 배를 타라."

레이엘은 공간이동을 통해서 대륙으로 갈 계획이었다. 그리고 그 계획안에 라티에타는 없었다. 라티에타가 무엇을 하든 레이엘은 신경 쓰지 않았다. 어차피 상관이 없었으니까. 하지만 이제는 그러지 않을 수 없게 되었다.

"저도 공간이동이라는 걸 한번 겪어보고 싶어요."

"아직 안정적이지 않아서 위험하다."

"팔다리가 없어져도 좋아요."

라티에타는 도전적인 눈으로 레이엘을 바라봤다. 레이엘의 눈에 그녀의 눈빛이 활활 타오르고 있는 것처럼 보였다.

"대체 왜 이러는 거지?"

"어머니에 대한 속죄에요."

"속죄?"

레이엘은 어이가 없었다. 대체 이게 무슨 속죄란 말인가. 또 무슨 죄를 지었다고 속죄를 한단 말인가.

하지만 라티에타는 나름대로 심각했다. 그녀는 어머니와 달리 성과 섬의 속박에서 벗어났다. 그녀의 어머니는 8백 년이나 이곳에서 발이 묶여 있었다. 한데 그녀는 고작 몇 년 만에 대륙으로 나가게 된 것이다. 그 점이 못내 미안하고 죄스러웠다.

사실 그녀가 미안할 이유는 전혀 없었다. 마녀는 죽어가는 순간에도 딸이 이 섬에 속박당해야 한다는 사실을 안타까워했으니까. 한데 이렇게 단번에 속박을 벗어났으니 오히려 더 기뻐할 만한 일이었다.

그리고 그 사실을 라티에타도 알 수 있었다. 하지만 그녀는 그럼에도 죄송스러웠다. 또 그리웠다. 그래서 그녀가 선택한 것이 공간이동이었다.

"민폐로군."

레이엘의 말에 라티에타의 얼굴이 붉어졌다. 사실 레이엘의 말이 옳다. 이건 굉장한 민폐였다. 자신 때문에 자칫 레이엘도 위험해질 수 있기 때문이다. 공간이동이 얼마나 어려운 마법인지 누구보다 잘 알고 있지 않은가. 그런 위험한 일에 그녀라는 변수가 더해졌다. 정말로 엄청난 변수였다. 그러니 위험성이 훨씬 올라가지 않겠는가. 자신의 이기적인 마음 때문에 레이엘까지 위험에 끌어들인 것이다.

"하지만 어려울 건 없지."

레이엘의 말에 라티에타가 놀라 고개를 번쩍 들고 레이엘을 바라봤다. 그녀가 뭐라고 말을 하려는 순간 레이엘의 손이 가볍게 움직였다. 그러자 레이엘의 손에서 환한 빛무리가 쏟아져 나왔다. 그 빛은 이내 가느다란 선이 되어 레이엘과 라티에타를 칭칭 휘감았다.

화아악!

그렇게 빛의 누에고치가 만들어졌다. 그리고 그 누에고치는 똑바로 쳐다볼 수조차 없을 정도로 밝게 빛났다. 순식간의 일이었다. 빛은 밝아졌다 싶은 순간 사라져 버렸고, 빛이 사라진 자리에는 아무도 남아 있지 않았다.

케플러 왕국의 국경을 향해 한 사람이 천천히 걸어가고 있었다. 키시아 제국과 맞닿은 국경이었기에 수많은 병력이 준비되어 있었고, 모든 병사와 기사들이 만전의 태세로 혹시 있을지 모를 키시아 제국군의 공격에 대비했다. 그런 곳에 나타났으니 케플러 왕국의 병사들이 그 사람을 발견하지 못했을 리 없다.

"멈춰라!"

병사의 외침에 사내가 멈춰 섰다. 그리고 씨익 웃으며 병사를 쳐다봤다. 사내의 복장은 화려하기 그지없었다. 보석으로 잔뜩 치장된 옷을 입고 있었는데, 마치 보석으로 만들어진 옷을 입은 것처럼 보일 지경이었다. 사내가 등에 두른 망토는 땅에 질질 끌릴 정도로 길었는데 그조차 보석이 잔뜩 박혀 있었다. 마치 왕이나 황제의 모습 같았다.

만일 그 사람이 다른 쪽에서 걸어왔다면 병사가 이렇게 대하지는 않았을 것이다. 하지만 그 사내는 분명히 키시아 제국 쪽에서 다가왔다.

"누구냐!"

병사가 악을 썼다. 긴장감을 어떻게든 없애려 애쓰는 기색이 역력했다. 그런 병사를 보는 사내의 눈가에 웃음이 더욱 깊어졌다.

"재미있구나. 내가 누군지 밝히면 그냥 믿을 건가?"

"누구냐!"

병사는 다시 한 번 소리쳤다. 그리고 상황이 심상치 않은 것을 눈치 챈 동료 병사들이 다급히 움직였다. 일부는 활을 겨눴고, 일부는 창을 들어 올렸다. 그리고 몇몇이 황급히 본진으로 달려갔다. 기사들을 부르기 위함이었다.

그런 일련의 과정을 가만히 지켜보던 사내가 천천히 입을 열었다.

"나는 황제다."

황제라는 말에 병사들의 몸이 잠시 굳었다. 키시아 제국의 황제는 피도 눈물도 없는 악마라는 소문이 파다했기 때문이다. 하지만 이내 상식적으로 말이 안 된다는 걸 깨달았다. 제국의 황제가 왜 혼자서 저런 복장으로 이곳에 왔단 말인가.

"미, 미친놈! 주, 죽기 싫으면 돌아가라!"

사로잡기 위해 달려들 수도 있었지만 아무도 그렇게 하지 않았다. 심지어 다급하게 나타난 몇몇 기사들도 그런 마음은 전혀 들지 않았다. 그저 저 사람이 그냥 돌아가 줬으면 하는 생각만 간절했다.

"내가 왜? 내가 왜 나보다 약한 놈들이 두려워서 도망가야 하느냐? 도망은 너희들이 가야지."

황제는 그렇게 말하며 손을 슬쩍 들어 올렸다. 그것을 신호로 병사들이 일제히 화살을 날렸다. 수십 발의 화살이 황제를 향해 날아갔다. 그리고 그 뒤를 이어 수백 발의 화살이 또 날아갔다.

황제의 몸을 투명한 구체가 감쌌다. 그 구체는 날아오는 화살을 모조리 잡아냈다.

푹푹푹!

놀랍게도 투명한 구체에 박힌 화살은 정확히 절반만 파고든 채 멈췄다. 마치 허공에 멈춘 듯한 광경이었다. 심지어 다른 곳으로 떨어지던 화살까지 몽땅 끌려와 구체에 박혔다.

황제의 입가에 잔혹한 미소가 맴돌았다.

"쓰레기는 주인에게 돌려줘야지."

그 말과 동시에 구체가 폭발했다.

퍼엉!

폭발과 함께 화살들이 어마어마하게 빠른 속도로 날아갔다.

자신을 쏘아낸 주인을 향해.

퍼버버버벅!

"킥!"

"크아악!"

"아악!"

연달아 비명이 터져 나왔다. 성벽 위에 서 있던 병사들이 모조리 화살을 맞아 쓰러졌다. 대부분이 화살을 심장에 맞았다. 간신히 피한 자들은 오른쪽 가슴에 화살을 맞았다. 당연히 심장에 맞은 사람은 즉사했고, 그나마 오른쪽에 맞은 사람은 즉사를 면했다. 하지만 살아남을 확률은 거의 없었다.

그렇게 수백의 궁병이 쓰러졌다. 놀라운 일은 그 다음에 벌어졌다. 황제가 양손을 들어올렸다. 그리고 손바닥에서 시커먼 연기가 뭉클뭉클 쏟아져 나왔다. 그 연기는 사방으로 퍼져나가더니 이내 검은 안개가 되었다.

성벽이 안개에 휩싸였다. 안개에 갇힌 병사와 기사들은 갑자기 시야가 사라져 크게 당황했다. 검은 안개는 그들의 시야만 빼앗아 간 게 아니라 움직임도 빼앗았다. 안개 속에서 움직이는 것이 너무나 힘들었다. 마치 끈적끈적한 액체 속에 빠진 것 같았다.

"크윽!"

기사 하나가 억지로 팔을 움직여 검을 뽑았다. 그리고 검에 오라를 불어 넣었다. 그러자 조금 움직임이 나아졌다. 하지만 그래도 움직이기 어려운 건 마찬가지였다. 그렇게 막 검을 뽑았을 때, 등 뒤에서 섬뜩한 느낌이 들었다. 기사는 다급히 몸을 돌리며 일단 검을 휘둘렀다.

서걱!

섬뜩한 절단음과 함께 뭔가가 잘리는 느낌이 분명히 왔다. 경험상 이건 사람의 팔일 확률이 높았다. 기사는 눈에 오라를 집중했다. 그러자 시야가 조금 확보되었다. 희미하게 드러나는 광경에 기사의 두 눈이 화등잔만 해졌다.

"헉! 저, 저게 대체……!"

한쪽 팔이 잘린 병사가 시뻘건 빛을 흩뿌리는 눈으로 기사를 노려보고 있었다. 병사의 움직임이 어딘가 부자연스러웠다. 하지만 속도는 빨랐다. 마치 안개의 영향을 전혀 받지 않는 것 같았다.

기사는 다시 검을 휘둘렀다. 병사는 빠르게 움직이긴 하지만 기사의 검을 피하지 못했다. 병사의 심장에 기사의 검이 깊이 파고들었다. 하지만 병사는 죽지 않았다.

"크아아!"

병사가 괴성을 지르며 손을 뻗었다. 병사의 손에는 부러진 화살이 들려 있었다. 비록 부러지긴 했지만 화살촉은 더없이 뾰족하고 날카로웠다. 그것이 기사의 가슴을 그대로 꿰뚫었다. 병사의 힘은 엄청났다.

"큭!"

기사는 비명과 함께 절명했다. 아무리 오라를 다루는 기사라지만 심장을 찔리고도 살아남을 수는 없었다. 그렇게 절명한 기사가 힘없이 바닥에 쓰러졌다.

 털썩.

 바닥에 널브러진 기사는 잠시 후 다시 눈을 떴다. 기사의 눈은 조금 전 병사의 것과 같았다. 붉게 빛나는 눈으로 주위를 둘러보던 기사가 천천히 일어났다. 기사의 움직임은 조금 전보다 약간 어색하긴 했지만 더 이상 안개의 영향을 받지 않았다. 기사는 병사보다 훨씬 빠른 속도로 안개 속을 누비기 시작했다. 그리고 아직까지 살아남은 다른 병사나 기사들을 자신과 똑같은 상태로 만들기 시작했다.

 그렇게 케플러 왕국의 국경이 무너졌다.

 안개가 서서히 걷혔다. 안개가 완전히 사라지고 드러난 광경은 처참했다. 하지만 시체는 단 한 구도 없었다. 사이한 눈을 빛내는 좀비들만 가득할 뿐이었다. 무려 2만에 달하는 좀비가 생겨났다. 아무리 수준이 높은 기사라도 좀비화를 피할 수 없었다. 검은 안개 속에서는 그들도 제대로 움직일 수 없었다. 물론 오라마스터가 있었다면 얘기는 좀 달라졌을 것이다. 하지만 이곳에는 오라마스터가 없었다. 오라마스터는 이런 국경에 근무할 정도로 남아돌지 않는다.

 황제는 단번에 만들어낸 2만의 좀비를 바라보며 광소를 터트렸다.

"크하하핫! 어디 한번 즐겁게 놀아볼까? 크하하하핫!"

황제의 웃음소리가 국경을 쩌렁쩌렁 울렸다. 그리고 그 웃음소리에 맞춰 좀비들이 들썩였다.

잠시 후, 2만에 달하는 좀비들이 서서히 움직이기 시작했다. 그들은 국경 근처의 요새를 향해 쉬지 않고 진군했다.

자유국가연합에서 가장 큰 영향력을 가진 곳은 단연 아스터 왕국이었다. 영토도 가장 넓었고, 군사력도 단연 막강했다. 사실 제국의 위협만 아니라면 굳이 연합을 형성할 필요도 없는 나라였다. 그리고 그런 영향력 덕분에 이번 제국과의 전쟁에서도 가장 중심에 서 있었다.

아스터 왕궁의 회의실에 수많은 사람들이 모여 있었다. 그들은 연합을 구성하는 왕국에서 온 주요 인물들이었다. 향후 전쟁에 대해 빠른 대처를 하고자 아스터 왕국에 모여 일이 벌어질 때마다 이렇게 회의를 하곤 했다.

"대체 그게 무슨 말이오! 케플러 왕국이 당했다니!"

회의를 주관하는 사람은 아스터 왕국의 실세인 치얀 공작이었다. 그는 날카로운 눈으로 좌중을 둘러봤다. 아무도 그와 눈을 마주치지 못하고 슬쩍 슬쩍 시선을 피했다. 다만 말을 꺼낸 쿠드 후작만 식은땀을 흘리며 그를 마주보고 있었다.

"방금 후작께서 하신 말씀이 정녕 사실이오?"

치얀 공작의 말에 쿠드 후작이 고개를 끄덕였다. 치욕스럽지만 사실은 사실이니 어쩌랴.

"조금 전 왕국으로부터 연락을 받았습니다. 그래서 이렇게 회의를 소집할 수밖에 없었습니다. 지금 적들이 수도를 눈앞에 두고 있다고 합니다."

"허어. 어찌 그런 일이. 대체 일이 이렇게 될 때까지 어째서 우리에게 알리지 않은 거요?"

"알릴 틈이 없었다고 합니다. 알아차린 것이 어젯밤이었고, 오늘 아침에 제게 연락을 해왔습니다. 저도 지금 상당히 당혹스럽습니다."

"자세한 사항에 대해서는 아직 모르오?"

"그렇습니다. 하지만 조만간 다시 연락을 주기로……."

쿠드 후작은 말을 이을 수 없었다. 누군가 회의실 문을 박차고 들어왔기 때문이다.

"큰일입니다!"

쿠드 후작은 들어온 사람을 보고는 눈살을 찌푸렸다. 그는 쿠드 후작의 기사였다. 아무리 급한 일이라 하더라도 이렇게 각국의 주요 인물들이 모여 회의를 하고 있는데 문을 박차고 들어오는 건 예의에 크게 어긋난 일이다. 보아하니 문을 지키던 기사들과 몸싸움까지 벌인 듯했다.

"무슨 일인가!"

쿠드 후작은 불쾌함을 감추지 않고 소리쳤다. 그렇지 않아도 치욕스러운 상황인데 기사까지 이 모양이니 더 얼굴을 들 수 없었다. 하지만 쿠드 후작은 뒤이어 기사가 외치는 말에 더 이상 다른 생각을 할 수 없었다.

"수도가 당했다고 합니다! 적은 언데드입니다! 수십만의 좀비가 수도를 덮쳤습니다!"

"뭣이! 자세히 말하라! 좀비라 했나!"

언데드가 나타났다는 건 흑마법사들이 움직였다는 뜻이다. 사실 흑마법사는 다들 쉬쉬할 뿐이지 각 가문에서 비밀리에 육성하는 경우가 허다했다. 하지만 그것은 그들을 통제할 자신이 있기에 하는 일이다.

"좀비들이 검은 구름을 몰고 다닌다고 합니다. 좀비들이 죽인 사람을 그 검은 구름이 좀비로 만들어 점점 그 세력이 불어나고 있습니다! 지금 좀비와 검은 구름이 몇 개로 분열해 사방으로 흩어지고 있다는 연락을 받았습니다!"

쿠드 후작은 눈을 질끈 감았다. 수도가 당했고 수십만의 좀비가 왕국을 유린하고 있다면 케플러 왕국은 끝났다고 봐야 한다. 게다가 시체를 계속 일으키는 검은 구름이라니, 이런 식이라면 아무리 군대를 보내봐야 소용이 없다.

털썩.

쿠드 후작이 자리에 힘없이 주저앉았다. 그는 더 이상 회의를 지속할 기력도 정신도 없었다. 다른 귀족들도 그의 심정을 이해한다는 듯 안쓰러운 표정으로 그를 바라봤다.

치얀 공작은 심각한 표정으로 좌중을 둘러봤다. 그리고 보고를 하러 들어온 기사에게 눈짓을 해서 그를 내보냈다.

"이제 대책을 논의합시다. 아무래도 이번 일은 그저 흑마법사들만의 일이라고 생각하기에는 무리가 있소."

"하면……. 키시아 제국이 뒤에 있단 말씀이시오?"

"지금 내 생각은 그렇소."

회의실의 분위기가 무거워졌다. 만일 키시아 제국에서 이런 일을 벌였다면 정말로 무서운 일이다.

"실로…… 악마 같은 놈들이오."

"그들이 악마인 건 어제오늘 일이 아니오. 지난 전쟁에서도 몰튼 왕국의 수도가 완전히 날아가 버렸소. 대체 어떻게 한 건지는 모르겠지만 그곳에 있던 모든 사람들이 죽었소."

사실 그때보다 지금이 더 심각하다. 지금 케플러 왕국에서는 병사는 물론이고 일반 백성들까지 죽어 좀비로 되살아나고 있었다. 좀비는 비교적 상대하기 쉬운 언데드이긴 하지만 그래도 그 수가 수십만이라면 얘기가 달라진다.

"어찌하면 좋겠소?"

치얀 공작의 말에 다들 입을 다물었다. 뭘 어쩐단 말인가. 그들이 할 수 있는 일은 없었다. 그저 케플러 왕국으로 병력을 보내 좀비들을 물리치면 되지만, 지금 이곳에서 그것을 찬성할 만한 사람은 단 한 명뿐이었다. 그나마 그 한 명은 지금 제정신이 아니라서 회의에 제대로 참석조차 못 하는 상황이다.

"후우, 일단 케플러 왕국에 레인저 부대를 보내 그곳의 사람들을 이쪽으로 이동시키는 것이 어떻겠소?"

누군가의 말에 다들 생각에 잠겼다. 확실히 그곳에 무작정 병력을 투입시킬 수는 없었다. 공격을 하더라도 대책을 세워야만 한다. 그 대책은 아마 제피니아에서 세워줄 것이다. 마법 왕국의 자존심이 걸린 일 아닌가.

"일단 그게 최선인 듯합니다. 다만 너무 무리는 하지 않는 편이 낫겠습니다."

다들 고개를 끄덕였다. 무리하다가 병력을 잃으면 나중에 진짜 키시아 제국과 싸울 때 곤란해진다.

"그럼 그렇게 결정합시다. 이의 있는 분 있소?"

당연히 이의가 있을 리 없다. 쿠드 후작이 그제야 정신을 차렸지만 치얀 공작은 서둘러 회의를 마무리 지어 버렸다. 쿠드 후작의 얼굴이 창백하게 질렸다. 하지만 그도 어쩔 수 없었다.

회의가 끝난 후, 치얀 공작은 자신이 은밀히 지원해 키우는 흑마법사들에게 케플러 왕국에서 벌어지는 사태에 대해 물었다. 물론 제피니아에 있는 황혼의 마탑에도 연락을 넣었다.

흑마법사들은 그 얘기를 듣고 새하얗게 질렸다. 그들로서는 상상도 하지 못할 정도로 높은 경지였다. 치얀 공작은 그것을 막을 방법을 알아내라고 지시를 내렸다. 흑마법사들은 알겠다고 했지만 가능성이 그리 높지는 않았다.

어쨌든 그렇게 자유국가연합이 바쁘게 움직이는 동안 케플러 왕국은 국경에서부터 차근차근 초토화되고 있었다.

황제는 하늘 높이 날아올랐다. 그리고 자신이 만든 광경을 지켜보며 씨익 웃었다. 수백만이나 되는 좀비들이 빠르게 움직이고 있었다. 좀비들의 움직임은 상당히 빨랐다. 황제가 펼쳐 놓은 '데스 클라우드' 때문이었다.

'데스 클라우드'는 좀비를 양산해 내는 데 있어선 타의 추종을 불허하는 마법이었다. 그리고 황제가 직접 고안해서 만들어낸 마법이기도 했다. 당연히 9클래스가 아니면 시도조차 못하는 고도의 마법이었다.

"슬슬 하나 더 만들어야겠어."

케플러 왕국 전체를 무너뜨려 대륙을 공포의 도가니에 빠뜨릴 계획이었다. 그러기 위해선 더 많은 '데스 클라우드'가 필요했다.

황제의 몸에서 뭉클거리며 검은 연기가 뿜어져 나왔다. 그것은 이내 안개처럼 퍼져 나갔고, 바람을 타고 날아 좀비들을 뒤덮었다.

"이제 절반쯤 끝났나? 생각보다 시간이 많이 걸리는군."

왕국의 절반을 집어 삼켰다. 국경에서 시작해 절반이나 되는 영토에 사는 모든 사람을 좀비로 만들어 버렸다. 그 수가 무려 3백만이 넘었다. 아마 남은 모든 영토를 휩쓸고 나면 그 수가 적어도 천만은 될 것이다. 케플러 왕국의 인구가 그쯤 되니 말이다. 케플러 왕국은 아스터 왕국을 제외하면 자유국가연합에서 가장 인구가 많은 나라였다.

"천만의 좀비 군단이라……. 이거 아주 재미있겠군. 큭큭큭큭."

그냥 좀비 군단이 아니다. '데스 클라우드'의 힘을 업은 좀비군단이다. 웬만한 병사나 기사들은 전혀 두려워할 필요조차 없었다. 어쨌든 죽이기만 하면 다시 좀비가 될 테니까 말이다. 또한 '데스 클라우드' 안에 있는 좀비들은 아무리 죽어도 다시 일어난다. 떨어진 팔다리도 다시 붙일 수 있지만 굳이 그렇게까지는 하지 않았다. 그런 일을 하면 '데스 클라우드'가 조금씩 줄어들기 때문이다. 어쨌든 그것은 황제의 마력이 만들어낸 것이었다. 마력을 소모하면 사라지는 것이 당연했다.

황제는 9클래스의 흑마법사이기도 하다. 굳이 좀비가 아니라 그보다 훨씬 쓸모 있는 데스나이트도 엄청나게 만들어낼 수 있었다. 하지만 굳이 그렇게 하지 않았다. 황제는 다수의 힘이 얼마나 대단한지 알고 있다. 이번에는 그 다수의 힘이 어떤 위력을 만들어내는지 한번 보고 싶었다.

평야를 새까맣게 메운 좀비들이 저 멀리 보이는 도시를 향해 꾸역꾸역 나아갔다. 그리고 황제는 차가운 눈으로 그 광경을 지켜봤다.

"여기가 어딘가요?"

라티에타는 신기한 듯 연방 주위를 둘러봤다. 사실 그녀는 대륙에 온 것이 처음이었다. 아니, 섬을 벗어난 것 자체가 처음이었다.

"라르빅이다."

"라르빅이요?"

라르빅은 자유국가연합에 속한 왕국으로 가장 북쪽에 위치한 왕국이었다. 빙설의 대지에 사는 사람들이 교역을 하는 나라이기도 했다. 더 정확히는 라르빅의 북쪽 해안에 위치한 작은 해안도시인 레샤에서 거래를 했다.

현재 레이엘과 라티에타가 서 있는 곳이 바로 레샤였다. 레샤 상공으로 이동해 인적이 드문 곳으로 단번에 내려와 아무에게도 들키지 않고 도시에 스며들 수 있었다.

"그런데 왜 굳이 여기로 온 거죠? 이곳에서 볼일이 있는 건가요?"

마녀의 성을 벗어난 라티에타는 그저 나이 어린 소녀에 불과했다. 그녀의 나이는 이제 고작 열일곱이었다. 성에서만 살았으니 당연히 경험도 거의 없었다. 게다가 마법에만 매달렸기 때문에 기본적인 지식도 상당히 모자랐다. 라티에타는 어머니의 그늘을 벗어나고자 정말로 애썼다. 성에서 지내던 당시에는 마법 실력을 키우는 것 외에는 아무런 생각도 하지 않았다.

레이엘은 대답 없이 걸음을 옮겼다. 라티에타는 입술을 삐죽 내밀고 볼을 살짝 부풀리며 그 뒤를 따랐다. 하지만 불만을 함부로 표현할 수는 없었다. 어쨌든 지금 칼자루는 레이엘이 쥐고 있다. 그녀는 그저 레이엘을 따라다니는 입장이었다.

"하아."

라티에타의 한숨에 레이엘이 그녀를 힐끗 쳐다봤다. 사실 이곳으로 온 것은 두 가지 이유가 있었다.

첫 번째는 자신 외에 다른 사람을 데리고 먼 곳까지 공간이동을 하기에는 위험 부담이 너무 컸기 때문이다. 레이엘 혼자라면 단번에 크롬 왕국의 국경 근처까지도 이동할 수 있었다. 물론 조금 더 성휘 사용이 능숙해지면 대륙 어디든 단번에 이동할 수 있었다. 하지만 지금은 그럴 수 없었다.

두 번째는 라티에타에 관한 문제였다. 언제까지 라티에타를 데리고 다닐 수는 없다. 언젠가 헤어져야 하는데 이곳 레샤가 혹시 라티에타에게 익숙하지 않을까 생각했다. 하지만 두 번째 문제는 조금 더 고민하기로 했다. 이대로 라티에타와 헤어지면 그녀가 무슨 꼴을 당할지 알 수 없었다.

"우리 어디 가는 거예요?"

라티에타가 눈치를 힐끔 살피며 물었다. 그녀는 대륙으로 넘어오면서 조금 소심해졌다. 아무래도 섬과는 다를 것이다. 비록 강력한 힘을 가지고 있지만 그걸로 불안감을 막는 것에는 한계가 있었다.

"여관."

레이엘의 대답에 라티에타가 조금 밝아진 표정으로 고개를 끄덕였다. 레이엘의 태도에 따라 그녀의 표정은 수시로 바뀌었다. 그만큼 소심해진 것이다. 물론 지금은 상황이나 환경이 생소해서 그렇다. 조금 더 시간이 지나 익숙해지면 본래의 성격을 찾게 될 것이다.

두 사람은 레샤에서 가장 좋은 여관으로 들어갔다. 여관 1층에는 어디나 술과 음식을 먹는 사람으로 가득했다. 레샤는 작은 도시이긴 하지만 사람이 많았다. 수많은 선원들과 교역을 위해 움직이는 상단의 사람들, 그리고 그들을 호위하는 용병들까지 어우러져 언제나 떠들썩했다. 그러니 술과 음식을 파는 여관의 1층 역시 사람들로 북적이는 게 당연했다.

레이엘은 일단 방값을 지불했다. 아직 방을 잡기엔 조금 이른 시간이었기에 빈 방은 많았다. 여관주인으로부터 방의 위치를 대강 들은 후, 빈자리를 찾아 앉았다. 일단 식사부터 하며 이곳에서 떠드는 사람들의 이야기를 들을 생각이었다.

대강 식사를 주문한 레이엘은 일단 주변에 귀를 기울였다. 하지만 라티에타는 살짝 상기된 얼굴로 주위를 두리번거렸다. 그녀가 언제 이런 광경을 봤겠는가. 또 언제 이렇게 여관에서 식사를 해봤겠는가. 그녀에게는 모든 것이 새로웠다.

라티에타의 외모는 상당히 예뻤다. 그런 예쁜 여자가 이렇게 사방을 두리번거리고 있으면 당연히 눈에 띈다. 더구나 이렇게 닮고 닮은 사람들이 모이는 곳에서 그러면 더더욱 그렇다.

몇몇 사람들이 라티에타와 레이엘을 유심히 살폈다. 라티에타의 옷은 그다지 화려하지 않다. 어차피 성에서 혼자 살았는데 옷에 신경을 쓸 이유가 없었고, 또 마법에 너무 몰두하느라 스스로를 꾸미고 치장하는 것은 아예 생각조차 하지 않았다.

그렇게 수수하지만 약간은 촌스러운 복장의 라티에타와 노련한 용병 티가 나는 레이엘의 조합은 정말로 어울리지 않았다. 차라리 라티에타가 옷을 제대로 차려입어서 귀족처럼 보였다면 얘기가 조금 달라졌을 것이다. 하지만 지금 이대로는 악덕 용병이 순진한 시골처녀를 꼬드겨 어딘가에 팔아먹으려는 걸로밖에 안 보였다.

물론 그것은 어차피 남의 일이다. 더구나 거친 선원들이나 용병들이 그런 걸 신경 써줄 이유가 없었다. 괜한 분란을 일으켜 봐야 피곤하기만 할 뿐이다. 게다가 그렇게 일을 벌여서 라티에타를 구해낸 다음에는 어쩌란 말인가. 집이 어딘지도 모르는데 그곳까지 책임질 수는 없지 않은가.

대부분이 그렇게 라티에타를 잠시 흥미롭게 살펴보다가 외면했다. 하지만 개중에는 그렇지 않은 사람들도 있었다. 바로 상단에서 온 사람들, 그 중에서도 여자들이었다.

이 여관 1층에 있는 손님들 중, 여자는 모두 네 명이었다. 그 중 한 명이 라티에타였고, 나머지 세 명은 한 일행이었다.

물론 그 일행에는 남자도 몇 명 섞여 있었다. 그들이 라티에타를 계속 관심 있게 지켜보고 있었다.

레이엘은 주변 상황이 어떻게 돌아가든 신경 쓰지 않았다. 종업원이 가져온 음식을 천천히 먹으며 주변에서 떠드는 얘기를 하나도 빠짐없이 빨아들였다.

대부분은 쓸데없는 얘기였다. 자질구레한 신변잡기와 각자의 일에 대한 얘기, 그리고 음담패설이 주를 이뤘다. 하지만 그 중 몇 가지는 레이엘의 관심을 단번에 끌었다.

"그나저나 전쟁은 어떻게 되고 있는 거야? 바다에서만 살았더니 세상 돌아가는 걸 전혀 모르겠군."

"차라리 모르는 게 나아. 아주 지독하다고."

"그래? 제국군이 또 쳐들어온 건가?"

"아니, 쳐들어올 준비만 잔뜩 하고 있는 모양이야."

"그런데 왜?"

"문제는 제국 놈들이 아니야. 지금 케플러 왕국이 어떻게 됐는지 알아?"

"케플러 왕국? 갑자기 거긴 왜? 제국군은 몰튼 왕국 쪽에 있지 않았나?"

"제국군이야 그렇지."

"그럼 뭐가 문젠데?"

"케플러 왕국에 좀비군단이 나타났어."

"좀비군단?"

"지금 그 수가 무려 5백만이라더군."

"헉! 5, 5백만? 그게 정말이야?"

"그렇다니까. 지금 그래서 다들 난리가 아니라고."

"아니, 대체 그 지경이 되도록 다들 뭐 하고 있었지? 설마 그냥 방치한 건가?"

"좀비가 늘어나는 속도가 워낙 빨라서 어쩔 수 없다고 하더라고. 그나마 나중에 케플러 왕국 사람들을 주변 다른 왕국들이 서둘러 흡수해서 피해가 줄었다더군. 안 그랬으면 좀비가 무려 천만이 넘었을 거라던데."

"엄청나군. 그럼 그 좀비들은 이제 어쩌지?"

"글쎄. 나야 모르지. 뭐 높으신 나리들이 알아서 하겠지. 아무리 5백만이라지만 고작 좀비잖아. 강력한 기사와 마법사들이 나서면 금방 해치울 수 있을 거야."

"그렇겠지?"

"그럼."

두 사람은 그렇게 말하면서도 불안감을 떨치지 못했다. 레이엘은 그들의 대화를 심각하게 들었다. 좀비가 5백만이나 있다면 결코 쉽게 봐선 안 된다. 또한 그렇게 기하급수적으로 좀비가 늘어났다는 것은 뭔가 특별한 수를 썼다는 뜻이다.

'설마 황제가 직접 나섰나?'

황제가 직접 나섰다면 그런 일도 가능하다. 그렇지 않았다면 예전 흑마법사들의 모임인 다크스타가 몽땅 달려들어도 쉽지 않은 일이었다. 물론 그 다크스타는 이제 수뇌부가 전멸해서 사라진 거나 다름없다. 그들이 일을 벌였을 가능성은 지극히 낮았다.

'그렇다면 결론은 황제로군.'

레이엘은 왠지 황제가 직접 움직였다는 쪽으로 마음이 움직였다. 레이엘은 심각하게 고민했다. 과연 지금 이 상태로 황제와 마주치면 그를 이길 수 있을 것인지 말이다. 하지만 결국 레이엘은 고개를 저었다. 턱없이 부족했다. 황제는 검과 마법의 끝에 서 있는 존재다. 게다가 정령왕까지 부린다.

'싸우다 안 되면 도망갈 수는 있겠지.'

지금 레이엘이 쓰는 공간이동은 일반적인 마법과는 궤를 달리한다. 아무리 황제라도 레이엘이 공간이동을 쓰는 걸 방해할 수는 없을 것이다.

'공간이동을 이용해서 공격한다면 막아내겠지만.'

레이엘은 공간이동에 성공한 후, 그것을 이용하는 방법을 궁리해봤다. 결과적으로 공간이동은 상당히 까다롭고 강력한 공격수단이 될 수 있다는 것을 알아냈다. 돌멩이 하나를 적의 심장에 이동시키면 어떻게 되겠는가. 그대로 즉사다.

하지만 이것은 사실 실용성이 그리 높지 않은 방법이다. 일단 공간이동에 드는 힘 자체가 엄청나다. 고작 한 사람을 죽이기 위해 공간이동을 쓰는 건 낭비였다. 물론 그 한 사람이 황제라면 얘기가 좀 달라지겠지만 말이다.

아무튼 여러모로 따져 봐도 지금 상태로 황제를 이기는 건 요원했다. 아무리 레이엘이 예전보다 훨씬 강해졌다고 해도 마찬가지였다.

'그래도 일단 좀비들을 그냥 놔둘 수는 없지.'

레이엘은 다음 행보를 결정했다. 황제가 만들어 놓은 것이 분명한 5백만 좀비를 퇴치하기로 했다. 만일 그곳에 황제가 함께 있다면 정말로 치밀한 작전을 짜거나 자유국가연합과 함께 움직여야 할 것이다.

'골치 아프군.'

레이엘은 고개를 흔들었다. 황제라는 존재를 떠올리기만 해도 골이 지끈거렸다. 정말로 상대하기 어려운 자였다. 그리고 언젠가는 반드시 이겨내야 할 사람이었다. 살기 위해서 말이다.

제9화 좀비군단

　레이엘이 생각에 잠겨 있는 동안 라티에타는 즐겁게 식사를 마쳤다. 레이엘이 워낙 천천히 먹었기에 라티에타는 식사를 마친 후에도 한참 동안이나 주변을 두리번거릴 수 있었다. 그녀의 눈에는 사람이고 물건이고 모든 것이 신기했다.

　그렇게 신기한 눈으로 즐거움에 빠져있는 라티에타에게 한 사람이 다가갔다. 등에 거대한 양손검을 멘 여인이었다. 짧은 반바지에 어깨가 훤히 드러난 옷을 입고 있었는데, 드러난 부위에 근육이 꿈틀거렸다. 웬만한 남자보다 힘이 셀 것처럼 보였다. 그럼에도 얼굴은 상당히 어리고 귀여웠다.

　그녀는 라티에타에게 다가가 조용히 말을 걸었다.

"아가씨. 혹시 어디로 가는 건지 물어도 되나?"

얼굴은 동안이었지만 그녀는 사실 나이가 많았다. 여자 나이 서른이면 결코 적다고 할 수 없었다. 더구나 용병들 사이에서는 더더욱 그랬다.

라티에타는 그녀가 자신에게 다가올 때부터 놀란 눈으로 그녀를 바라보고 있었다. 한데 그것도 모자라 말까지 거니 더 놀랐다. 하지만 당황하지는 않았다. 아무리 순진해 보여도 그녀는 마녀라 불리는 여인이었다.

"모르겠는데요? 왜 그러시죠?"

라티에타의 대답에 양손검의 여인은 그럴 줄 알았다는 듯 눈살을 찌푸렸다.

"역시."

라티에타는 호기심어린 눈으로 여인을 바라봤다. 빙설의 대지에도 많은 여인들이 있지만 눈앞에 선 여인처럼 근육이 불끈거리는 사람은 한 명도 없었다. 그리고 그런 라티에타의 표정을 확인한 양손검의 여인이 손을 쑥 내밀었다.

"난 엘마라고 해. 너는?"

라티에타는 굳은살이 잔뜩 박인 엘마의 손을 신기한 듯 조금 살피다가 그것을 살며시 잡았다.

"라티에타."

엘마는 라티에타의 손을 꽉 잡고 몇 번 흔든 후 무서운 눈으로 레이엘을 노려봤다. 레이엘은 엘마가 왜 이러는지 대강 짐작을 했기에 그저 가만히 그녀와 눈을 마주쳤다. 레이엘의 서늘한 눈빛에 엘마가 잠시 흠칫 했지만 이내 이를 살짝 드러내며 눈에 힘을 줬다.

레이엘은 그런 엘마의 모습에 피식 웃고는 라티에타를 쳐다봤다. 라티에타는 영문을 몰라 어리둥절했다. 아무리 그녀가 세상물정 모른다지만 지금 분위기가 심상치 않다는 건 알 수 있었다.

"어디로 가는 거지?"

엘마가 레이엘을 향해 물었다. 레이엘은 그제야 시선을 다시 돌려 엘마를 쳐다봤다. 레이엘의 눈빛에 엘마가 또 움찔 놀랐다. 엘마는 신경질적으로 눈을 부라렸다. 그리고 레이엘이 대답을 할 것 같지 않자 다시 라티에타에게 말을 걸었다.

"라티에타. 저 사람이 뭐라고 했는지 모르지만, 목적지도 알려주지 않는 사람과 함께 할 필요 없어."

엘마의 말에 라티에타가 눈을 크게 떴다. 생각해보니 옳은 말이다. 최소한 목적지 정도는 알려줘야 한다. 하지만 칼자루를 쥔 것이 레이엘이니 그동안은 그런 질문을 할 수가 없었다. 그래서 라티에타는 이번 기회를 빌려 슬며시 레이엘에게 그것을 묻고 싶었다.

"저…… 우리 어디로 가는 건가요?"

레이엘은 재미있다는 듯 라티에타와 엘마를 번갈아 쳐다봤다. 그리고 이쪽을 주시하는 엘마의 일행들을 슬쩍 살펴봤다.

그들의 몸에서 흘러나오는 빛의 양을 보건대 그렇게 나쁜 사람들은 아닌 듯했다.

'그러고 보니 다들 우리를 쳐다보고 있군.'

엘마 덕분에 모두의 주목을 받고 있었다. 지금 여관 안에 있는 모든 사람들이 흥미진진한 눈빛으로 레이엘이 앉은 테이블을 쳐다보고 있었다. 그들은 과연 이 일의 결과가 어떻게 될지 궁금해 참지 못하는 것처럼 보였다.

"아직 정해진 건 아무것도 없다."

확실히 정한 건 없었다. 대략 좀비군단을 처리할 계획이긴 했지만 그걸 위해서 어디로 갈지는 아직 결정하지 않았다. 직접 케플러로 갈 수도 있었고 아니면 자유국가연합의 연합군이 있는 곳으로 갈 수도 있었다. 그것도 아니면 제피니아로 가서 그들과 손을 잡을 수도 있었다.

레이엘의 대답에 라티에타는 그럴 줄 알았다는 듯 고개를 끄덕였다. 어차피 큰 기대를 한 것도 아니기에 실망도 크지 않았다. 하지만 엘마는 그렇지 않았다.

"라티에타. 혹시 저 사람과 무슨 관계인지 물어도 돼?"

라티에타는 그 말을 듣고 곰곰이 생각했다. 과연 레이엘과 자신이 무슨 관계일까? 라티에타가 고민에 들어가자 엘마가 다시 물었다.

"가족이나 친척이야?"

라티에타의 고개가 좌우로 움직였다.

"그럼 같은 동네 사람이야?"

이번에도 좌우로 움직였다. 엄밀히 따지면 레이엘은 대륙사람이고 라티에타는 섬사람 아닌가.

"잘 아는 사람이야?"

그 대목에서 라티에타는 잠시 고개를 갸웃거렸다. 그리고 확실히 결론을 내렸다. 그녀는 고개를 저었다. 레이엘에 대해서는 정말 아무것도 몰랐다. 그러니 잘 아는 사이도 아니었다.

엘마는 딱 거기까지 질문을 마치고는 이를 부득 갈며 레이엘을 노려봤다. 대놓고 대체 이 아이를 데려가서 무슨 짓을 하려는 건지 묻고 싶었지만 라티에타가 상처를 입을까 봐 그렇게 하지는 못했다. 엘마는 겉으로 보기에는 저돌적이지만 사실 속은 상당히 섬세했다.

"라티에타. 별 관계도 아닌 사람과 같이 다닐 바에는 우리와 함께 가는 건 어때? 내가 집까지 데려다줄게."

라티에타의 눈이 살짝 커졌다. 그녀는 그제야 이 묘한 분위기가 왜 생겼는지 어렴풋이 알 것 같았다. 참으로 얼토당토않은 상황이었지만 왠지 재미있었다. 라티에타는 일단 레이엘의 눈치를 살폈다. 그리고 고개를 저으려했다. 하지만 그녀보다 레이엘이 한발 먼저 나섰다.

"그거 괜찮군. 그렇게 하는 게 좋겠어."

라티에타와 엘마의 눈이 동시에 커졌다. 설마 레이엘이 이런 반응을 보일 거라고는 전혀 예상치 못했다.

"왜요? 제가 귀찮아서요?"

라티에타가 조금 격렬하게 반응했다. 마치 자신을 떼버리고 가려는 듯한 레이엘의 말과 태도에 발끈한 것이다. 그리고 그런 라티에타와 레이엘을 보는 엘마의 표정이 당황으로 물들었다. 엘마는 어떻게든 상황을 파악해 사태를 수습하려 했다. 하지만 레이엘이 그냥 그렇게 하도록 놔두지 않았다.

"당신들도 이리 와서 같이 의논을 하는 게 어때?"

레이엘의 말에 지금까지 구경만 하고 있던 엘마의 동료들이 흥미진진한 얼굴로 다가왔다. 여자 둘에 남자 둘이었다. 가장 세련되고 좋은 옷을 입은 여자가 앞으로 나서며 말했다.

"리자이아라고 해요."

"레이엘이다."

레이엘의 말에 리자이아 일행이 일제히 흠칫 놀랐다.

"레이엘?"

"설마 그 레이엘?"

레이엘은 일행의 반응을 보며 익숙하게 말했다.

"황제를 생각한 거라면 아니다."

키시아 제국의 황제 레이엘이 워낙 유명해졌기 때문에 빙설의 대지에서도 비슷한 경험을 했다. 그랬기에 레이엘도 아주 익숙하게 대처할 수 있었다.

하지만 레이엘의 예상은 조금 틀렸다. 이들은 레이엘이 황제와 같은 이름이라서 놀란 것이 아니었다.

"당신이 정말로 레이엘인가요? 설마 개명을 했다거나 가명이거나 한 건 아니죠?"

리자이아의 진지한 물음에 레이엘의 표정이 살짝 묘해졌다. 뭔가 자신이 모르는 다른 내막이 있는 것 같았다. 하지만 이내 표정을 지웠다. 무슨 일이건 어차피 자기와는 상관이 없을 거라 판단한 것이다.

'개명이라……. 엄밀히 따지면 그럴 수도 있겠군.'

레이엘이 대답하지 않자 리자이아 일행은 속으로 그럼 그렇지 하며 살짝 한숨을 내뱉었다. 하긴 그 유명한 레이엘이 이런 곳에 있을 리 없지 않은가. 아니, 레이엘이라는 사람이 존재할 리 없다. 그는 신이니까.

"그 이름을 함부로 쓰지 않는 게 좋을 거예요."

레이엘이 약간 황당한 표정으로 리자이아를 쳐다봤다. 자신의 이름을 자신이 쓴다는데 누가 뭐라고 한단 말인가.

"그건 신의 이름이거든요. 인간이 신의 이름을 함부로 하면 천벌을 받는 다고요. 아니면 지옥에 떨어지거나."

레이엘은 멍한 표정을 지었다. 신의 이름이라니, 레이엘이? 하지만 그 순간 가슴 한구석에서 묘한 희열이 솟아났다. 그리고 그동안 살아오면서 자신의 이름과 성휘에 관련되어 생각하고 느꼈던 모든 것들이 물밀듯 떠올랐다.

"신의…… 이름?"

"그래요. 신의 이름. 요즘 어디든 레이엘교 때문에 난리라고요. 설마 어디 산속 깊은 데서 오셨나요?"

리자이아는 생각에 잠긴 레이엘을 보다가 고개를 저었다. 정말로 이상한 사람이었다. 어쨌든 지금은 레이엘보다는 라티에타에게 신경을 써야만 했다. 어쩌면 자신의 일행이 될 수도 있으니까 말이다.

'하여튼 엘마는 너무 오지랖이 넓다니까.'

물론 그 오지랖 때문에 유능한 동료를 얻기도 했다. 그리고 그 동료는 이번 여행에서 정말로 큰 도움이 되고 있다.

"라티에타라고 했죠? 저분과의 관계가 정확히 어떻게 되죠? 걱정이 돼서 그러는 거니까 이상하게 생각하지 마세요. 만일 별다른 관계가 아니라면 어때요? 우리와 함께 가는 게? 이래봬도 저 의리 있어요. 동료가 된다면 열심히 도와줄게요."

리자이아의 말에 라티에타의 마음이 살짝 움직였다. 리자이아의 말에는 진심이 가득 담겨 있었다. 라티에타도 그것만은 충분히 느낄 수 있었다. 하지만 결정을 내릴 수 없었다. 라티에타는 또 레이엘의 눈치를 살폈다.

"그분의 눈치를 볼 필요 없어요. 당신의 의지가 중요한 거 아니겠어요?"

"그, 그건 그렇지만……."

리자이아는 답답했다. 조금 전까지는 데리고 가라던 레이엘이 왜 지금은 가만히 있단 말인가.

"이봐요. 당신도 뭐라고 좀 얘기를 해주셔야죠."
"아."
레이엘은 그제야 정신을 차렸다. 그리고 리자이아를 보며 물었다.

"그 레이엘이라는 신에 대한 소문은 대체 어디서 나온 거지? 설마 신을 직접 본 것은 아니겠지?"

만일 정말로 레이엘이라는 신이 나타났다면 자신은 대체 뭐란 말인가. 또 황제는 뭐란 말인가. 그 점이 레이엘을 혼란스럽게 했다.

레이엘의 말을 들은 리자이아는 지금 왜 그 얘기를 하는지 짜증이 났다. 지금은 신에 대한 얘기보다 라티에타의 거취가 훨씬 더 중요하지 않은가.

"소문이 어디서 났는지 어떻게 아나요. 그렇게 궁금하면 동쪽 끝에 있는 크롬 왕국에 가 보세요. 크롬 왕국의 동쪽 끝에 있는 발터스라는 곳이 그 신의 성지라고 하니까요."

발터스라는 말에 레이엘의 눈이 점점 커졌다. 대체 자신이 빙설의 대지에 있는 동안 무슨 일이 벌어졌단 말인가.

'아, 그럼 그때 그것이……!'

레이엘은 비틀렸던 자신의 몸을 고치고 막대한 힘을 가져다주었던 그 일이 떠올랐다. 지금도 레이엘의 성휘는 수많은 사람들과 연결되어 있었다.

'그럼 이 모든 것이 발터스에서 비롯되었단 말인가?'

그럴 것이다. 발터스의 사람들이 자신과 계약이 되었다면, 그래서 신관이나 성기사가 되었다면 신의 계시를 받았다고 소문이 날 수도 있었다. 아니, 만일 그런 일이 있었다면 마크가 나서서 소문을 냈을 것이다.

 레이엘은 그제야 모든 의문이 풀렸다. 하지만 그렇게 풀린 의문 뒤에 또 다른 의문이 솟아났다. 대체 그들은 어떻게 자신과 계약을 할 수 있었단 말인가.

 '대체 발터스에서 무슨 일이 벌어지고 있는 거지?'

 레이엘은 발터스로 서둘러 돌아가 봐야겠다는 생각이 들었다. 물론 그 전에 좀비군단을 정리하고 말이다.

 "이봐요. 말 좀 해보라니까요?"

 리자이아가 다시 한 번 말하자 레이엘은 그제야 그들에게 관심을 가졌다.

 "무슨 일이지?"

 "하아."

 리자이아는 한숨이 새 나왔다. 이렇게 말이 안 통하는 사람은 처음이었다. 그녀는 이를 한 번 갈고는 레이엘을 향해 살벌한 미소를 날려 주었다.

 "라티에타를 어떻게 할 거냐고 물었어요."

 "그건 이미 얘기가 끝난 거 아니었나? 난 손을 떼겠다."

 "정말이죠?"

 "물론. 아마 너희들에게도 큰 도움이 되겠지."

그 말에 리자이아나 엘마의 입가에 자신도 모르게 비웃음이 걸렸다. 대체 누가 누구에게 도움이 된단 말인가.

레이엘은 그들이 비웃거나 말거나 신경 쓰지 않고 라티에타를 쳐다봤다.

"이쯤에서 저들을 따라가라. 그게 너에게도 좋을 거다. 아마 좋은 사람들인 것 같으니까."

라티에타는 안절부절못했다. 레이엘을 끝까지 따라가고 싶은 마음과 또 새로운 이들을 따라나서고 싶은 마음이 서로 부딪쳤다.

"그냥…… 그냥 다 같이 가면 안 되나요?"

라티에타의 말에 리자이아가 나섰다.

"그건 안 돼요. 우리는 조금 위험한 곳을 지나야 하는데 두 사람이나 보호해줄 여력이 안 되거든요."

"예? 보호요?"

라티에타가 황당한 표정으로 리자이아를 바라봤다. 아무리 봐도 자신보다 훨씬 약해 보이는 자들인데 대체 왜 자신이 보호를 받아야 한단 말인가.

"그래요. 우리는 케플러 왕국을 지나갈 거예요. 조금 돌아갈 수도 있지만 그곳을 통해서 가면 시간을 절반으로 단축시킬 수 있거든요."

케플러 왕국은 지금 좀비군단이 장악하고 있다. 선불리 그곳을 지나다가 좀비들이라도 만나면 정말로 낭패를 겪게 될 것이다. 하지만 리자이아 일행은 누구도 좀비를 두려워하지 않았다. 어떤 상황이 오더라도 충분히 헤쳐 나갈 수 있을 정도로 강했으니까.

라티에타가 기대감 어린 눈으로 레이엘을 바라봤다. 좀비 따위야 아무리 몰려와도 전혀 두렵지 않았다. 그녀가 그럴진 대 레이엘이라고 다를 리 없다. 레이엘은 그녀보다 더 강하다.

레이엘은 잠시 생각에 잠겼다. 어차피 케플러 왕국 쪽으로 가긴 가야 했다. 이들이 케플러 왕국을 질러간다고 했으니 아마 목표는 아스터 왕국일 것이다. 아스터 왕국은 현재 자유국가연합의 힘을 하나로 모으는 왕국이었다.

"좋아. 같이 가지."

"정말요?"

레이엘이 허락하자 라티에타가 환하게 웃으며 폴짝 뛰었다. 엘마와 리자이아를 비롯한 다른 사람들은 전혀 마음에 안 들었지만 라티에타가 좋아하는 모습을 보니 차마 그러지 말라고 할 수가 없었다. 어느새 라티에타는 특유의 분위기로 사람들의 마음을 휘어잡았다. 빙설의 대지에 있을 때와는 완전히 다른 상황이었다.

'재미있군.'

빙설의 대지에서 라티에타는 마녀라고 불리며 경원시되었다. 설혹 그녀를 발견하는 사람이 있더라도 하얗게 질리거나 넙죽 엎드리거나 아니면 놀라 도망가거나 셋 중 하나의 반응을 보인다. 한데 고작 바다를 건너왔을 뿐인데 이렇게나 사람들의 반응이 다르고 라티에타의 행동도 달라졌다.

"우리는 오늘 떠날 건데, 그쪽은 어떻게 할 거죠?"

리자이아는 은근히 레이엘에게 눈짓을 하며 물었다. 알아서 떨어져 달라는 압박이었다. 하지만 대답은 레이엘이 아닌 라티에타가 했다.

"우리도 지금 당장 움직일 수 있어요. 그렇죠? 레이엘?"

레이엘이 고개를 끄덕이자, 라티에타가 그것 보라는 듯 웃으며 리자이아 일행을 바라봤다. 리자이아는 할 수 없다는 듯 한숨을 내쉬고는 여관 밖으로 나갔다.

그렇게 일행이 결성되어 케플러 왕국으로 향했다. 케플러 왕국으로 가까기 가면 갈수록 점점 더 흉흉한 소문이 들려왔다. 5백만이 넘는 좀비들이 국경을 넘기 직전이라든가, 케플러 왕국의 땅이 검게 물들어 죽음의 대지로 변했다든가 하는 소문이 곳곳에 떠돌았다.

자연히 리자이아 일행도 조금씩 위축되었다. 좀비 따위는 안중에도 없는 실력자들이었지만 그래도 소문이 너무 대단하니 자신도 모르게 두려움이 조금씩 파고들어왔다.

그렇게 분위기가 조금씩 가라앉았는데, 그 분위기에 전혀 영향을 받지 않는 두 사람이 있었으니 바로 라티에타와 레이엘이었다. 레이엘이야 워낙 표정 변화가 드물고 분위기 자체가 가볍지 않았으니 그렇다 쳐도 라티에타는 이런 와중에도 발랄하기 그지없었다. 그리고 그녀의 그런 밝음이 일행의 분위기가 더 쳐지지 않게 잡아주는 역할을 했다.

라티에타는 뭐가 그리 궁금한 게 많은지 쉴 새 없이 질문을 쏟아냈다. 그리고 레이엘은 전혀 귀찮아하지 않고 그 질문에 대답해 주었다. 가끔 레이엘과 라티에타의 대화를 듣다보면 리자이아 일행도 깜짝 놀랄 정도로 깊이 있는 지식이 튀어 나올 때도 있었다.

그들은 닷새 동안 열심히 움직여 라르빅과 케플러 왕국의 국경에 도착했다.

"확실히 소문은 완전히 믿을 게 못 되네요."

리자이아의 말에 엘마가 크게 고개를 끄덕였다.

"땅이 온통 새까매졌다고 하더니 멀쩡하네. 좀비도 보이지 않고 말이야."

그녀들의 뒤에 서 있던 두 명의 사내가 날카로운 눈으로 사방을 주시했다. 그 두 사람이 리자이아 일행에서 가장 강했다. 그들은 뭔가 심상치 않은 느낌이 계속 들어서 잠시도 마음을 놓을 수 없었다.

레이엘은 케플러 왕국에 들어선 순간부터 감각을 넓게 펼쳤다. 굳이 이렇게 케플러 왕국까지 온 이유는 황제 때문이었다. 만일 아직도 황제가 이곳에 남아 있다면 한 번쯤 만나보고 싶었다. 자신이 얼마나 성장했는지도 알아보고 싶었고, 정말로 황제 앞에서도 공간이동을 통해 도망갈 수 있는지도 궁금했다.

하지만 몇 걸음 걷지도 않아 레이엘은 결론을 내렸다. 황제는 더 이상 이곳에 없었다.

'희한한 일이로군.'

정말로 이상했다. 황제에 관해서라면 상당히 정확하게 짐작이 가능했다. 지금도 막연한 확신이 들었을 뿐이다. 비록 막연하지만 그것은 확신이었다. 황제는 케플러 왕국을 떠났다.

'이렇게 하다보면 황제가 지금 뭘 하고 있는지도 알 수 있지 않을까?'

레이엘은 떠오른 즉시 그것을 시도해 봤다. 하지만 아무리 애써도 딱 거기까지였다. 황제가 케플러 왕국에 없다는 사실을 제외하면 아무것도 알아낼 수 없었다.

'예전 황제는 느낌만으로 전장에 찾아왔다. 날 만나기 위해서. 그러면 황제의 감이 훨씬 뛰어난 것인가?'

레이엘은 그런 생각을 하며 걸음을 옮겼다. 사방에서 기이한 기운이 느껴지긴 하지만 이건 그저 흑마법의 잔재일 뿐이었다. 아마 한동안은 별다른 일이 벌어지지 않을 것이다.

"그런데 정말 아무것도 없네요. 아, 저기 마을이에요."

리자이아는 반색을 하며 달려갔다. 그 뒤를 두 명의 사내가 황급히 따라갔다. 엘마는 그 광경을 보며 눈살을 찌푸렸다.

"하여간 덜렁대는 건 고쳐지지가 않네. 안 그래?"

"맞아요."

엘마 옆에 있던 여자는 그렇게 대꾸하고는 주위를 살폈다. 리자이아 일행 중에서 남자 둘의 실력이 가장 뛰어나고, 그 다음이 바로 키로나, 즉, 엘마 옆에 조용히 서 있는 여인이었다.

키로나는 계속 감각을 건드리는 불쾌한 기운 때문에 신경이 극도로 날카로워졌다. 그래서 엘마가 계속 말을 거는 것조차 못마땅했다.

"어쨌든 서두르자고."

엘마는 그렇게 말하고는 발걸음을 빨리했다. 키로나는 그 뒤를 따르며 계속 사방을 둘러봤다.

라티에타는 잠시 걸음을 멈추고 레이엘을 바라봤다.

"대체 이 끈적끈적한 건 뭐죠?"

라티에타의 질문은 정말로 의외였다.

"흑마법에 대해서 전혀 모르나?"

"흑마법? 그럼 이게 흑마법의 잔재인가요?"

"정확하다."

"그럼 좀비가 어디쯤 있는지 이 잔재를 살피면 대강 유추가 가능하겠네요."

레이엘이 고개를 끄덕였다. 사실 레이엘은 벌써 좀비가 여기서 어디로 이동했는지 파악하고 있었다.

"그런데 이상하네요. 여긴 국경 근처인데 좀비가 왜 그냥 돌아갔을까요? 라르빅을 공격하지 않고."

"아마 아스터를 공격할 거다."

"아스터를요?"

"아스터는 자유국가연합의 중심이니까."

라티에타가 고개를 갸웃거렸다.

"중심이라기엔 북쪽에 좀 치우쳐 있는 거 아닌가요?"

레이엘은 라티에타의 말에 피식 웃었다. 그리고 아스터 왕국에 대해 조금 더 설명을 해주었다. 설명을 모두 들은 라티에타가 눈을 빛냈다.

"지금 연합군은 몰튼 왕국에서 제국군을 맞을 준비를 하고 있다고 들었는데 아니었나요?"

전쟁에 관한 얘기는 지난 5일 동안 신물 나게 들었다. 전쟁이라는 건 꽤 매력적인 화제였다. 게다가 분위기를 보니 리자이아 일행은 모두 자유국가연합에 속한 왕국 출신이었다. 그들과 직결된 문제니 계속 화제에 올라올 수밖에 없었다.

"그러니까 아스터로 간 거다."

라티에타는 레이엘의 말에 눈이 커다래졌다. 이대로라면 정말로 위험하지 않은가.

"아스터는 괜찮을까요?"

"글쎄."

레이엘은 케플러 왕국이 왜 이렇게 무기력하게 무너졌는지 생각해봤다. 당연히 원인은 황제다. 케플러 왕국은 황제에 의해 무너진 것이다. 황제는 인간의 한계를 훌쩍 넘어선 존재다.

그런 황제가 돌아가면서 좀비를 그냥 방치했을 리가 없다. 분명히 뭔가 수를 썼을 것이다.

'과연 아스터 왕국이 황제의 수법을 부술 수 있을까?'

레이엘은 회의적이었다. 황제는 그렇게 녹록하지 않다. 아마 아스터 왕국은 좀비의 공격을 막아내기 어려울 것이다. 그렇게 되면 자유국가연합은 크게 흔들릴 것이다. 그리고 흔들리는 연합군은 제국군에게 철저히 유린당할 공산이 크다.

황제는 황제였다. 자신의 기분을 풀기 위해 케플러 왕국을 무너뜨렸지만, 그것을 이용해 다음 수를 내다보고 있었다.

'황제의 목표는 정말로 대륙 정벌인가? 그게 전부인가?'

레이엘은 결코 그럴 리가 없다고 생각했다. 만일 그렇다면 이렇게 한 왕국의 생명을 몽땅 없애는 일을 벌여선 안 된다. 황제는 지금 미쳤다.

"무슨 생각을 그렇게 해요?"

"별 것 아니다."

레이엘은 라티에타의 말에 정신을 차리고 걸음을 옮겼다. 어차피 마을은 텅 비어있겠지만, 오늘 하루 머물 수 있는 좋은 공간을 제공해줄 것이다.

리자이아 일행의 목적지는 아스터 왕국이었다. 그러니 아스터 왕국을 노리는 좀비군단과 마주치는 것은 필연적이었다. 하지만 그 사실을 알고 있던 건 레이엘과 라티에타뿐이었다.

그래서 그들은 이렇게 경악할 수밖에 없었다.

"뭐가 저렇게 많아?"

"저게 소문의 그 좀비군단인가? 끝이 안 보이는군."

"아무리 아스터 왕국이라도 저 정도로 몰려가면 피해가 크겠는데요?"

그들은 지금 아스터 왕국과 케플러 왕국의 국경 근처에 있었다. 그곳에 있는 비교적 높은 언덕 위에 올라 국경 부근을 장악한 좀비군단을 바라보며 질릴 대로 질린 표정을 지었다.

"5백만이 넘는다고 하더니 정말 징글징글하게 많군. 그나저나 저길 어떻게 돌파하지?"

그들이 아무리 뛰어난 능력을 가지고 있다 하지만 인간에게는 한계라는 것이 있다. 보유한 오라에도 한계가 있고, 마나에도 한계가 있다. 또한 체력에도 한계가 있는 법이다. 그런 한계를 무시하고 좀비군단에 달려들었다가는 절반도 돌파하지 못하고 비명횡사할 것이다.

언덕 위에서 바라보는 좀비군단의 모습은 징그럽기까지 했다. 게다가 어찌나 그 수가 많은지 끝이 보이지 않았다. 국경까지 몽땅 좀비로 뒤덮인 모양이었다.

"조금 돌아가면 되지 않을까요? 옆으로 빙 돌아가면 좀비들과 굳이 마주치지 않고 아스터로 갈 수 있을 거 같은데요."

"그럼 내가 위에서 더 자세히 살펴볼게요."

키로나가 조용히 주문을 외웠다. 그녀는 5클래스의 마법사였다. 그녀의 나이가 고작 스무 살인 것을 감안하면 정말로 대단한 성취였다.

누가 말릴 새도 없이 키로나가 높이 날아올랐다. 그녀는 좀비들이 어디까지 늘어서 있는지 하늘 높은 곳에서 확인했다. 생각보다 넓게 퍼져 있지 않았다. 아무리 5백만이라고 하지만 국경 전체를 뒤덮을 수는 없다. 고작 수 킬로미터에 불과했다. 물론 두께도 그쯤 되었기에 돌파는 정말로 불가능해 보였다. 몇 킬로미터를 좀비들과 싸우며 달려가는 건 인간이 할 수 있는 일이 아니었다.

키로나는 다시 땅으로 내려왔다. 그리고 파랗게 질린 일행의 모습을 보고는 의아한 표정을 지었다.

"왜 그러세요?"

키로나는 고개를 한 번 갸웃 거린 후, 말을 이었다.

"확인해 보니까 넉넉잡고 10킬로미터만 가면 좀비들과 마주치지 않고 국경을 넘을 수 있을 것 같아요."

키로나의 말에 엘마가 고개를 휘휘 저었다.

"키로나. 말도 없이 그렇게 날아오르면 어떻게 해?"

"예? 제가 무슨 실수라도……?"

"저길 봐."

엘마가 손가락으로 좀비들이 있는 곳을 가리켰다. 키로나는 고개를 돌려 그것을 확인하고는 다른 일행들과 마찬가지의 표정을 지었다. 새파랗게 질린 키로나가 말을 더듬거렸다.

"어, 어, 어쩌죠?"

좀비들이 언덕을 향해 다가오고 있었다. 좀비들은 생존자를 용납할 수 없다는 듯 우르르 몰려왔다. 그 수가 너무 엄청나 상대할 엄두가 나지 않았다.

"언덕이 포위되기 전에 도망가야 하지 않을까요?"

리자이아의 말에 모두가 고개를 끄덕였다. 그들은 그렇게 도망갈 준비를 하면서도 의아함을 감추지 못했다. 고작 하늘로 잠깐 날아올랐다가 다시 내려왔는데 좀비들이 그걸 어떻게 발견했을까? 그들이 아는 좀비는 감각이 그리 예민하지 못하다. 이렇게 멀리 떨어진 곳을 볼 수도 없을 것이다.

'혹시 저 안에 좀비들을 일으킨 원흉이 숨어있나?'

만일 원흉만 제거할 수 있다면 이 좀비들을 모두 시체로 되돌릴 수 있다. 하지만 아무도 그것을 시도할 생각조차 하지 못했다. 그가 어디 숨었는지도 알지 못할뿐더러 설혹 발견했다 하더라도 이 많은 좀비군단을 뚫고 그에게 접근하는 건 요원한 일이었다.

"어서 서둘러요!"

리자이아의 말에 모두 뒤돌아 언덕을 내려가려고 했다. 하지만 그 순간 몇 개의 검은 불덩어리가 날아왔다.

"위험해요!"

그것을 가장 먼저 발견한 것은 키로나였다. 키로나는 자신이 가장 빨리 쓸 수 있는 마법을 펼쳤다.

퍼버버벙!

일행을 직격하려던 검은 불덩이 두 개가 터져 나갔다. 그리고 나머지 세 개의 검은 불덩이가 일행 근처에 떨어졌다.

콰앙! 콰앙!

검은 불덩이는 폭발하며 새까만 연기를 피워냈다. 그리고 그 연기는 이내 안개가 되어 주위에 깔렸다. 언덕 위를 검은 안개가 뒤덮었다. '데스 클라우드'였다.

"역시 흑마법사가 좀비들 틈에 숨어 있었군!"

엘마가 이를 갈며 달려갔다. 일단 검은 안개 지역을 벗어나야만 한다고 본능이 계속 소리쳤다. 다행히 검은 안개는 언덕 위에만 있었기에 쉽게 벗어날 수 있었다. 하지만 그걸로 모든 게 끝난 건 아니었다.

"또 날아와요!"

키로나의 외침에 일행이 얼굴을 굳혔다. 그들도 이번에는 볼 수 있었다. 수십 개의 검은 불덩이가 날아오는 광경을 말이다.

"한 사람이 아니었단 말인가!"

한 사람이 이 많은 마법을 한꺼번에 날릴 수는 없다. 물론 경지가 지극히 높아지면 얘기가 좀 달라지겠지만, 지금은 확실했다. 날아오고 있는 건 검은 불덩이만이 아니었다. 마법으로 만든 것이 분명한 새까만 화살들이 수도 없이 함께 날아오고 있었다. 한 사람이 두 가지 마법을 동시에 쓸 수는 없는 법이다.

일행의 얼굴에 절망이 어렸다. 저건 도저히 막을 수도 피할 수도 없는 공격이었다. 엘마가 부서질 듯 어금니를 깨물며 검을 들어 올렸다. 최대한 애는 써봐야 하지 않겠는가. 나머지 일행도 엘마와 같은 생각을 했는지 검을 들어 올렸다.

그리고 라티에타가 나섰다.

일행은 대체 라티에타가 뭘 하려는 건지 이해할 수가 없었다. 라티에타는 앞으로 몇 걸음 걸어가더니 양팔을 위로 들어 올렸다.

우우웅!

나지막한 진동음이 울렸다. 그리고 일행의 얼굴에 경악이 어렸다. 거대한 반구가 나타나 라티에타와 일행을 덮어버렸다. 투명한 반구였는데, 그 위에 마법이 작렬했다.

콰과과과과과광!

어마어마한 폭발이 일어났다. 하지만 투명한 반구는 전혀 흔들리지 않았다. 라티에타의 표정도 처음 그대로였다. 조금도 힘들지 않다는 반증이었다. 더 경악스러운 것은 그 마법을 유지한 채로 고개를 돌려 일행을 바라보며 말을 했다는 점이었다.

"이제 어떻게 할 거예요? 일단 물러날까요?"

라티에타의 물음에 일행은 얼떨떨한 표정으로 고개를 끄덕였다. 일단 지금은 물러나서 다른 방도를 강구해야만 했다.

"물러나지 않는다."

레이엘이었다. 일행은 그제야 정신을 차리고 레이엘을 노려봤다.

"그럼 당신 혼자 죽으세요. 애꿎은 우리까지 끌어들이지 말고. 라티에타는 우리와 함께 갈 거죠?"

라티에타는 고개를 저었다.

"갈 필요 없어요. 그렇죠? 레이엘?"

라티에타의 눈빛에는 신뢰가 가득했다. 공간이동까지 완성시킨 레이엘이라면 분명히 뭔가 수가 있을 것이다. 사실 라티에타도 이 많은 수의 좀비들을 상대하는 건 불가능했다. 그냥 좀비라면 몰라도 이들은 마법까지 쓰는 좀비들이다.

라티에타의 결정에 엘마가 소리쳤다.

"라티에타! 그게 무슨 말이야! 너까지 죽겠다는 거야? 그렇게 둘 수 없어! 게다가 저렇게 많은 좀비들 틈에 있는 흑마법사를 어떻게 잡겠다는 거야!"

엘마는 그렇게 말을 하면서도 지금 보여주고 있는 라티에타의 능력이라면 어떻게든 되지 않을까 하는 생각이 불현듯 들었다.

"흑마법사는 없다."

레이엘의 단호한 말에 리자이아가 발끈했다.

"모르면 나서지 마세요! 흑마법사가 없다면 저 마법들은 뭐죠? 최소한 수십 명의 흑마법사가 있는 게 분명해요! 그것도 보통이 아닌 자들이란 말이에요!"

리자이아는 답답했다. 더 늦기 전에 서두르지 않으면 정말로 살아날 방도가 없었다. 지금도 좀비들이 시시각각 그들을 포위하고 덮치기 위해 빠르게 움직이고 있었다.

"급하니 눈과 마음이 흔들리나보군."

레이엘은 그렇게 말하며 좀비들이 있는 곳을 바라봤다. 지평선을 가득 메우고 달려오는 좀비 무리들 사이사이에서 마법이 터져 나왔다. 집중만 하면 대번에 알 수 있었다. 마법을 쓰는 건 분명히 좀비였다. 하지만 일행들은 그렇게 레이엘처럼 집중해서 그곳을 살필 여유가 없었다.

"쓸데없는 말은 그만하세요! 우리는 갈 테니까요! 혼자서 죽든 말든 마음대로 해요!"

리자이아가 그렇게 외친 뒤 라티에타를 바라봤다. 그녀의 간절한 눈빛에 라티에타의 마음이 흔들렸다. 하지만 그녀는 진실을 알기에 그들을 그냥 보낼 수 없었다. 가장 안전한 곳이 바로 레이엘 옆이라는 사실은 명명백백했다.

"너무 서두르지 마세요. 그리고 저 좀비들을 잘 살펴보세요. 안 그러면 정말로 큰일 날 수도 있어요."

라티에타까지 그렇게 말하자 일행은 속는 셈 치고 좀비들을 바라봤다. 하지만 집중하는 사람은 거의 없었다. 이런 상황에서 집중해 좀비들을 살피는 건 정말로 어려운 일이었다. 하지만 라티에타의 말을 듣고 집중하는 사람이 아예 없는 건 아니었다.

키로나는 라티에타가 고위 마법사라는 사실에 충격을 받았다. 그리고 그녀가 너무나 대단해 보였다. 자신이 평생 익혀도 할 수 있을지 없을지 모르는 거대한 방어막을 펼치는 모습에 그만 완전히 반해버렸다. 그래서 집중할 수 있었다. 그녀는 라티에타의 말을 마치 진리처럼 받아들였다.

"조, 좀비가 마법을 써요!"

키로나의 외침에 리자이아 일행이 눈살을 찌푸렸다. 하지만 그들도 좀 더 집중하지 않을 수 없었다. 자그마치 세 사람이 동시에 주장하는 일이니 확인을 해봐야만 했다. 그리고 결과는 경악으로 나타났다.

"어, 어떻게 좀비들이 마법을 쓸 수 있는 거지?"

문제는 그것만이 아니었다. 마법사 좀비가 섞여있는 것이 아니라 모든 좀비가 마법사였다. 달려오다가 가끔 멈추는 좀비들이 있는데 그들은 마법을 쓰고 다시 달렸다. 그런 식으로 모든 좀비들이 마법을 날리며 이곳으로 달려오고 있었다.

만일 아무런 대비 없이 도망치다가는 좀비들의 마법에 그대로 당해 버릴 것이다. 좀비의 수는 5백만이 넘는다. 자그마치 5백만이 넘는 마법사가 있는 것이다. 일행의 얼굴에 어린 절망감이 극에 달했다. 그들은 아예 모든 걸 포기해 버렸다.

"라, 라티에타. 얼마나 더 버틸 수 있어?"

"마법이라면 얼마든지요. 하지만 이 '매직 쉴드'는 물리력에는 아주 취약해요. 좀비들이 여기 도착하면 아마 버티지 못할 거예요."

 절망적인 말을 하면서도 라티에타의 표정은 밝기만 했다. 레이엘을 굳게 믿고 있기 때문이다. 하지만 일행은 그렇지 않았다. 그들은 순간적으로 다리에 힘이 풀려 버렸다.

 "뭣들 하는 거야! 그래도 최소한 백 마리는 지옥으로 끌고 가야지!"

 투지를 불태우는 건 오직 엘마뿐이었다. 하지만 엘마도 다리가 후들거리는 건 마찬가지였다.

 그런 일행의 모습을 보며 라티에타가 빙긋 웃었다. 그리고 레이엘을 바라보며 말했다.

 "이제 슬슬 실력을 보여주세요. 다들 너무 놀랐다고요."

 라티에타의 말에 일행의 시선이 일제히 레이엘에게로 향했다. 그들의 눈에는 의혹이 가득했다. 어느 모로 봐도 레이엘은 정말로 아니었다. 몸에서 기세가 느껴지는 것도 아니었고, 또 특별한 힘이 느껴지는 것도 아니었다. 한데 대체 무슨 실력을 보여준단 말인가.

 그렇게 생각하던 사람들의 눈에 라티에타가 보였다. 그리고 그들은 대번에 얼굴이 붉어졌다. 사실 라티에타도 그런 식으로 여겼다. 하지만 실제로는 어떤가. 그들이 감히 상상도 할 수 없을 정도로 대단한 마법 실력을 가지고 있지 않은가.

 그런 생각이 들자 일행의 마음 한구석에 슬며시 희망이 꿈틀거렸다. 그리고 그 희망이 고스란히 그들의 눈에 담겼다. 그들의 마음에 삶에 대한 열망이 싹텄다. 그리고 그 열망은 그대로 빛이 되어 그들의 몸을 휘감았다.

레이엘은 그 빛을 기분 좋게 느끼며 부드럽게 미소 지었다. 레이엘의 미소는 너무나 눈부셔서 그를 지켜보고 있던 모든 사람들의 표정을 잠시 멍하게 만들었다.

레이엘이 라티에타 앞으로 나섰다. 그리고 천천히 걸어가 '매직 쉴드'를 뚫고 지나갔다. 라티에타의 눈이 경악으로 커졌다.

'매직 쉴드'에는 아무런 느낌도 없었다. 안에 있는 사람이 그것을 건드리면 어떤 식으로든 마법을 펼치고 있는 라티에타에게 신호가 전해져야 정상이다. 그것을 부수든 아니면 도움을 주든 말이다. 한데 그런 것이 전혀 느껴지지 않았다.

'정말…… 차원이 다르구나.'

'매직 쉴드' 밖으로 나온 레이엘은 달려오는 좀비들을 무심히 쳐다봤다. 수많은 마법들이 레이엘에게 날아왔다. 하지만 그중 어느 하나 레이엘에게 적중하는 건 없었다. 허공에서 갑자기 궤적이 비틀려 다른 곳으로 떨어졌기 때문이다.

"마나 왜곡!"

라티에타가 놀라 외친 소리에 키로나가 경악하며 레이엘과 라티에타를 번갈아 쳐다봤다.

"저, 정말 마나 왜곡인가요?"

라티에타가 고개를 끄덕이자, 키로나는 자신의 턱이 땅에 닿는 줄도 모르고 레이엘을 바라봤다. 그 순간 레이엘의 몸에서 밝은 빛이 뿜어져 나오기 시작했다.

새하얀 빛이 레이엘의 몸을 감쌌다. 그리고 작은 빛의 알갱이들이 수도 없이 튀어나갔다. 마치 빛으로 만든 작은 돌멩이 같았다.

빛의 돌멩이는 레이엘의 몸에서 빠져나간 순간 엄청난 속도로 좀비들을 향해 날아갔다. 아무런 소리도 들리지 않았다. 그저 새하얀 꼬리만을 남기고 날아갔다. 그렇게 날아간 빛의 돌멩이는 좀비의 심장을 직격했다.

퍽! 퍽! 퍽! 퍽! 퍽!

마치 그런 소리가 들려오는 듯했다. 하지만 실제로는 아무런 소리도 나지 않았다. 너무나 조용한 싸움이었다. 하지만 그 어느 싸움보다 화려했다. 수십 수백, 아니 수천수만의 유성이 쏟아지는 듯했다.

"아……!"

그 화려하면서도 장엄한 광경이 모두의 탄성을 자아냈다. 더 놀라운 일은 그 뒤에 벌어졌다. 심장에 빛의 돌멩이를 직격당한 좀비들이 그대로 쓰러진 것이다. 그들은 쓰러짐과 동시에 새하얀 빛의 가루가 되어 흩어졌다.

그렇게 만들어진 빛가루가 사방으로 퍼지며 주위의 다른 좀비들을 덮쳤다. 빛가루에 뒤덮인 좀비들은 어김없이 새로운 빛가루가 되어 흩날렸다.

새하얀 빛의 가루가 사방을 장악했다. 좀비들은 멀리 떨어져 있는 경우가 드물기 때문에 일단 옆에서 빛가루가 되어 터져 나가면 어김없이 당할 수밖에 없었다.

지평선을 가득 메운 새까만 벽이 한가운데부터 새하얀 가루가 되어 폭발하듯 터져 나가는 광경은 그야말로 장엄했다. 소리 없는 빛의 폭발이었다.

좀비의 수가 무려 5백만이었다. 한데 그 모든 좀비가 새하얀 빛의 가루가 되어 사라지는 데 걸린 시간은 고작 한 시간도 채 걸리지 않았다. 시간이 지나면 지날수록 빛가루의 양이 많아졌기에 좀비가 사라지는 속도가 기하급수적으로 빨라졌기 때문이다.

리자이아 일행은 다른 의미로 다리가 덜덜 떨렸다. 그들은 그제야 확실히 알 수 있었다. 레이엘에 대한 소문은 진짜였고, 그 소문의 레이엘이 바로 자신들의 눈앞에서 좀비를 지워버린 바로 그 레이엘이라는 것을 말이다.

"저, 정말로 신이신가요?"

가장 먼저 정신을 차리고 용기를 낸 리자이아의 질문이었다. 다른 사람들은 마른침을 꿀꺽 삼키며 레이엘의 대답만을 기다렸다.

"난 신이 아니다."

레이엘이 단호하게 대답했지만 아무도 그 말을 믿지 않았다. 심지어는 라티에타까지도 레이엘의 말을 믿지 않았다. 라티에타가 아니라 그의 어머니인 빙설의 마녀가 이 자리에 있었다 하더라도 같았을 것이다. 방금 그들이 본 광경은 인간의 힘으로 만들어낼 수 없는 것이었다.

"안 갈 건가?"

레이엘은 그 말을 마지막으로 걸음을 옮겼다. 레이엘이 가는 방향은 아스터가 있는 곳이었다. 라티에타가 그 뒤를 따랐고, 나머지 일행이 마치 홀린 듯 걸음을 옮겼다.

그들은 그렇게 국경을 넘어 아스터로 들어갔다.

빛의 폭발로 모든 좀비가 다 사라진 건 아니었다. 하지만 남은 수는 몇 없었다. 그나마 멀리 떨어져 있었던 덕분에 살아남은 좀비들이었다. 하지만 그들 역시 결국은 단 하나도 살아남지 못했다. 레이엘은 그들이 얼마나 위험한지 파악했기에 감각을 극도로 넓게 펼쳐 모든 좀비를 찾아냈다. 그렇게 발견된 좀비들의 심장에는 어김없이 빛의 돌멩이가 날아가 박혔다. 그리고 빛의 폭발이 일어나 사라졌다.

그렇게 만들어진 빛가루는 바람을 타고 케플러 왕국 곳곳으로 퍼져나갔다. 그리고 황제가 일으킨 흑마법의 잔재를 말끔히 지워 버렸다. 케플러 왕국은 더 이상 끈적끈적한 흑마법의 기운이 가득한 나라가 아니었다. 모든 것이 원래대로 돌아왔다. 오직 사람만 없을 뿐이었다.

아스터 왕국에 들어선 일행은 곧장 왕국의 수도로 향했다. 아직 좀비군단이 사라졌다는 소식은 아무도 알지 못했다.

"그런데 굳이 직접 알려야 하는 거예요? 그냥 국경수비대나 그런 곳에 알려둬도 괜찮지 않을까요?"

라티에타의 물음에 리자이아가 빙긋 웃으며 대답했다.

"아마 말해줘도 믿지 않을 거야. 그들은 좀비군단이 코앞까지 왔었다는 사실도 아마 모를걸?"

일행이 조금만 늦게 도착했어도 아스터 왕국은 완전히 폐허가 될 뻔했다. 아니, 왕국이 폐허가 되는 것은 아니다. 그저 모든 사람이 사라질 뿐이다. 좀비가 되어서 말이다.

그것은 그냥 왕국이 폐허가 되는 것보다 훨씬 더 무서운 일이었다.

"그나저나 정말로 어수선하네요."

"당연하지. 무려 5백만이야. 도망쳐온 사람들이. 그 정도면 왕국이 휘청할 정도라고. 다들 울며 겨자 먹기로 받아들였을 텐데, 쉽지 않겠지."

만일 케플러 왕국을 그냥 방치했다면 좀비의 수가 천만이 된다. 5백만이든 천만이든 많은 건 마찬가지였지만 수가 두 배로 늘어난다는 건 상대하기가 두 배 이상으로 힘들다는 뜻이기도 했다. 그래서 어쩔 수 없이 그들을 난민으로 받아들일 수밖에 없었다.

말이 5백만이지, 그 정도 수의 난민을 한꺼번에 받아들였다간 나라가 거덜 날 수도 있다. 그래서 자유국가연합의 각 왕국들이 적당히 나눠서 받았다. 난민은 케플러 왕국과 인접한 나라에서 받되, 그들에 대한 지원을 다른 왕국들이 해주는 식이었다.

"그래도 다들 국경 근처에 자리를 잡았으니 돌아가는 것도 쉽겠네요."

"돌아가더라도 예전처럼 잘 살 수 있을지는 알 수 없지. 아마 지속적으로 지원이 필요할 거야."

"좀비가 사라졌다는 사실을 알면 다들 지원하려고 줄을 설 걸요? 수도가 날아갔다고요. 케플러 왕국은 자유국가연합의 다른 나라들에게 갈가리 찢겨질 거예요."

그 말에 아무도 반박하지 못했다. 왕국의 절반이 넘게 유린 당했다. 그나마 피한 것은 나머지 반쪽의 국경에서 지나치게 멀지 않은 사람들뿐이었다. 그 중에서도 말을 듣지 않고 남은 사람들은 몽땅 당했다.

사람도 모자라고 귀족과 왕족의 수도 모자란다. 더구나 병사의 수가 극도로 모자라니 다른 왕국의 먹잇감으로 전락하게 되는 건 당연한 수순이었다.

"그보다 좀 더 서둘러야 하지 않겠어요? 그들을 빨리 돌려보내지 않으면 자유국가연합 자체가 흔들릴 걸요? 제국군이 호시탐탐 노리고 있는 지금 연합군이 흔들리면 대륙은 불바다가 되고 말 거예요."

키로나의 말에 모두가 고개를 끄덕였다. 그리고 좀 더 서둘렀다. 그들은 다들 말을 타고 있었는데, 서두르기 위해 국경을 넘자마자 준비한 것들이었다. 리자이아 일행은 상당한 돈을 가지고 있었다.

라티에타는 말을 처음 타보는 것이라 걱정이 많았지만 의외로 어렵지 않게 말을 다뤘다. 레이엘이 바람의 정령을 부려 도와줬다는 사실을 아는 사람은 오직 라티에타뿐이었다.

그렇게 그들은 말을 달리고 또 달려 빠르게 수도에 도착했다. 수도에 도착한 후에는 그야말로 일사천리였다. 수도의 내성으로 곧장 들어가 아무런 제지도 받지 않고 왕궁으로 들어갔다.

일행은 그렇게 왕궁의 병사와 기사들의 안내를 받아 화려하게 치장된 방으로 들어갔다. 라티에타는 왕궁에 들어서는 순간부터 연방 주위를 두리번거렸다. 빙설의 대지에 있는 마녀의 성과는 완전히 다른 아스터의 왕궁에 그대로 매료되었다.

"정말로 아름다운 성이네요."

라티에타의 말에 리자이아가 살짝 웃으며 말했다.

"아스터의 왕궁이 아름답지 않은 건 아니지만 다른 왕국의 성들에 비하면 좀 모자라."

"정말로요?"

"그럼. 아마 지금의 키시아 제국, 그러니까 예전 칼리안 제국의 황궁은 여기보다 몇 배나 더 크고 화려하거든."

라티에타가 눈을 초롱초롱 빛내며 물었다.

"가보셨나요?"

리자이아가 빙긋 웃으며 고개를 끄덕였다.

"두 번."

"우와! 정말로 대단하세요!"

라티에타가 양손을 맞잡으며 존경스러운 눈으로 바라보자, 리자이아는 그 부담스러운 눈빛에 슬며시 시선을 돌렸다. 사실 더 대단한 것은 라티에타였다. 고작 황궁에 두어 번 들락거린 게 뭐 그리 대단한 일인가. 열일곱에 대마법사가 된 소녀도 있는데 말이다.

"신분이 보통이 아닌가보군. 여기까지 오는 동안 한 번도 제지를 당하지 않는 걸 보면."

레이엘이 지나가듯 말했다. 그 말이 마치 왜 신분을 속였느냐는 말처럼 들려 리자이아는 쓴웃음을 지을 수밖에 없었다.

"사실 저도 왕족이거든요. 왕위 계승과는 하늘과 땅만큼이나 차이가 나긴 하지만요."

"왕족? 언니 왕족이었어요?"

라티에타가 예의 그 부담스러운 눈빛으로 리자이아에게 바짝 다가가며 물었다. 리자이아는 어색하게 웃으며 고개를 끄덕였다.

"사실은 몰튼 왕국의 왕족이야."

"몰튼이라면……."

라티에타는 그 말에 멈칫했다. 몰튼 왕국은 지난번 제국과의 전쟁에서 국경에서 수도까지가 완전히 가루가 되어 버렸다. 당연히 상당수의 왕족들이 목숨을 잃었다. 아마 그 중에는 리자이아의 가족도 있을 것이다.

"미, 미안해요. 전 그런 것도 모르고……."

리자이아가 고개를 저었다.

"아냐. 괜찮아. 이미 벌어진 일인데 뭐. 앞으로 힘을 내서 잘하면 돼."

리자이아가 씩씩하게 말하자 그 뒤에 서 있던 두 명의 사내가 빙긋 웃었다. 그리고 엘마가 대견스럽다는 듯 일렁이는 눈빛으로 리자이아를 바라봤다.

"그런데 왕위 계승과 거리가 먼 이유가 있나? 몰튼에는 이제 왕족도 얼마 안 남았을 텐데? 설마 여자라서?"

레이엘의 무심한 말에 엘마를 비롯한 일행의 표정이 대번에 사나워졌다. 하지만 이내 그들은 표정을 지웠다. 레이엘은 보통 사람이 아니다. 그는 신에 가까운 사람이다. 아니, 어쩌면 진짜 신일 수도 있다. 본인은 아니라고 우기지만 말이다. 그런 존재에게 인간의 잣대를 들이댈 수는 없었다.

"그런 이유도 있어요. 적당한 나이의 남자 왕족들이 많이 남아 있거든요. 더구나 3왕자와 7왕자가 살아남았어요. 아마 다음 대 왕은 그 둘 중 하나가 될 거예요."

"수도가 날아갔는데도 살아남았다니 운이 좋군."

"마침 이곳 아스터 왕국을 방문했거든요. 연합군 결성 문제로 말이에요."

레이엘은 그제야 이해했다는 듯 고개를 끄덕였다. 그리고 라티에타와 리자이아를 한 번씩 쳐다보고는 턱을 쓰다듬었다. 리자이아에 대해서는 오면서 충분히 겪었다. 한 사람을 알기에는 너무 짧은 시간이었지만 레이엘에는 충분하다 못해 넘칠 정도로 긴 시간이었다.

리자이아는 충분히 좋은 사람이었다. 그리고 라티에타를 결코 배신하지 않을 사람이었다. 레이엘은 라티에타를 똑바로 쳐다보며 물었다.

"이제 슬슬 마음을 정해라."

레이엘의 말에 라티에타가 고개를 푹 숙였다. 왠지 레이엘에게 죄를 짓는 듯한 느낌이 들었기 때문이다.

"고개를 들어라. 어차피 난 여기까지다. 원한다면 발터스에 데려다 줄 수 있지만 내가 보기에 네가 원하는 건 다르다. 그렇지 않은가?"

라티에타가 고개를 끄덕였다. 그리고 다시 고개를 들어 리자이아를 바라봤다. 라티에타의 강인한 눈빛에 리자이아가 깜짝 놀라 자신도 모르게 상체를 뒤로 조금 젖혔다. 이런 라티에타의 모습은 처음이었다. 아무리 대단한 마법을 익히고 있어도 지금까지는 그저 조금 어린 여동생의 느낌이었는데, 지금은 대마법사로 보였다. 은연중 흘러나오는 그녀의 위엄에 자칫 몸이 움츠러들 뻔했다. 하지만 리자이아는 마음을 가다듬었다. 그리고 라티에타의 눈을 똑바로 바라봤다. 두 사람의 눈빛이 중간에서 부딪쳤다. 마치 기싸움이라도 하는 듯한 모습이었다.

옆에 있는 일행들도 긴장한 눈으로 그 광경을 지켜봤다. 그들도 직감적으로 두 사람 사이에서 뭔가 중요한 일이 벌어질 거라는 사실을 눈치 챈 것이다.

그렇게 얼마나 시간이 지났을까. 라티에타가 먼저 환하게 미소 지었다. 그 미소 한 방에 팽팽하던 긴장의 실이 모조리 끊어져 버렸다. 리자이아도 라티에타의 얼굴에 그려진 것과 아주 똑같은 미소를 지었다.

"앞으로 잘 부탁드려요. 언니."

"내가 할 말이야. 대마법사로 대접을 해줘야 하나?"

"대마법사는요, 무슨. 그냥 동생처럼 대해주세요."

두 사람 사이에 오가는 말에 일행들의 표정이 환해졌다. 그들은 라티에타가 얼마나 대단한 능력을 가지고 있는지 바로 옆에서 지켜봤다. 그런 뛰어난 인재와 함께 하게 되었으니 어찌 기쁘지 않겠는가. 든든하기 그지없었다.

사실 라티에타보다 훨씬 대단하고 힘이 되는 사람이 바로 옆에 있었지만 그 누구도 감히 레이엘을 끌어들이겠다는 마음을 품지 못했다. 그들에게 있어서 레이엘이란 같은 사람이 아니라 몇 차원 위의 존재였다.

라티에타와 리자이아는 더 친밀한 관계가 되었다. 그리고 그렇게 서로가 서로에 대해 조금 더 알아갈 무렵 수많은 사람들이 방으로 들어왔다.

"왕녀님을 뵙습니다."

들어온 사람들은 리자이아를 발견하자마자 한 쪽 무릎을 꿇고 예를 취했다. 리자이아는 그들 중 가장 앞에서 무릎 꿇은 사람을 향해 천천히 다가갔다.

"일어나세요. 정말 오랜만입니다. 헤브론 백작."

헤브론 백작은 감격한 눈으로 리자이아가 내민 손을 잡았다. 그리고 손등에 살짝 키스를 한 후, 몸을 일으켰다.

"자, 예는 여기까지만 차리고 대화를 하죠. 중요한 얘기가 있으니까요."

 헤브론 백작은 중요한 얘기라는 말에 긴장하며 리자이아를 바라봤다. 리자이아는 그 모습을 보며 부드럽게 미소 지었다.

 "그렇게 긴장하실 필요 없어요. 좋은 소식이니까요. 일단 이쪽으로 좀 앉으시죠."

 다들 자리에 앉자, 리자이아는 바로 본론을 꺼냈다.

 "좀비군단이 사라졌어요."

 리자이아의 말은 어마어마한 폭발력을 가지고 있었다. 순간적으로 자신이 말을 잘못 들은 줄 알았던 헤브론 백작은 확고한 표정의 리자이아를 보고는 정말로 엄청나게 놀랐다.

 "그게 정말입니까! 대체 그들이 어디로 사라졌단 말입니까! 그들은 분명 케플러 왕국에 있었거늘! 설마 몰튼으로 몰려간 것은……!"

 지금 몰튼은 제국군과 연합군의 전쟁터가 되어 있었다. 아직 격돌하지 않았지만 언제 부딪쳐 서로 피를 흘리게 될지 알 수 없었다.

 한데 거기에 좀비군단까지 가세해 왕국의 배후를 친다면 몰튼 왕국으로서는 도저히 버틸 수 없었다.

 "자자, 진정하세요. 몰튼 왕국으로는 갈 수 없어요. 그렇게 하기에는 좀 멀지 않을까요?"

 그제야 헤브론 백작은 자신이 너무 흥분했다는 사실을 깨달았다. 케플러 왕국에서 몰튼 왕국으로 가려면 두 개의 왕국을 지나쳐 가야만 한다. 그 중 하나가 바로 이곳 아스터였다. 만일 몰튼 왕국으로 좀비군단이 몰려간다면 자신이 먼저 알았을 것이다.

헤브론 백작은 부끄러움으로 인해 얼굴이 살짝 붉어졌다.
"죄송합니다. 왕녀님."
"아니에요. 그만큼 우리 왕국을 사랑하신다는 뜻 아니겠어요? 자, 일단 말을 마무리하죠. 그러니까 좀비군단이 사라졌다는 말은 다른 어딘가로 갔다는 뜻이 아니라, 진짜로 사라졌다는 뜻이에요. 좀비들은 더 이상 이 세상에 없어요."

헤브론 백작의 눈이 찢어질 듯 커졌다. 다른 어떤 말을 들었어도 이보다 놀라지 않았을 것이다. 좀비군단의 수는 무려 5백만이 넘었다. 그렇게 많은 좀비들을 대체 누가 없앴단 말인가. 그것도 이렇게 짧은 시간 동안에. 불과 며칠 전만 해도 좀비군단이 움직이고 있다는 보고를 받은 적이 있었다.

좀비군단의 움직임을 확인하기 위해 최소한 며칠에 한 번씩은 위험을 무릅쓰고 케플러 왕국 상공에 마법사를 띄웠다. 그때만 해도 좀비들은 케플러 왕국과 다른 왕국들의 국경에서 일정하게 떨어진 장소에 우글거리고 있었다.

그리고 이상한 점은 또 있었다. 리자이아 왕녀는 대체 그것을 어떻게 알고 있단 말인가. 그녀는 마치 자신이 눈앞에서 본 것처럼 자신만만하게 말했다. 즉, 확신을 가지고 있다는 뜻이다. 헤브론 백작은 그것을 묻지 않을 수 없었다.

"저…… 왕녀님. 불충한 질문을 드리지 않을 수가 없는 저를 너그러이 이해해 주십시오."

리자이아는 처음부터 그의 반응을 대충 예상했기 때문에 가볍게 웃으며 고개를 끄덕였다. 그가 무슨 질문을 할지도 뻔했다.

"대체 왕녀님께서는 그것을 어떻게 알고 계십니까? 마치 눈앞에서 보신 것처럼……."

"봤어요."

헤브론 백작은 리자이아의 말에 질문을 더 이어갈 수가 없었다. 그는 멍한 눈으로 리자이아를 바라봤다.

"예? 뭐, 뭐라고 말씀하셨습니까?"

"봤다고요. 그들이 사라지는 광경을."

"예에?"

리자이아는 그럴 줄 알았다는 듯 더욱 짙은 미소를 지으며 말을 이었다.

"혹시 최근 도는 소문을 들으신 적 있으신가요? 레이엘이라는 신에 대해서 말이에요."

"드, 들어봤습니다."

워낙 대륙 전역에 빠르게 퍼진 소문이라서 당연히 헤브론 백작도 알고 있었다. 하지만 아직 그 소문을 믿지는 않았다. 너무 허황되기 때문이었다. 한데 갑자기 그 얘기를 리자이아가 꺼내니 조금 당황스러웠다.

"그 신이 강림하셨습니다. 좀비들을 몽땅 빛으로 만들어 버리시더군요. 좀비군단은 더 이상 없습니다."

헤브론 백작은 대답도 하지 못하고 멍하니 리자이아를 바라봤다. 그는 순간적으로 리자이아의 머리가 어떻게 됐을지도 모른다는 생각마저 들었다. 하지만 그 생각은 나타난 것보다 더 빨리 사라졌다. 그는 충성스러운 귀족이었다. 특히 리자이아를 지지하는 몇 안 되는 귀족이었다. 그런 생각은 이만저만한 불충이 아니었다.

"저, 와, 왕녀님."

"왜요? 제 말이 믿어지지 않으시나요? 일단 확인부터 하세요. 그래야 빨리 대처를 할 수 있지 않겠어요? 제가 직접 이리로 달려온 것도 그 때문이에요."

헤브론 백작의 표정이 굳었다. 리자이아의 말이 백번 옳다. 지금은 이 자리에서 진위를 따질 때가 아니었다. 어서 확인을 해야 한다. 그래서 만일 리자이아의 말이 사실이라면 서둘러 케플러 왕국의 난민들을 돌려보내야만 한다.

헤브론 백작이 벌떡 일어났다. 그리고 다급히 리자이아에게 예를 취했다.

"왕녀님 전 이만 가봐야 할 것 같습니다. 예가 아닌 것은 알지만……."

리자이아는 손을 들어 그의 말을 막았다.

"아, 괜찮아요. 어서 가 보세요. 서두르셔야 할 거예요. 흔들림을 최소로 해야 하지 않겠어요?"

 헤브론 백작이 굳은 표정으로 고개를 꾸벅 숙인 후 밖으로 나갔다. 그가 데리고 왔던 수행원들과 기사들이 우르르 빠져나갔다. 그리고 헤브론이 미리 준비한 다섯 명의 기사가 방에 남아 조용히 문 옆에 섰다. 물론 문밖에도 다섯 명의 기사가 대기했다. 리자이아를 지키기 위해 헤브론 백작이 나름대로 신경을 써준 것이다.

 리자이아는 그런 기사들을 보며 쓴웃음을 지었다. 사실 인력 낭비였다. 지금 이 방을 습격하려다가는 정말로 뼈도 못 추릴 테니까 말이다.

 헤브론 백작은 영향력이 그리 크지 않았다. 몰튼 왕국 자체가 상당히 무너진 상황이었기에 어쩔 수 없었다. 하지만 아무리 그래도 조사단을 서둘러 파견하는 정도는 할 수 있었다. 그는 다른 왕국의 귀족들에게 리자이아의 말을 전한 뒤, 최대한 빨리 조사단을 꾸려 파견했다.

 아스터 왕국은 케플러 왕국과 접해 있기에 조사단을 꾸미는 것은 간단했다. 불과 며칠 전에도 조사를 했기에 다시 조사를 하는 데에는 많은 시간이 필요치 않았다. 그리고 정말로 놀랍게도 더 이상 좀비군단이 보이지 않는다는 조사 결과가 나왔다.

"정말로 레이엘이라는 신이 강림을 한 것 같소?"

치얀 공작이 심각한 표정으로 좌중을 둘러보며 물었다. 하지만 어느 누구도 대답하지 않았다. 그들도 알 수 없기는 마찬가지였다. 만일 정말로 신이 강림해 좀비들을 쓸어버렸다면 자유국가연합으로서는 고무적인 일이었다.

"레이엘이라는 신을 처음으로 전파한 곳이 발터스라고 들었는데 맞소?"

"맞습니다. 제가 따로 조사를 좀 해봤는데, 크롬 왕국의 일개 변두리 영지였다가 얼마 전 독립을 했다고 합니다."

"그 독립의 배경에 신의 강림이 있었고 말이오?"

"그렇습니다. 아무튼 아직도 검증 중이긴 합니다만, 그곳에 신관과 성기사들이 잔뜩 있는 건 맞는 모양입니다."

"흐음. 발터스라……."

치얀 공작은 잠시 생각에 잠겼다. 발터스를 어떻게 이용해 볼 수 없을까 해서였다. 하지만 크롬 왕국의 끝에 있다면 거리가 너무 멀다. 적은 눈앞에 닥쳤는데 그곳까지 신경을 쓸 여유가 없었다. 아쉽긴 하지만 지금은 다른 일에 더 관심을 가져야만 한다.

"아무튼 케플러의 난민들을 하루라도 빨리 돌려보내야 하오."

"벌써 각 왕국에서 조치를 취하고 있습니다. 최대한 빠르게 난민을 돌려보내고 있으니 염려하지 않으셔도 됩니다."

"후우. 정말 한시름 놓았군. 그렇지 않소? 나도 이참에 레이엘교를 믿어볼까, 하는 생각마저 들 정도요."

치얀 공작은 그렇게 말하며 빙긋 웃었다. 입이 찢어질 일이었다. 케플러 왕국은 이제 무주공산이나 다름없다. 그들을 다스릴 사람이 현저히 모자라다. 아스터 왕국에서도 벌써 여러 명의 귀족과 병력을 투입시켰다. 명목은 치안 유지와 행정 지원이지만, 실제로는 케플러 왕국을 발아래 두려는 수작이었다.

치얀 공작은 다른 귀족들을 둘러보며 차갑게 웃었다. 겉으로는 다 저렇게 케플러 왕국을 걱정하는 척 하고 있지만 속으로는 자신과 똑같은 생각을 하고 있다는 게 너무나 뻔했다. 하지만 그들을 비난하거나 비웃을 생각은 없었다. 자신도 똑같으니까 말이다.

황제는 케플러 왕국을 좀비 왕국으로 만들어 놓은 뒤 유유히 제국으로 돌아왔다. 그리고 황좌에 앉아 흐뭇하게 웃었다. 한바탕 분탕질을 치고 나니 마음이 좀 풀렸다. 더 이상 레이엘의 얼굴도 떠오르지 않았다. 이제 진짜로 모든 걸 떨쳐 버리고 신이 될 준비가 끝난 듯했다.

"확실히 흑마법은 쓰는 맛이 나. 피와 어둠에 취하는 느낌이 아주 각별해."

황제는 그렇게 중얼거리며 자신의 발아래 엎드린 수많은 사람들을 쳐다봤다. 황제의 눈에서는 여전히 광기가 일렁였다. 하지만 표정은 더없이 냉정하고 이성적이었다.

"전쟁을 일으키겠다던 놈들은 지금 뭘 하고 있느냐?"

퀘헤른 후작은 지금 이 자리에 없었다. 그는 이번 전쟁의 총책임자이자, 총사령관이었다. 그는 지금 몰튼에 있었다. 그곳에서 진을 치고 언제 연합군을 쓸어버릴지 기회를 엿보는 중이었다.

"몰튼에 모여 있습니다."

"아직도 싸우지 않고 뭘 하고 있는 것이냐?"

"그게……. 피해를 최소화하기 위해 작전을 짜는 중이라고 들었습니다."

황제의 입꼬리가 슬쩍 올라갔다.

"우리 제국의 군대가 그렇게 나약하던가? 피해가 두려워서 진군을 못한다고?"

"그, 그게 아직 병력이 많지 않아서 피해를 입으면 대륙 끝까지 진군하기가 어려워집니다."

황제의 얼굴에 웃음이 떠올랐다. 누구라도 보면 공포에 떨 정도로 섬뜩한 미소였다.

"병력이 모자라다고? 그럼 내가 병력을 늘려주지. 병사를 징집해라. 수련기사들도 몽땅 모아라. 그들을 내가 진정한 제국의 기사와 병사로 만들어주마."

키시아 제국에서 황제의 명은 신의 계시와 동일하다. 그의 말이 떨어지면 무조건 이루어져야만 한다. 바닥에 엎드려 있던 수많은 사람들이 황제의 명을 이행하기 위해 바람처럼 달려 나갔다.

황제는 그 모습을 보며 더욱 섬뜩하게 웃었다.

무려 10만의 병사가 모였다. 고작 하루 만에 말이다. 원래 훈련을 받고 있던 예비 병사는 물론이고, 수도 인근에서 창이나 칼을 잡을 수 있을 만한 젊은 남자를 닥치는 대로 모아온 것이다.

기사 역시 마찬가지였다. 수련기사는 당연히 모두 데려왔고, 이제 갓 종자가 된 자들까지 몽땅 데려왔다. 그 수가 무려 1만이었다.

당연히 실력은 바닥이었다. 그나마 예비병사와 수련기사는 조금 나았지만 그들도 키시아 제국의 기준에 맞는 진짜 기사와 병사가 되기에는 턱없이 부족했다. 몇몇을 제외하면 말이다.

황제는 질서 정연하게 도열한 그들을 보며 만족스럽게 웃었다. 지금 당장의 실력은 중요한 게 아니다. 이들을 강하게 만드는 게 중요하다. 굳이 오라를 써야만 강한 게 아니다. 그 외에도 얼마든지 강하게 만들 방법이 있었다.

"모두 나를 바라봐라!"

병사와 기사들이 일제히 황제를 주목했다. 일개 병사나 기사가 황제를 똑바로 쳐다보는 건 결코 있어선 안 되는 일이다. 하지만 지금은 황제의 명이 있었다. 당당하게 황제의 얼굴을 똑바로 볼 수 있는 기회였다.

황제는 자신에게 주목하는 수많은 병사와 기사들을 보며 씨익 웃었다. 그들을 강하게 만들기 위한 방법은 벌써 시작되었다.

"조금 전까지의 자신은 버려라! 너희들은 이미 강해졌다. 그리고 누구보다 높은 충성심을 가졌다. 가라! 가서 대륙을 내게 가져오라!"

황제의 짧은 연설은 옆에서 지켜보던 귀족들이 아연할 정도로 얼토당토않았다. 하지만 그 연설을 들은 기사와 병사들은 황궁이 떠나갈 정도로 함성을 내질렀다.

"와아아아아아!"

그들의 함성에 귀족들은 어안이 벙벙했다. 이들은 진심으로 온 힘을 다해 함성을 내지르고 있었다. 소리만 들어봐도 그쯤은 충분히 안다. 또한 표정을 보면 더 확실히 알 수 있다. 어떻게 그런 말에 진심이 될 수 있단 말인가.

'게다가 누구보다 충성심이 높다고? 그럴 리가 있나.'

병사들 중 상당수가 근처에 있는 남자들을 강제로 징집해 온 것이다. 당연히 공포심과 반발심을 함께 가지고 있을 것이다. 게다가 이들은 불과 얼마 전까지만 해도 칼리안 제국의 사람들이었다. 키시아 제국에 벌써부터 충성을 바칠 이유가 없었다.

그런데도 이들의 표정은 열의로 넘쳐났다. 누가 봐도 강제로 끌려온 사람이 아니라 자발적으로 황제를 위해 자원입대를 한 사람들 같았다.

귀족들은 새삼 황제가 두려워졌다. 그렇지 않아도 무서운 사람이 이젠 더 무서웠다. 자신들도 언제 저 무지한 병사들처럼 황제의 꼭두각시 인형이 될지 모른다는 생각은 단숨에 공포로 변해 버렸다.

'대체 인간이긴 한 건가? 설마 황제의 탈을 쓴 악마는 아니겠지?'

귀족들이 그런 생각을 할 정도로 지금 황제가 보여주는 모습은 인간의 범주를 아득히 벗어났다.

황제는 그렇게 각자의 상념에 잠겨있는 귀족들을 향해 고개를 돌렸다. 귀족들은 그 즉시 정신을 차리고 고개를 조아렸다. 황제가 쳐다보기만 해도 뭔가가 온몸을 옥죈다. 그래서 딴짓이나 딴생각을 하고 있더라도 황제가 쳐다보면 어김없이 정신을 차릴 수 있었다. 지금은 그조차 무서웠다.

"열흘 주겠다. 똑바로 훈련시켜서 내보내도록."

"예에?"

아데나우라는 귀족 하나가 그 얼토당토않은 명령에 화들짝 놀라 해서는 안 될 실수를 저질렀다. 황제의 명에 그런 식으로 반응하는 것은 죽여 달라는 말과 같았다. 하지만 그는 정말로 황제의 명이 말도 안 된다고 생각했다. 고작 열흘 동안 훈련시켜 전쟁터에 내보내다니, 이들을 그냥 다 사지로 모는 것과 뭐가 다른가.

평소 같았으면 목이 잘렸겠지만 황제는 그저 씨익 웃기만 했다.

"불가능해 보이나? 일단 열흘 후에 다시 얘기하라. 그때도 저들이 병사와 기사 자격이 없다면 황제의 자리를 내놓지. 네가 황제 해라. 하지만 만일 그 반대의 결과가 나온다면, 넌 어떻게 하겠느냐?"

아데나우가 벌벌 떨었다. 왠지 정말로 열흘 후에 저들이 진짜 병사가 될 것 같았다. 하지만 황제의 말은 상식에서 벗어나도 너무나 벗어났다. 그는 머뭇거렸다. 섣부른 결정을 할 수는 없었다. 상대는 인간이 아닌 황제다.

결론적으로 처음부터 아데나우에게는 선택권이 없었다. 황제는 조금 더 사악한 웃음을 지으며 말했다.

"넌 네 영혼을 걸어라. 그래야 격이 맞지 않겠느냐."

황제의 말에 아데나우가 얼어붙었다. 절대 안 된다고 말하고 싶었다. 하지만 황제는 벌써 사라진 지 오래였다. 아데나우는 털썩 주저앉았다. 자신이 내기에서 진다는 생각은 하지 않았다. 하지만 너무나 두려웠다. 황제가 과연 정말로 황위에서 물러날까? 절대 그렇지 않을 것이다. 그리고 그렇게 되지 않으려면 자신을 죽이는 수밖에 없다. 아데나우는 두려움에 떨었다.

"두려워할 것 없다. 난 한번 한 말은 반드시 지키니까. 열흘 후에 저들이 진짜 병사가 되지 않는다면 우리 제국의 다음 황제는 너다."

 황제의 목소리가 아데나우의 귓가로 스며들었다. 그는 화들짝 놀라 주위를 둘러봤다. 하지만 어디에도 황제는 없었다. 그저 황제가 지금 한 말을 들은 다른 귀족들만 있을 뿐이었다.

 모든 귀족들이 아데나우를 부러운 눈으로 바라봤다. 그들이 보기에 황제는 아데나우에게 다음 황위를 물려주기로 작정을 한 것 같았다. 황제에게는 아내도 자식도 없다. 그리고 파격을 좋아한다. 이런 식으로 황위를 물려준다고 해서 이상할 게 하나도 없었다.

 '내가 황제라니!'

 그제야 아데나우도 조금 마음을 놓고 웃을 수 있었다. 자신에게도 드디어 기회가 온 것이다. 하늘을 마음껏 날아오를 기회가 말이다.

 물론 아데나우의 그런 기대감은 하루도 지나지 않아 바닥으로 추락했다.

 '대체 어떻게 된 거지? 저것들이 사람인가?'

 병사들의 훈련 속도는 놀라울 정도였다. 사실 병사들이 해야 할 가장 기본적인 훈련은 줄을 맞춰 걷는 것이었다. 그 훈련을 반나절 만에 끝내고 본격적인 무기 수련과 진형 훈련에 들어갔는데, 그때부터 병사들의 실력 향상이 정말로 놀라울 정도로 빨라졌다.

예비 병사도 아니고, 처음 병사가 된 사람들의 힘이 엄청났다. 검을 한 번 휘두르면 그 힘과 속도만으로 통나무를 잘라낼 정도였다. 오라를 다룰 수 없다면 그런 건 불가능하다.

아데나우는 그 광경을 보고 새하얗게 질렸다. 고작 하루 만에 병사들이 오라를 다룰 수 있게 될 줄은 몰랐다.

'서, 설마 폐하는 이럴 줄 알고 계셨다는 건가?'

아데나우는 식은땀을 흘렸다. 황제의 내기에서 지면 영혼을 내놓기로 약속했다. 그 말인즉슨 목숨을 걸라는 뜻 아니겠는가. 아데나우는 이대로 죽기엔 너무 억울했다. 설마 병사들이 몽땅 이런 괴물일 줄은 몰랐다.

기사들은 또 어떤가. 그들은 병사들보다 더 심했다. 그들은 벌써 검에서 오라를 줄기줄기 뿜어내고 있었다. 그저 검술에 입문만 하고 오라 수련법을 익힌 지도 얼마 되지 않는데도 그랬다. 이대로라면 정말로 열흘 안에 오라마스터가 될지도 모른다는 생각이 들었다.

그렇게 하루하루 날짜가 지나갔다. 아데나우는 극도로 치민 공포심 때문에 완전히 미쳐 버렸다. 열흘째 되던 날, 그들은 당당한 제국의 기사와 병사가 되었다.

고작 열흘 만에 10만의 병사와 1만의 기사를 만들어낸 것이다. 그 놀라운 일에 귀족들이 모두 벌벌 떨었다. 제국의 힘이 강해졌으니 기뻐해야 마땅하지만 그들은 그럴 수가 없었다. 그렇게 대단한 황제를 모신다는 압박에 짓눌리고 또 짓눌렸다.

정확히 열흘째 되는 날, 황제는 다시 병사와 기사들 앞에 나타났다. 그 옆에는 이젠 거의 미쳐버린 아데나우가 있었다.

"내 말이 옳다는 게 증명되었다. 너희는 이미 제국의 자랑스러운 기사요 병사였다. 이제 나가 싸워라! 그래서 대륙을 내게 바쳐라!"

"와아아아아아!"

어마어마한 함성이 다시 한 번 황궁을 뒤흔들었다. 그리고 그들은 즉시 전장으로 투입되었다. 제국은 비록 넓지만 이들은 쉬지 않고 달려갈 것이다. 그리고 머뭇거리고 있는 퀘헤른 후작을 압박할 것이다. 그를 제치고 자유국가연합을 쓸어버린다면 결국 퀘헤른 후작도 나서지 않을 수 없게 된다.

그때부터가 진짜 대륙 정벌의 시작이었다.

황제는 병사와 기사들이 모두 황궁 밖으로 나갈 때까지 그들을 지켜봤다. 그리고 그들이 모두 사라지자, 천천히 고개를 돌려 아데나우를 쳐다봤다.

"으으으."

아데나우는 공포에 질려 온몸을 부들부들 떨고 있었다. 감히 황제와 눈을 마주칠 생각도 못했다. 한데 그런 그의 생각과는 달리 천천히 고개가 돌아갔다.

"아으, 아으아!"

아데나우는 공포에 질려 억지로 고개를 돌리려 했다. 하지만 이미 몸이 그의 의지를 벗어났다. 절로 고개가 움직여 황제를 똑바로 쳐다보고 말았다. 아데나우의 두 눈이 공포로 부릅떴다. 그리고 그 순간 마치 바람빠진 풍선처럼 아데나우가 흐느적거리더니 바닥에 쓰러졌다.

 황제는 냉정하게 몸을 돌렸다.

 "치워라."

 황제의 명이 떨어지자, 근처에 대기하고 있던 시종 몇이 아데나우의 시체를 치웠다. 시종들은 아데나우의 상태를 보고는 소름이 돋았다. 아데나우는 눈을 부릅뜬 채로 죽었는데, 눈동자가 돌아가지 않고 똑바로 앞을 보고 있었다. 마치 살아있는 것처럼.

 황제는 천천히 황좌에 앉았다. 그리고 지그시 눈을 감았다. 나쁘지 않았다. 아니, 상당히 좋았다. 굉장한 쾌감을 얻었으니까. 여자를 안는 것보다 훨씬 괜찮은 기분이었다.

 "영혼을 먹는 게 이런 기분이었군."

 황제는 조금 전 아데나우의 영혼을 받아들였다. 아데나우의 영혼에는 그의 모든 것이 담겨 있다. 황제는 그가 몇 번의 생을 되살며 쌓은 모든 것을 흡수한 것이다.

 "이래서 인간들과 계약해 영혼을 빼앗아 가는 거로군."

 황제는 영혼을 하나 흡수한 것만으로도 신에 한발 다가갔다는 기분이 들었다. 아니, 기분만이 아니었다. 실제로 뭔가가 내부에서 변했다. 그것이 무엇이라고 딱 꼬집어 말할 수는 없지만, 틀림없이 변했다.

이런 식으로 더 많은 영혼을 잡아먹는다면 충분히 신이 될 수 있을 것 같았다. 끝에 이르러 아직 앞으로 내딛지 못한 한 걸음. 그 한 걸음의 비밀이 바로 여기 있는 게 분명했다.

"이제 드디어 나도 신이 되는 건가. 크크크크크."

황제는 음산하게 웃었다. 그리고 문득 자신이 풀어 놓은 좀비들이 어떻게 되었는지 궁금해졌다. 어떻게 되든 상관은 없지만 아마 그 좀비들을 처리하는 건 쉽지 않을 것이다. 최소한 나라 한두 개는 무너뜨릴 수 있는 힘이었다. 마법을 쓰는 좀비들이었으니 말이다.

그리고 그 순간 속에서 뭔가가 뚝 끊어지는 느낌이 들었다. 황제의 눈이 커다래졌다.

"좀비가 사라진 건가?"

좀비와 자신의 흑마력을 연결시켜 놓지는 않았다. 하지만 케플러 왕국에 충분히 많은 흑마력을 풀어 놓았다. 그것이 황제와 가느다란 끈으로 연결 되어 있었다. 한데 그 모든 흑마력이 말끔히 씻겨 나갔다. 그래서 연결된 끈이 끊어진 것이다.

이런 일이 벌어지려면 딱 한 가지 이유뿐이다. 좀비의 전멸이었다. 대체 누가 있어서 그 좀비군단을 전멸시킬 수 있단 말인가. 그것을 풀어놓은 지가 언젠데 벌써 사라지다니, 황제 자신이 직접 나선다면 모를까 있을 수 없는 일이었다.

"설마……!"

황제는 한 가지 가정을 했다. 그리고 그 가정을 한 순간, 그것이 정답이라는 것을 깨달았다. 레이엘은 황제에게 있어서 정말로 특별한 존재였다. 이렇게 단번에 알 수 있으니 말이다.

"그 힘에 휩쓸리고도 다시 살아났다고? 게다가 내 좀비들을 단숨에 쓸어버릴 수 있는 능력까지 가지고? 어떻게 그게 가능하지?"

황제는 그렇게 중얼거리다가 이내 슬며시 웃었다. 황제의 입가에 나타난 미소가 점점 짙어지더니 이내 소리가 흘러나왔다.

"ㅎㅎㅎㅎㅎ."

완전히 버린 줄 알았는데, 존재를 안 순간 다시 열망이 피어올랐다. 확실히 죽이지 않으면 안 될 모양이었다.

"아니지. 그냥 죽이는 건 너무 싱거워. 그래. 영혼을 먹어치워야겠어. 과연 그놈의 영혼은 어떤 맛일까. 어떤 느낌을 줄까? 기대되는군. ㅎㅎㅎㅎ. 으하하하하하핫!"

황제의 광소에 홀이 우르르 진동했다. 황제는 그렇게 계속 웃다가 이내 크게 소리를 질렀다.

"크허허헝!"

그것은 마치 짐승의 포효 같았다. 그리고 그 포효 한 번에 바닥이 쩍쩍 갈라지기 시작했다.

꽈르르르.

결국 홀이 무너졌다. 홀에 있던 수많은 시종들이 무너지는 돌더미에 깔려 몽땅 죽어 버렸다. 황제는 그 한가운데 오연히 서서 다시 한 번 포효했다.

"크아아아!"

이번에는 황궁이 뒤흔들렸다. 황제의 눈에 새까만 불꽃이 피어났다. 그리고 온몸이 검은 기운에 휩싸였다. 황제는 그 상태로 다시 한 번 크게 웃었다.

"크하하하하하핫!"

광기에 찬 웃음소리가 황궁을 넘어 수도 전역에 쩌렁쩌렁 울려 퍼졌다.

 퀘헤른 후작은 황당하기 그지없었다. 갑자기 수도에서 10만이나 되는 병사가 전장에 투입되었다. 기사도 1만이나 된다. 더 웃기는 것은 그들이 자신의 명령을 듣지 않는다는 점이었다.

 "대체 누가 무슨 생각으로 이따위 일을 벌이는 건지. 쯧."

 병사와 기사들의 상태를 보면 기가 차서 말도 안 나온다. 제대로 된 보급도 없이 억지로 내몬 티가 났다. 군복도 제대로 갖춰 입지 못했으며 기사들의 무장 상태도 형편없었다. 갑옷을 입지 않은 건 물론이고 무기도 달랑 검 하나뿐이었다.

 "마법사도 없이 싸울 수 있다고 믿는 것인가? 누군지 정말로 어리석군."

사령관조차 없는 군대였다. 선임기사 한 명이 그들을 이끌고 있었는데, 퀘헤른이 자신의 권위를 내세워 모두를 아우르려 했지만 씨알도 먹히지 않았다. 부관들을 이끌고 병사와 기사들을 인계받으려 했을 때, 아켄이라는 이름의 선임기사가 지었던 표정과 눈빛을 아직도 잊을 수 없었다.

퀘헤른은 몸을 한 번 부르르 떨었다. 당시 그의 눈빛은 너무나도 차갑고 섬뜩했다. 한마디만 더 하면 그냥 목을 잘라버리겠다는 의지가 그대로 전해졌다. 퀘헤른은 자신도 모르는 두려움에 빠져 그대로 물러났다.

"하긴, 저 오합지졸들에게 기대할 게 뭐가 있겠어. 그냥 보고 있다가 기회를 봐서 내 병사들을 움직이는 게 낫지."

퀘헤른의 눈이 번득였다. 어쩌면 이건 기회였다. 누가 보낸 병력인지 모르지만 크게 잘못 생각했다. 전쟁은 장난이 아니다. 저렇게 되다 만 병사들로 이길 수 있을 정도로 만만하지 않다. 그렇다면 그것을 이용하는 것도 한 가지 방법이다.

"이제 슬슬 움직일 모양이군."

퀘헤른은 그것도 어이가 없었다. 이들이 도착한 것은 어제다. 그것도 밤에 도착했다. 고작 잠 한 번 자고 전장에 뛰어든다는 게 말이 되는가. 아직 피로도 전혀 풀리지 않았을 텐데 말이다.

"쯧쯧. 이래서 위가 멍청하면 아랫것들이 불쌍하다니까."

그렇게 매도하면서도 퀘헤른은 대체 이들을 누가 보냈는지 궁금했다. 황궁 쪽에 연락을 취해봤지만 아무도 대답해주지 않았다. 그저 모른다는 대답뿐이었다. 당시 그들의 눈빛에 떠오른 공포를 읽었다면 충분히 예상했겠지만 그런 섬세함을 기대하기엔 너무 흥분해 있었다.

"사령관님. 지원군이 출진했습니다."

부관 하나가 달려와 퀘헤른에게 보고했다. 물론 보고를 듣지 않아도 알 수 있었다. 높은 단상 위에서 그들을 지켜보고 있었으니까.

"줄도 제대로 딱딱 못 맞추는군. 역시 오합지졸이야."

줄을 맞추긴 하지만 군 경험이 많은 퀘헤른의 눈에는 여기저기 허점이 잔뜩 보였다. 마치 신병을 받아 한 달 정도 빡세게 굴려서 급조한 군대 같았다. 저런 군대로 대체 뭘 할 수 있단 말인가.

"일단 상황을 지켜봐라. 정찰병의 수를 세 배로 늘려. 그리고 마법사들을 총동원해. 병사 10만과 기사 1만이 달려드는 전투다. 연합군 쪽에 빈틈이 생길 게 분명해. 그 빈틈을 찾아라. 우린 거길 찌른다."

퀘헤른의 눈가에 웃음기가 번져나갔다. 잘하면 피해를 전혀 입지 않고 전투에서 승리할 수도 있을 것 같았다. 또한 그런 식으로 전투에서 승리하면 앞으로 저 오합지졸들을 마음대로 부릴 수 있을 것이다.

'이거 생각지도 못했던 기회가 되겠는데?'

그렇게 조금만 버티다가 지금 한창 훈련 중인 예비 병사들과 수련 기사들이 정식 병사와 기사가 되어 합류하면 이대로 대륙을 정벌하는 것도 불가능하지만은 않다.

'폐하만 가만히 있으면 말이지.'

퀘헤른은 기대에 찬 눈으로 출진하는 병사들을 바라봤다.

'키시아 제국 최초의 공작은 내가 된다.'

키시아 제국에는 아직까지 공작이 없었다. 원래 공국에서 출발했으니 당연했다. 그나마 후작도 없었지만 칼리안 제국을 병탄하는 과정에서 퀘헤른을 비롯한 수많은 귀족들이 승작해서 후작까지 채워졌다.

지난번 자유국가연합과의 전쟁도 사실 먼저 공작이 되고 싶은 후작들이 알아서 일으킨 것이었다. 최초의 공작이 가지는 의미는 만만치 않다. 전 대륙을 지배할 대제국의 공작이다. 말이 공작이지 사실상 왕이나 다름없다. 아니, 예전의 대륙을 생각하면 황제라고 해도 과언이 아니리라.

'그런 자리를 다른 놈들에게 양보할 수 없지.'

퀘헤른 후작은 지난 전쟁에 참여하지 않길 잘했다고 몇 번이나 생각했다. 그때 참여했다면 아마 자신도 오트마 후작이나 베른하르트 후작처럼 죽었을 것이 분명하다. 이렇게 살아남아 새로운 기회를 얻은 것은 모두 그가 인내심을 갖고 기다렸기 때문이다. 퀘헤른 후작은 만족스런 미소를 지으며 거칠게 질주하는 병사와 기사들을 바라봤다. 그들은 생각보다 상당히 빨랐다.

"꽤 빠른데? 저 정도면……."

순간 불안감이 찾아왔다. 조금 전까지만 해도 오합지졸로 보였는데, 지금은 거친 전사들로 보였다. 물론 아무리 그래도 병사는 아니었다. 저들은 오히려 용병에 가까워 보였다.

10만의 용병, 아니 병사들이 연합군의 진지를 향해 거침없이 내달렸다.

"큰일입니다! 제국군이 진격해오고 있습니다!"

부관의 보고에 사령관인 탈카 왕자는 담담한 표정으로 자리에서 일어났다. 놀랄 것 없었다. 어차피 언젠가는 벌어질 일이었다. 제국군이 여기까지 들이닥쳤는데 가만히 돌아갈 리 없지 않은가. 이곳은 제국이 아니라 몰튼 왕국이었다.

"거리가 머니 오는 데 시간이 걸릴 거다. 철저히 준비하도록."

"명을 받듭니다."

부관이 정중히 군례를 취한 후, 밖으로 나갔다. 탈카 왕자는 아스터 왕국의 2왕자였다. 그는 1왕자와 파벌 싸움을 하다가 패배해 이곳으로 왔다. 즉, 아스터 왕국은 물론이고 자유국가 연합마저도 이 전쟁에서 승리할 수 없다고 판단한 것이다.

질 것이 뻔한 싸움을 앞에 둔 탈카 왕자는 착잡했다. 하지만 질 땐 지더라도, 또 죽을 땐 죽더라도 최소한 발버둥은 쳐 봐야만 한다.

'그래야 시간을 벌 테고.'

자유국가연합에서 탈카에게 원하는 것은 딱 하나, 시간이었다. 지금 자유국가연합은 휘청거리고 있었다. 케플러 왕국 때문이다. 비록 좀비는 이제 다 사라졌다고 하지만, 5백만에 달하는 난민이 문제다. 자유국가연합의 모든 왕국은 그들을 되돌려 보내고 케플러 왕국을 조금이라도 안정시키는 것에 온 힘을 다하고 있었다.

결과적으로 그렇게 되면 케플러 왕국에서 병사를 징집할 수 있게 된다. 난민인 만큼 병력으로 차출하기도 편하다. 그 선행단계로, 난민들을 되돌려 보내는 과정에서 추후에 치안대로 구성될 남자들이 자발적으로 훈련을 받는 등의 작업이 진행 중이었다. 아마 그들은 결국 제국과의 전쟁에 동원될 것이다. 그런 목적으로 훈련을 받은 건 아니라고 생각하며 억울해 하겠지만.

어쨌든 그렇게 되기 위해선 최소한의 시간이 필요하다. 탈카는 그 시간을 벌기 위해 머리를 짜내고 또 짜냈다. 다행이 지금까지는 제국군도 피해를 두려워하는지 선불리 공격해오지 않아 편하게 시간을 벌 수 있었다.

"드디어 움직이는가. 과연 내가 준비한 것들이 얼마나 통할지 불안하군."

이곳에 진치고 있는 연합군의 병력은 모두 30만이었다. 몰튼 왕국을 박박 긁어서 만들어낸 병력에 각 왕국의 지원병이 합해진 숫자였다. 정말로 엄청난 병력이었다.

"30만의 병력을 가지고도 2만을 두려워해야 한다니. 어이가 없군."

어이가 없지만 그게 현실이다. 제국군의 병사는 연합군의 병사와는 차원이 다르다. 제국군의 병사는 연합군의 기사와도 자웅을 결할 수 있다. 그것도 그냥 기사가 아니라 경험이 많고 실력이 뛰어난 선임기사가 아니면 안 된다.

그런 병사가 2만이다. 즉, 뛰어난 실력의 기사가 2만 명이나 있다는 뜻이기도 하다. 게다가 제국의 기사는 오라마스터다. 고작 천 명에 불과하지만 그들만으로도 30만의 연합군을 쓸어버릴 수 있을 것이다.

탈카는 천천히 막사를 나섰다. 그리고 망루에 올라 연합군이 준비하는 것을 가만히 지켜봤다. 모든 병사와 기사들이 바쁘게 움직이고 있었다. 목책을 더 보강하고 돌격을 방해하기 위해 설치한 구조물을 곳곳에 설치하고 있었다.

"응?"

탈카의 안색이 변했다. 멀리서 먼지구름이 피어나는 게 보였다. 예상했던 것보다 훨씬 빨랐다.

"설마 벌써 도착한단 말인가?"

탈카의 안색이 급변했다. 아직 준비가 완전히 끝나지 않았다. 그저 준비만 끝난다고 되는 일이 아니다. 이쪽도 진형을 갖춰야만 그나마 제국군을 상대할 수 있다. 이대로라면 선두가 순식간에 무너질 것이다.

"서둘러라! 적이 거의 다 왔다!"

탈카가 다급히 소리쳤다. 이제 완벽을 기하는 건 불가능했다. 서둘러 이대로 마무리하고 진형을 갖춰야만 한다.

"궁병대와 마법사를 준비시켜라. 어서!"

탈카의 말에 옆에 있던 부관이 황급히 망루에서 내려갔다. 탈카는 그 뒤로도 부관들에게 계속 지시를 내렸다. 병사와 기사들이 더욱 일사불란하게 움직였다.

그렇게 연합군이 대충 준비를 마무리하고 진형을 갖추기 무섭게 제국군이 달려들었다.

콰과과광!

애써 준비한 목책이 허무하리만치 간단히 부서졌다. 그냥 무너진 것도 아니고 산산이 부서졌다. 그 탓에 제국군의 돌격을 전혀 저지하지 못했다.

탈카는 눈을 부릅떴다. 어찌 병사들이 저렇게 움직일 수 있단 말인가. 제국의 병사에 대해 듣던 것과는 너무나 달랐다. 그리고 이내 그들의 검에서 피어나는 눈부신 오라의 정화를 볼 수 있었다.

"오, 오라마스터…… 그렇다면 기사?"

제국의 기사가 오라마스터라는 건 이제 상식이었다. 한데,

앞서 돌격한 모든 제국군이 검에서 오라의 정화를 뿜어냈다. 그들 모두가 기사라는 뜻이다. 미리 알아냈던 숫자와 너무나 달랐다. 천 명이 아니었다. 그보다 몇 배는 더 많았다.

돌격을 방해하기 위해 세워 놓은 구조물들이 기사들에 의해 완전히 부서졌다. 기사들은 사방으로 흩어지며 검을 휘둘렀다. 진형을 갖춘 연합군의 병사들이 짚단이 베어지듯 우수수 쓰러졌다.

"궁병대는 뭐 하고 있나! 마법사는 어서 마법을 날려!"

소용없었다. 궁병대는 처음부터 화살을 계속 날리고 있었다. 하지만 아무리 화살비가 쏟아져도 제국의 기사들은 전혀 아랑곳하지 않고 검을 휘둘렀다. 수많은 화살이 부러져 그들의 발치에 흩어졌고, 또 수많은 화살이 그들의 몸에 박혔다. 하지만 그들의 움직임은 처음과 전혀 다를 바 없었다.

그리고 그렇게 정리된 곳에 10만의 제국군이 짓쳐들었다.

제국군은 악귀처럼 검을 휘둘렀다. 그리고 그때마다 연합군이 쓰러졌다. 전투는 일방적으로 흘러갔다. 제국군의 피해도 꽤 있긴 했지만, 연합군은 말 그래도 전멸을 당해 버렸다.

가장 마지막까지 살아남은 사람은 연합군의 사령관인 탈카였다. 탈카는 초점 없는 눈으로 전장을 멍하니 바라봤다. 온통 시체투성이였다. 대부분이 연합군의 시체였고, 제국군도 간간이 섞여 있었다.

그렇게 서 있는 탈카에게 한 사람이 다가갔다. 현 제국군을 이끄는 선임기사 아켄이었다. 탈카가 고개를 들어 아켄을 바라봤다. 아켄은 무표정하게, 하지만 살짝 광기가 일렁이는 눈빛으로 무심히 검을 휘둘렀다. 탈카의 목이 하늘을 날았다.

그렇게 제국군과 연합군의 첫 전투가 끝났다.

퀘헤른 후작은 믿을 수 없는 표정으로 부관의 보고를 들었다.
"그 보고, 한 치의 과장도 없는 것이냐?"
"그렇습니다."

정녕 믿을 수 없었다. 그 오합지졸들이 진짜 기사와 병사였다니 말이다. 부관의 보고에 따르면 병사들은 오라를 다루는 것이 분명할 정도로 빠르고 강했으며 기사들은 하나같이 오라의 정화를 피워냈다고 한다. 그 정도라면 의심의 여지가 없었다. 그들은 진짜였다.

"대체 누가 10만이나 되는 병사와 1만이나 되는 기사를 키워냈단 말인가."

혼란에 빠진 퀘헤른 후작에게 마법사 하나가 다가와 커다란 수정구를 내밀었다. 황궁과 통신을 할 때 쓰는 수정구였다.
"무슨 일이냐?"
"통신이 와 있습니다."

마법사의 말에 퀘헤른 후작은 고개를 끄덕이고는 수정구를 바라봤다. 수정구에 떠오른 사람은 퀘헤른 후작을 지지하는 안델 백작이었다.

"무슨 일인가?"

"허락이 떨어져서 서둘러 알려드리기 위해 연락드렸습니다."

"허락?"

"황제 폐하의 허락 말입니다."

퀘헤른 후작은 황제라는 말을 들은 순간 뭔가 섬뜩한 것이 가슴을 푹 찌르는 듯한 느낌을 받았다.

"폐하께서는 고작 열흘 만에 10만의 병사와 1만의 기사를 만들어내셨습니다."

퀘헤른 후작의 표정에 놀람이 어렸다. 고작 열흘 만에 만든 것이 그들이라니 정말로 믿을 수가 없었다. 안델 백작은 그동안 있었던 일을 차근차근 설명해 주었다. 황제가 어떤 연설을 했고 또 아데나우가 어떤 꼴을 당했으며, 자신들이 왜 지난번 연락 때는 그 사실을 말하지 못했는지도 낱낱이 말했다.

퀘헤른 후작은 멍하니 그 얘기를 듣기만 했다. 황제는 정녕 인간이 아니었다.

"더불어 폐하께서는 그들이 아마 오래가지 못할 것이라 하셨습니다."

안델 백작의 말에 퀘헤른 후작은 정신이 번쩍 들었다.

"오래 가지 못한다고?"

"그렇습니다. 아마 자유국가연합을 부수고 왕국 한두 개 정도 더 휩쓸다 보면 다 사라질 거라고 하셨습니다."

"알았네. 다음에 또 연락하지."

퀘헤른 후작은 통신을 끊고 벌떡 일어났다. 그들을 꼭 한 번 확인해 봐야 할 듯했다. 그는 100명의 기사만을 대동한 채로 서둘러 말을 달려 연합군의 진지로 향했다.

연합군 진지에 도착한 퀘헤른 후작은 망연자실한 얼굴로 몸이 굳어 버렸다. 그곳은 지옥이었다.

10만의 제국군은 바닥에 흩어진 연합군의 시체를 뜯어먹고 있었다. 그것은 기사들 역시 마찬가지였다. 그들은 적의 살을 뜯어먹고 뼈를 씹어 골수를 빨아먹었으며 피를 마셨다.

"크아아아!"

누군가 벌떡 일어나 괴성을 내질렀다. 퀘헤른 후작은 그 소리에 깜짝 놀라 자신도 모르게 뒤로 물러났다. 마치 자신을 발견해 달려들 것만 같았기 때문이다. 하지만 그들은 제국군이었다. 퀘헤른 후작에게는 전혀 관심이 없었다.

"크아아아아!"

또 누군가가 일어나 괴성을 쏟아냈다. 그 뒤를 이어 기다렸다는 듯 여기저기서 병사들이 일어나 소리를 질렀다. 마치 몬스터가 인간을 향해 포효하는 것 같았다.

후작은 그제야 그것의 의미를 어렴풋이 깨달았다. 그것은 준비가 끝났다는 뜻이었다. 적의 시체로 배를 채우고 힘을 모았다는 뜻이었다.

가장 마지막으로 일어선 것은 그들을 이끄는 선임기사 아켄이 일어났다. 아켄은 일어서자마자 퀘헤른 후작을 노려봤다. 후작은 하마터면 오줌을 지릴 뻔했다. 아켄의 눈과 마주치는 순간 오싹한 소름이 온몸을 덮쳤다.

"가자!"

아켄의 외침에 기사와 병사들이 정렬했다. 진형을 갖춘 그들은 아켄을 선두로 달려가기 시작했다. 처음 연합군을 향해 달려갈 때처럼 엄청나게 빨랐다.

퀘헤른 후작은 그들의 모습에서 또 놀라운 점을 발견했다. 그때와는 달랐다. 그때는 진형 여기저기에 허점이 있었는데, 지금은 그 허점이 현저히 줄어들었다. 마치 1년쯤 훈련을 받은 병사들 같았다.

'이대로라면……'

이대로라면 자유국가연합은 끝이었다. 보아하니 잠도 제대로 자지 않을 것 같았다. 잠도 안자고, 먹는 건 적의 시체인 무시무시한 병사들을 대체 누가 제대로 막을 수 있겠는가.

퀘헤른 후작은 소름이 좀처럼 가시지 않아 온몸을 부르르 떨었다. 황제가 두려웠다.

"연합군을 박살내고 계속 진군하고 있다고 합니다."

황제는 보고를 받고는 그저 고개를 끄덕였다. 너무나 당연한 일이라 기분에 전혀 변화가 없었다. 그들은 소모품이었다. 흑마법과 최면술이 만들어낸 작품이었다.

고작 열흘 만에 제대로 된 병사와 기사가 만들어질 리 없다. 그래서 황제는 편법을 썼다. 일단 자유국가연합을 무너뜨리고 제피니아 정도만 박살을 내도 충분하다고 여겼다. 그렇게 싸우는 사이 진짜 병사와 기사를 훈련시켜 전장에 투입하면 된다.

사실 황제는 전쟁에 별 관심이 없었다. 하지만 지금은 생각이 달라졌다. 일단 대륙을 가지고 싶었다. 전 대륙을 자신의 발아래 두고 싶다는 욕망이 걷잡을 수 없이 끓어올랐다. 게다가 더 많은 영혼을 맛보고 싶었다.

그저 아무나 데려다 영혼을 흡수하는 저급한 짓은 안 된다. 그렇게 하면 영혼의 가치가 턱없이 떨어져 버린다. 영혼과 직접 약속을 해서 흡수해야 진짜 제대로 된 맛이 난다. 온전한 영혼일수록 훨씬 맛이 좋다. 지난번 먹었던 아데나우의 영혼처럼 말이다.

"아직 그만한 영혼을 찾기가 쉽지 않군."

아데나우의 영혼은 피폐해질 대로 피폐해져서 더욱 흡수하기가 좋았다. 야들야들이란 단어는 바로 그럴 때 쓰는 것이다. 아데나우의 영혼은 야들야들했다.

하지만 그 이후에 먹은 몇몇 영혼은 정말로 입맛만 버렸다. 물론 테스트의 의미도 있었다. 제대로 시간과 공을 들여 영혼을 뽑아내야 더욱 야들야들한 영혼을 먹을 수 있다는 걸 알아냈다. 그리고 영혼에도 각각 급이 있다는 것도 발견했다. 아데나우의 영혼은 그런 의미에서 아주 훌륭했다. 영혼의 등급도 뛰어나고 열흘 동안이나 공들여 뽑아냈다.

황제의 뇌리에 레이엘의 모습이 떠올랐다. 과연 레이엘의 영혼은 어떤 맛일까? 그 누구의 영혼보다 급이 높을 것이다. 천 명의 인생을 경험한 영혼 아닌가. 게다가 그런 경험을 하려면 보통의 영혼으로는 불가능하다. 상당히 특별한 영혼을 가지고 있기에 그런 경험을 한 것이리라.

레이엘을 떠올리는 것만으로도 황제는 몸이 달아올랐다. 그리고 강렬한 쾌감이 느껴졌다. 황제는 지그시 눈을 감고 걷잡을 수 없이 터져 나오는 욕망을 억지로 갈무리했다.

아직은 때가 아니다. 게다가 급이 높은 영혼일수록 공을 많이 들여야 한다. 보통의 방법으로는 레이엘의 영혼을 온전히 빼먹을 수 없을 것이다. 황제는 과연 어떻게 하면 레이엘의 영혼을 좀 더 온전히 흡수할 수 있을지 떠올렸다.

황제의 입가에 잔혹한 미소가 맴돌았다.

몰튼 왕국은 아직 무너지지 않았다. 국경에서부터 수도까지가 완전히 증발해 버리긴 했지만, 수도가 국경과 가까웠기 때문에 왕국 전체로 보면 나라가 망할 정도의 피해는 아니었다. 물론 심각하긴 했다. 그 피해를 다시 복구하려면 수십 년의 세월로도 모자랄지 모른다.

하지만 어찌되었건 아직 망하지 않았다. 그래도 세간의 인식은 그렇지 않았다. 자유국가연합의 다른 왕국들은 몰튼 왕국을 망국으로 취급했다. 그리고 자연스럽게 몰튼 왕국의 발언권이 대폭 축소되었다.

사실 이번 케플러 왕국의 일 때문에 자유국가연합이 크게 흔들리지 않은 것은 전적으로 리자이아의 공이었다. 그녀가 정확한 정보를 알려줬기 때문에 늦지 않게 대처할 수 있었고, 결과적으로 모든 왕국이 최소한의 흔들림으로 이번 일을 마무리할 수 있었다.

하지만 그런 리자이아의 공은 온데간데없이 사라졌다. 그녀는 어차피 망할 왕국의 왕녀일 뿐이었다. 리자이아가 아스터 왕궁에 머물기 시작한 지 닷새째 되는 날부터 그런 푸대접이 노골적으로 시작되었다.

"방을 옮기라고요?"
"죄송합니다. 사정을 좀 헤아려 주십시오."

무슨 사정인지 꼬치꼬치 따져 묻고 싶었지만 시종장과 말다툼을 해봐야 좋을 게 없다는 걸 알기에 리자이아는 그저 고개를 끄덕였다. 그녀의 뒤에 있던 일행은 영문을 몰라 어리둥절한 표정을 지었다.

어쨌든 일행은 시종들의 안내를 받아 새로운 방으로 향했다. 그리고 그곳에 도착한 일행의 표정이 살짝 묘해졌다.

"방이…… 조금 좁군요?"

키로나의 말에 엘마가 맞장구쳤다.

"그러게. 여기선 모두 함께 있기가 좀 힘들겠는데? 더구나 우리는 남자도 있는데……."

새로 배정받은 방은 꽤 작았다. 왕궁 안에 이런 방이 있을까 싶을 정도였다. 사실 왕궁에는 이런 방이 상당히 많았다. 내치기는 곤란하고 그렇다고 대접을 하기에는 조금 모자란 귀족들을 위한 방이었다.

리자이아는 방을 보고는 올 것이 왔다는 표정으로 고개를 끄덕였다. 처음 방을 옮기라는 시종장의 말을 들었을 때부터 직감하긴 했지만, 이렇게 방을 보고 나니 그 직감이 확신으로 바뀌었다.

"어쨌든 난 슬슬 떠나는 게 낫겠군."

레이엘이 나서서 말하자, 일행의 표정이 어두워졌다. 사실 아무도 레이엘을 떠나보내고 싶지 않았다. 레이엘의 힘이 얼마나 대단한지 알기에 그와 함께 있고 싶었다. 아마 계속 함께 한다면 정말로 큰 힘이 되어 줄 것이다.

하지만 이제 더 이상 잡아둘 명분이 없었다. 레이엘도 할 일이 있고, 가야 할 곳이 있다. 더구나 방까지 이렇게 된 마당에 뭘 더 어쩌겠는가. 리자이아는 힘없이 웃으며 레이엘을 바라봤다.

"떠날 땐 떠나시더라도 같이 밥이나 먹고 가세요. 그러고 보니 그동안 경황이 없어 변변히 대접해 드리지도 못했네요."

레이엘은 고개를 끄덕였다. 그쯤이야 어렵지 않았다. 그리고 레이엘도 사실 지금 떠나야 하나 말아야 하나 확실히 결정을 못 내리고 있었다. 떠나겠다는 결정은 처음 아스터 왕국에 도착했을 때부터 내렸지만, 막상 떠나려고 할 때마다 뭔가가 발을 붙잡는 듯한 느낌이 들었다.

지금도 그랬다. 막상 떠나려고 하니 마음속 어딘가가 불편해졌다. 그리고 식사를 함께 하기로 결정하니 다시 마음이 편해졌다.

"그럼 일단 밖으로 나갈까요?"

왕궁 안에서도 밥을 먹을 수 있긴 하지만 리자이아는 기왕 대접하기로 했으니 근사한 식당에서 제대로 대접하고 싶었다. 경치도 좋고 맛도 훌륭한 레스토랑이 아스터의 수도에는 상당히 많았다.

일행은 왕궁 밖으로 나갔다. 헤브론 백작이 붙여준 기사들은 모두 안에서 대기하도록 명령했다. 기사들이 완강히 버텼지만 결국 리자이아의 고집을 꺾지 못했다. 물론 라티에타가 보여준 간단한 마법도 큰 도움이 되었다.

리자이아는 이번에도 능숙하게 수도의 거리를 누비며 미리 계획했던 레스토랑으로 향했다. 상당히 크고 화려한 레스토랑이었다. 그들이 그곳에 막 들어가려는 찰나, 거칠게 질주하는 말이 보였다.

놀라서 사방으로 흩어지는 시민들을 아랑곳하지 않고 있는 힘껏 말을 모는 사람을 보니 전령이었다.

"무슨 일일까요?"

리자이아는 궁금한 얼굴로 멀어져가는 전령을 바라봤다. 그녀의 표정이 불안으로 일렁였다. 어쩌면 몰튼 왕국에서 벌어진 전쟁의 결과가 나왔을지도 모른다. 만일 그 전쟁에서 연합군이 밀린다면 몰튼 왕국은 정말로 끝이었다.

불안에 떠는 리자이아의 손을 누군가가 슬며시 잡았다. 리자이아는 깜짝 놀라 고개를 돌렸다. 라티에타였다. 라티에타는 놀라울 정도로 따뜻한 미소를 짓고 있었다.

"걱정하지 말아요. 분명히 괜찮을 테니까. 오늘은 이만 돌아갈까요? 전령이 무슨 소식을 가져왔는지도 궁금하고……."

라티에타의 말에 리자이아가 고마워하는 표정을 지었다. 하지만 그녀는 결국 고개를 저었다. 오늘은 레이엘을 위한 날이다. 전령의 소식은 언제든 들을 수 있다. 만일 전쟁에서 패했다는 소식이라면 차라리 늦게 듣는 게 나을 것이다. 어차피 변하는 건 없으니까.

"가자. 오늘은 나도 정말로 맛있는 걸 먹고 싶어."

리자이아의 결정에 아무도 이의를 제기하지 않았다. 그들은 레스토랑 안으로 들어가 그곳에서 가장 맛있는 요리를 주문했다. 식사는 조용한 분위기에서 이루어졌다. 그렇다고 무겁지는 않았다. 리자이아는 맛있는 음식을 먹으며 천천히 마음을 정리해갔다. 그리고 식사가 완전히 끝났을 때 그녀의 표정은 더할 나위 없이 홀가분했다.

"어때요? 제법 괜찮죠?"

리자이아의 밝은 말에 레이엘이 빙긋 웃으며 고개를 끄덕여 주었다. 지금 리자이아의 몸에서 흘러나오는 빛을 만일 그녀 스스로 볼 수 있다면 그녀는 스스로를 훨씬 자랑스러워할 수 있을 것이다. 그것은 아무나 가지기 어려울 정도로 밝고 아름다운 빛이었다.

　방으로 돌아가니 헤브론 백작이 기다리고 있었다. 그는 착잡한 얼굴로 방안을 둘러보고 있었다. 왕녀에게 이따위 방을 내준 아스터 왕실에 이를 갈면서 말이다.
　"왕녀님! 죄송합니다. 제가 부족해서……크윽."
　헤브론 백작은 마치 자신 때문에 리자이아가 홀대받는 것이라는 듯이 한쪽 무릎을 꿇고 고개를 조아렸다.
　"일어나세요. 전 괜찮아요. 그보다 이렇게 찾아온 이유가 있지 않나요? 전령이 들어온 걸로 아는데, 아닌가요?"
　헤브론 백작이 다급한 표정으로 벌떡 일어났다.
　"연합군이 패배했습니다!"
　리자이아는 예상했던 말인지라 담담했다. 만일 마음을 가다듬지 않고 왔다면 큰 충격을 받았을 것이다. 그녀는 차분하게 헤브론 백작을 바라보며 다음 얘기를 기다렸다. 몰튼 왕국이 어떻게 되었는지가 가장 중요했다. 제국군에게 얼마나 짓밟혔는지 알아야 앞으로 대책을 세울 테니까 말이다.
　"연합군을 격파한 제국군이 방향을 틀었습니다. 곧장 아스터 왕국을 향해 진군 중이라고 합니다."
　리자이아가 의아한 표정을 지었다.
　"우리 왕국에서 여기로 곧장 올 수는 없을 텐데요?"

아스터 왕국에서 몰튼 왕국으로 가려면 중간에 마투린 왕국을 거쳐야 한다.

"마투린 왕국을 유린하는 중입니다. 마투린 왕국의 국경수비대는 몰살당했고, 수도까지 무너졌다고 합니다. 지금 마투린 왕국에서 최후의 병력을 끌어 모아 대항 중이라고 하지만 오래 걸리지 않을 듯합니다."

"그럼 우리 왕국은……."

"더 이상의 피해는 없습니다."

리자이아의 눈이 커다래졌다. 그야말로 불행 중 다행이었다. 하지만 그녀의 표정은 여전히 어두웠다. 이대로라면 아스터 왕국도 버티지 못할 것이다. 자유국가연합은 더 이상 존속이 불가능해질 것이다.

"어려워지겠군요."

"그렇습니다. 하지만 어쩌면 우리가 어려워지기 전에 대륙이 제국의 발아래 놓일지도 모릅니다."

리자이아가 힘없이 고개를 끄덕였다. 아마 그렇게 될 확률이 가장 높을 것이다. 제국이 보여주고 있는 힘을 생각하면 분명히 그랬다.

"확실히 제국의 저력이 무섭긴 무섭더군요. 이번에 제국군이 10만 명이나 증원을 했다고 합니다."

"10만이요?"

정말로 눈이 번쩍 떠질 정도로 많은 수였다. 대체 그 짧은 시간에 어떻게 그렇게 많은 병력을 구했단 말인가. 제국의 병사는 다른 왕국의 병사와는 차원이 다르다. 당연히 육성하는데 시간이 오래 걸릴 수밖에 없다. 한데 갑자기 10만이라니, 그야말로 혀를 내두를 수밖에 없다.

"그뿐이 아닙니다. 기사는 무려 만 명이 더 늘어났습니다."

리자이아는 대답도 하지 못했다. 제국의 기사는 오라마스터다. 대체 어떻게 하면 만 명이나 되는 오라마스터를 단숨에 만들어 낼 수 있단 말인가.

"잠깐."

다들 놀라고 있을 때, 레이엘이 끼어들었다.

"그 얘기 좀 자세히 듣고 싶군. 기사가 1만이라고 했나? 그들이 오라마스터인 건 확인했나?"

헤브론 백작은 의아한 표정을 지었지만 순순히 대답했다. 리자이아가 레이엘을 극진히 대한다는 걸 알기에 레이엘의 신분이 심상치 않다고 판단한 것이다.

"그렇소. 그들이 오라의 정화를 피워냈다는 보고를 들었소."

레이엘의 표정이 심각해졌다. 물론 황제라면 1만의 오라마스터를 만들 수 있다. 그리고 자신도 가능하다. 시간만 있다면. 하지만 황제에게는 시간이 없었다. 그가 만든 대부분의 병력을 스스로 짓뭉개지 않았던가.

"제국의 기사가 지금 만 명뿐인가?"

"그렇지 않소. 제국은 지금 둘로 나뉘어 움직이고 있소. 10만의 병사와 만 명의 기사가 선두에서 격렬하게 싸우고 천 명의 기사와 2만의 병사가 그 뒤를 따르고 있소. 그래서 그들은 보급 부대라고 판단을 했소."

세상 어느 왕국도 보급부대에 오라마스터를 천 명이나 배치하지 않는다. 아마 그들은 절대 보급부대가 아닐 것이다. 보급부대는 또 따로 움직이고 있을 것이다. 황제의 마법을 이용한 기상천외한 방법으로 말이다.

레이엘은 불길한 예감이 들었다. 그가 가지고 있는 성휘가 요동쳤다. 그리고 그제야 자신을 계속 붙잡은 무언가의 정체를 알아냈다.

'성휘였군.'

성휘가 한 단계 발전을 한 모양이었다. 이건 일종의 예지가 아닌가.

"내가 직접 가봐야겠다."

레이엘의 말에 리자이아가 곧장 손을 들었다.

"저도 같이 가도 되나요?"

레이엘이 리자이아를 향해 고개를 돌렸다. 그녀는 흔들림 없는 눈으로 레이엘을 바라봤다. 리자이아 옆에 바짝 붙어있던 라티에타도 살짝 손을 들었다.

"저, 저도……."

그러나 나머지 일행도 저마다 함께 가겠다고 나섰다. 헤브론 백작은 그 광경을 멍하니 지켜보다가 퍼뜩 정신을 차리고 외쳤다.

"안 됩니다! 왕녀님! 거기가 어딘 줄 알고 가시겠다고 하시는 것입니까! 지금 제국군이 뭐라고 불리는지 아십니까? 피에 미친 악마군단이라고 불립니다! 그들은 시체를 뜯어먹으며 진격하고 있단 말입니다!"

헤브론의 말에 좌중이 모두 얼어붙었다. 그리고 레이엘의 입가가 슬쩍 올라갔다.

"역시."

성휘가 흔들린 이유가 있었다. 그들은 나타나선 안 되는 비틀린 존재였다. 그 비틀림을 바로잡아야만 했다.

"무조건 같이 갈 거예요! 저도 제 한 몸 정도는 지킬 수 있어요! 그리고 라티에타가 함께 간다면 아무런 문제도 없단 말이에요!"

리자이아가 이렇게나 억지를 부릴 줄은 미처 몰랐기 때문에 헤브론 백작은 당황했다. 그리고 그 틈을 타서 리자이아가 레이엘의 팔을 덥석 잡았다.

"어서 가요. 시간이 없는 거 아닌가요?"

리자이아는 레이엘이 이 문제를 해결해 줄 거라고 믿어 의심치 않았다. 그리고 그 역사적이고 장엄한 광경을 꼭 지켜보고 싶었다. 지난번의 좀비군단처럼 말이다.

"모두 갈 수는 없다."

레이엘은 손가락 네 개를 펼쳤다. 그 말의 의미를 알아챈 리자이아와 라티에타가 레이엘의 팔에 찰싹 달라붙었다. 그리고 그 다음으로 눈치챈 엘마와 키로나가 레이엘의 앞뒤에 달라붙었다.

조금 부러운 눈으로 그 광경을 지켜보던 헤브론 백작과 두 명의 남자는 이내 경악할 수밖에 없었다. 새하얀 빛과 함께 그들이 그대로 사라져버렸기 때문이다.

"와, 왕녀님……!"

헤브론 백작은 망연하게 그 자리에 서서 놀란 가슴을 진정시켰다. 그리고 리자이아가 왜 그렇게 자신만만해 했는지 알 수 있었다. 자신의 눈앞에서 빛과 함께 사라져 버릴 수 있는 능력을 가진 사람이라면 리자이아를 안전하게 지켜줄 수 있을 게 분명했다.

물론 아무리 그래도 불안한 건 어쩔 수 없었다. 헤브론 백작은 걱정이 가득한 표정으로 조금 전까지 레이엘 일행이 있던 자리, 빛이 사그라지고 있는 곳을 하염없이 바라봤다.

리자이아 일행은 어리둥절한 표정으로 주위를 두리번거렸다. 조금 전까지만 해도 분명히 방 안에 있었는데 지금은 사방이 황량한 벌판에 서 있었다.

"대, 대체 이게 어떻게 된 일이죠?"

리자이아는 동료들을 둘러봤다. 모두 정신을 못 차리고 있는데, 유독 라티에타만 차분했다. 그녀야 이미 경험이 있으니 당연하다. 리자이아는 묘한 눈으로 레티에타에게 물었다.

"라티에타는 뭔가를 알고 있는 눈치네?"

"공간이동이에요."

"공간이동?"

모두가 얼떨떨한 표정을 지었다. 공간이동이라면 공간을 뛰어넘는 마법을 말한다. 하지만 그것이 가능한 마법사는 없다. 지금까지 무수한 시도를 해왔지만 누구도 성공하지 못한 미지의 마법이었다. 한데 지금 그들은 그것을 겪은 것이다.

놀람도 잠시, 그들은 공간이동을 행한 당사자가 누구인지 떠올랐다. 그들이 보기에 레이엘은 신이었다. 신에게 공간을 뛰어넘는 일 정도는 아무것도 아니리라.

"그런데 여기가 어딘가요?"

"마투린."

"예? 마투린 왕국이라고요?"

마투린 왕국이 비록 아스터 왕국과 붙어 있다고 하지만 수도에서 여기까지는 수백 킬로미터가 넘는다. 그 먼 거리를 단번에 이동했다니, 확실히 공간이동이 대단하긴 대단하다.

"그런데 여기에는 왜 오신 건가요?"

레이엘은 말없이 손가락을 들어 한쪽을 가리켰다. 일행이 그쪽을 바라보니 먼지구름이 일어나고 있었다. 그들은 그제야 상황을 깨달을 수 있었다. 지금 달려오는 자들은 분명히 그 악마의 군대일 것이다.

"서, 설마 여기서 저들을 상대하시려고요?"

레이엘은 대답하지 않았다. 하지만 그러리라는 건 불을 보듯 뻔했다. 모두의 몸이 딱딱하게 경직되었다. 시체를 먹고 피를 마신다는 소문이 도는 군대와 마주하는데 겁이 나지 않는다면 거짓이리라.

"그러고 보니 이 뒤가 메리다로군요."

"메리다? 마투린 제2의 수도라는 그 메리다?"

"네. 맞아요. 이 근처에 와본 적이 있어서 한눈에 알아봤어요. 저 산과 저쪽 산을 기준으로 방향을 잡을 수 있거든요."

키로나의 말에 일행이 고개를 획획 돌리며 산을 찾았다. 확실히 모양이 살짝 특이한 산이 보였다.

"그럼……."

"맞아요. 저들의 목표는 아마 메리다인 것 같네요."

긴장감이 감돌았다. 과연 정말로 레이엘이 저들을 막을 수 있을지 걱정이 들기 시작했다. 10만의 병사와 만 명의 기사다. 병사는 오라를 능숙하게 다루고 기사는 몽땅 오라마스터다.

꿀꺽.

누군가가 침을 삼켰다. 그 긴장감이 고스란히 모두에게 전해졌다. 먼지구름이 점점 커졌다. 그리고 제국군의 모습이 눈에 보일 정도로 가까워졌다. 그들의 모습은 정말로 섬뜩했다. 마치 피로 목욕을 한 듯했다.

붉은 피의 물결이 다가오는 것 같았다. 모두가 긴장한 눈으로 레이엘을 바라봤다. 그들의 눈에는 기대감과 불안감이 뒤섞여 있었다. 그리고 레이엘은 그렇게 몰아치는 피의 파도를 담담한 눈으로 바라보았다.

 제국군의 가장 앞에서 달려오던 아켄과 레이엘의 눈이 마주쳤다. 그 순간 아켄이 외쳤다.

 "죽여라!"

 그리고 피의 해일이 레이엘 일행을 그대로 덮쳤다.

〈10권에서 계속〉

Dark Blaze
다크 블레이즈
김현우 판타지 장편소설
FANTASYSTORY & ADVENTURE

『레드 데스티니』, 『골든 메이지』의 작가!
김현우 판타지 장편소설

십 년 전쟁의 승리에 파묻힌 충격적 비화.
제국이 아버지의 죽음을 감췄다!

알파드 공의 죽음과 엘리멘탈 프로젝트의 실체.
뒤틀린 진실을 알기 위해 아르미드 남매가 복수의 칼을 들었다!

dream books
드림북스